जीवन धारा

प्रकाशक

प्रभात पेपरबैक्स

4/19 आसफ अली रोड, नई दिल्ली-110002

फोन : 23289777 • हेल्पलाइन नं. : 7827007777

इ-मेल : prabhatbooks@gmail.com ❖ वेब ठिकाना : www.prabhatbooks.com

संस्करण

प्रथम, 2017

मूल्य

दो सौ रुपए

अ.मा.पु.स. 978-93-5266-465-8

मुद्रक

आर-टेक ऑफसेट प्रिंटर्स, दिल्ली

———————— ★ ————————

JEEVAN DHARA
by Renu Saini

Published by **PRABHAT PAPERBACKS**
4/19 Asaf Ali Road, New Delhi-110002

ISBN 978-93-5266-465-8

₹200.00

जीवन धारा

सत्य घटनाओं पर आधारित मन को छू लेनेवाली कहानियाँ

रेनू सैनी

www.prabhatbooks.com

प्राक्कथन

उत्तर प्रदेश में पुलिस आपातकालीन प्रबंधन अभी तक विस्तृत रूप से जनपदों में केंद्रित था तथा जनपदों में स्थापित पुलिस नियंत्रण कक्षों के माध्यम से संचालित की जा रही थी। समय के साथ बढ़ती हुई आवश्यकताओं के परिप्रेक्ष्य में जनपदों में स्थापित व्यवस्थाएँ मानव तथा अन्य संसाधनों की उपलब्धियों के आधार पर अपर्याप्त सिद्ध हुई हैं। इस बात की प्रबल आवश्यकता अनुभव की गई है कि नागरिकों को प्रदान की जानेवाली आपातकालीन सुविधाओं के स्तर में गुणात्मक तथा मात्रात्मक रूप से अत्यधिक सुधार किया जाए। इस हेतु वर्तमान में उपलब्ध नवीन प्रौद्योगिकी तथा संपर्क प्रणालियों का उपयोग कर जनपद स्तर पर कार्यरत पुलिस नियंत्रण कक्षों को उच्चीकृत किए जाने की आवश्यकता पर बल दिया गया।

उत्तर प्रदेश में नागरिकों को सार्वजनिक सुरक्षा से संबंधित पुलिस एकीकृत आपात सेवाएँ प्रदान करने के उद्देश्य से यूपी-100 परियोजना का क्रियान्वयन किया गया है। संपूर्ण राज्य से, दूर-दराज के ग्रामीण क्षेत्रों सहित, आपातकालीन संदेशों को प्राप्त करने के लिए जनपद लखनऊ में एक केंद्रीकृत संपर्क केंद्र स्थापित किया गया है। अब उत्तर प्रदेश के सभी 75 जनपदों, शहरों, कस्बों तथा ग्रामीण क्षेत्रों में किसी भी स्थान से 100 नंबर पर की गई प्रत्येक कॉल सीधे यूपी-100 के संपर्क केंद्र में प्राप्त होती है। यह केंद्र न केवल मोबाइल या फोन कॉल के माध्यम से, बल्कि संचार के अन्य सभी माध्यमों—इ-मेल, सोशल मीडिया आदि से भी त्वरित पुलिस आपात सहायता उपलब्ध करा रहा है। इस केंद्र में उत्तर प्रदेश में बोली जानेवाली सभी भाषाओं, सभी भारतीय भाषाओं और प्रमुख विदेशी भाषाओं के संवाद अधिकारी भी नागरिकों को उनकी अपनी भाषा में सहायता करने हेतु उपलब्ध हैं। दिव्यांग व्यक्तियों से वीडियो के माध्यम

से संपर्क कर उनकी सांकेतिक भाषा को अनुवादक के माध्यम से अनुवाद कर त्वरित आपात सहायता प्रदान की जाती है।

लखनऊ केंद्र में कॉल महिला संवाद अधिकारियों द्वारा प्राप्त की जाती हैं। यह महिला संवाद अधिकारी पुलिस अधिकारी न होकर एक दक्ष व्यावसायिक हैं। पूरी वार्त्ता को रिकॉर्ड किया जाता है। उसके पश्चात् पुलिस सहायता प्रेषित किए जाने हेतु कॉल संप्रेषण अधिकारी को प्रेषित की जाती है तथा संबंधित पुलिस थाने को भी आपात स्थिति की तत्काल सूचना प्रेषित की जाती है। निकटस्थ पुलिस प्रतिक्रिया वाहन द्वारा त्वरित सहायता हेतु पीड़ित व्यक्ति के पास पहुँचकर अपराध के प्रकरण की प्रकृति के अनुसार अग्रेतर कानूनी कार्रवाई के लिए प्रकरण स्थानीय पुलिस को हस्तगत कर दिया जाता है।

यूपी-100 का एकीकरण राज्य के चिकित्सा विभाग की 108 नंबर पर संचालित एंबुलेंस सेवाओं से किया गया है। इसी प्रकार अग्नि शमन सेवाओं का यूपी-100 से एकीकरण कर दिया गया है। इस तरह से उत्तर प्रदेश देश का संभवतः पहला ऐसा राज्य है, जहाँ देश की 22 करोड़ आबादी को किसी भी आपात स्थिति में शहर या ग्रामीण क्षेत्र से केवल 100 नंबर पर फोन करने पर पुलिस, स्वास्थ्य और अग्नि शमन तीनों की आकस्मिक सेवाएँ कहीं भी कभी भी उपलब्ध हैं।

नागरिकों के सशक्तीकरण की दिशा में एक विशेष कदम क्रियान्वित किया गया है। अपने साथ हुई किसी दुर्घटना की स्थिति में कोई भी नागरिक घटना का वीडियो बना सकता है और उसको यूपी-100 के पोर्टल पर अपलोड कर सकता है। यह वीडियो सीधे संबंधित थाने को उपलब्ध हो जाएगा और थानों का यह उत्तरदायित्व निर्धारित किया गया है कि वे इस तरह नागरिकों द्वारा अपलोड किए गए सभी फोटो या वीडियो को संबंधित घटना की विवेचना में अनिवार्य रूप से सम्मिलित करेंगे। इससे ऐसी सभी विवेचनाओं में अधिक पारदर्शिता तथा वस्तुनिष्ठता से कार्रवाई की जाती है।

यह एक ऐसी व्यवस्था है, जिसमें उत्तर प्रदेश पुलिस विभाग ने स्वयं एक सकारात्मक पहल कर अपने आपको जनता के प्रति पूरी तरह से पारदर्शिता के साथ उत्तरदायी बनाने का प्रयास किया है। यह पूरी व्यवस्था सुनिश्चित कर रही है कि पुलिस अपनी सेवाएँ निष्पक्षता और ईमानदारी के साथ प्रदान करे। प्रदेश के नागरिकों के सशक्तीकरण की दिशा में यह परियोजना मील का पत्थर है। यह व्यवस्था न केवल पुलिस की कार्यप्रणाली को बुनियादी रूप से परिष्कृत करती

है, बल्कि नागरिकों तथा समाज के वृहद् स्तर की सोच में भी सार्थक परिवर्तन लाने में सहायक है।

यूपी-100 परियोजना से पुलिस का लोकतंत्रीकरण हुआ है। यह व्यवस्था वर्ग, जाति या धर्म के किसी भेदभाव के बिना सभी के लिए समान रूप से उपलब्ध है। कोई भी नागरिक यूपी-100 में सीधे संपर्क कर सकता है, उसे पुलिस के साथ किसी भी प्रभावशाली संपर्क को ढूँढ़ने की कोई आवश्यकता नहीं है। नागरिकों को पुलिस सहायता उपलब्ध कराने में यह परियोजना जमीनी स्तर पर बहुत बड़ा परिवर्तन है। विशेष रूप से ग्रामीण क्षेत्रों में सूचनाओं पर थाने के एकाधिकार की समाप्ति हो गई है।

यह परियोजना प्रदेश के नागरिकों को आकस्मिक सहायता पहुँचाने में प्रभावशाली सिद्ध हुई है। 19 नवंबर, 2016 से शुरू हुई यह सेवा लगातार सुधार करते हुए नागरिकों को बेहतर सुविधा प्रदान कर रही है। यूपी-100 ने अपने क्रियाकलापों से न सिर्फ कई गंभीर घटनाएँ होने से बचाई हैं, वरन् अनेक अपराधियों को मौके से गिरफ्तार भी किया गया है। सांप्रदायिक तनाव वाली कई घटनाओं में त्वरित कार्रवाई के कारण घटनाएँ गंभीर होने से बच सकी हैं। घरेलू हिंसा, महिला व बच्चों की सुरक्षा की घटनाओं सहित कई आपातकालीन स्थितियों में नागरिकों को यूपी-100 द्वारा त्वरित सहायता प्रदान की गई है। सड़क दुर्घटनाओं के कई प्रकरणों में गंभीर घायल व्यक्तियों को त्वरित अस्पताल पहुँचाकर उनकी जान बचाई गई है। 19 नवंबर, 2016 से 02 अगस्त, 2017 तक यूपी-100 द्वारा कुल प्राप्त 28,90,660 घटनाओं की सूचनाओं में पीड़ित व्यक्तियों को आवश्यक सहायता प्रदान की गई है, इन प्रकरणों में से सबसे अधिक प्रकरण मामूली विवादों/झगड़ों के थे। कुल 9,34,257 विवादों/झगड़ों के मामले में यूपी-100 द्वारा आवश्यक कार्रवाई की गई है। यूपी-100 द्वारा 2,60,309 संपत्ति विवाद के मामलों, 4,52,310 घरेलू हिंसा के मामलों, 1,72,566 दुर्घटनाओं के मामलों में सहायता प्रदान की गई, जिससे दुर्घटना के शिकार कई लोगों की जान बचाने में सफलता हासिल हुई है। 1,34,582 महिला उत्पीड़न के प्रकरणों में यूपी-100 द्वारा त्वरित कार्रवाई की गई। यूपी-100 द्वारा जनसामान्य द्वारा दी गई सूचना के आधार पर कई स्थानों पर पहुँचकर अवैध शराब भट्ठियों, जुआ तथा सट्टा खेलनेवाले व्यक्तियों को रँगे हाथ पकड़ा गया। यूपी-100 द्वारा 1,63,916 चोरी के प्रकरणों, 71,935 जुआ खेलने की सूचनाओं पर त्वरित कार्रवाई की गई। आत्महत्या के प्रयास की 60,611 सूचनाएँ प्राप्त हुईं, जिसमें सभी घटनाओं

पर यूपी–100 द्वारा तत्काल मौके पर पहुँचकर 699 लोगों की जान बचाई गई। शराब पीकर सार्वजनिक स्थलों पर अव्यवस्था फैलानेवाले 17,225 प्रकरणों में तत्काल कार्रवाई की गई।

समाज के अंतिम व्यक्ति तक आकस्मिक पुलिस सहायता संस्थागत रूप से पहुँचाना यूपी–100 परियोजना का मूल उद्देश्य है। ऐसी प्रत्येक घटना, जिसमें इस परियोजना के पुलिसकर्मियों ने सहायता पहुँचाई है, वह संबंधित व्यक्तियों के जीवन में निर्णायक मोड़ साबित हुई है। सही समय और सही स्थान पर उपलब्ध कराई गई सहायता अपने आपमें छोटी हो सकती है, लेकिन वह कई परिवारों की बड़ी–बड़ी खुशियों का कारण होती है। प्रतिदिन ऐसे सैकड़ों प्रकरण हम देख रहे हैं।

इन छोटी–छोटी कहानियों के माध्यम से यूपी–100 परियोजना के समाज पर पड़नेवाले प्रभाव के विभिन्न आयामों को पाठकों के सम्मुख रखने के लिए रेनूजी द्वारा किए गए अथक परिश्रम तथा बौद्धिक योगदान की विशेष सराहना आवश्यक है। मेरी हार्दिक शुभकामनाएँ हैं।

—अनिल अग्रवाल

अपर पुलिस महानिदेशक, आईटेक्स
यूपी–100 मुख्यालय,
उत्तर प्रदेश, लखनऊ

लेखकीय

एक बार पं. जवाहरलाल नेहरू ने कहा था कि 'आजकल के जमाने में शायद सबसे बड़ा मंदिर, मस्जिद, चर्च और गुरुद्वारा वह जगह है, जहाँ इन्सान काम करता है इन्सान की भलाई के लिए। यह बात इसलिए याद आई, क्योंकि यूपी-100 के अधिकारियों व कर्मचारियों की कार्यनिष्ठा, सतर्कता व हौसलों को देखकर यही प्रतीत हुआ कि यह भी मंदिर, मस्जिद, गुरुद्वारे व चर्च से कम तो नहीं क्योंकि यहाँ का स्टॉफ प्रतिपल इन्सान की भलाई और सुरक्षा में लगा हुआ है। हर वह संस्था व व्यक्ति जो मानव कल्याण के लिए अपना सर्वस्व समर्पित कर चुके हैं, ईश्वरतुल्य तो हैं ही।

व्यस्त जीवन में सभी अपने-अपने कामों में लगे हैं। लोगों के मन से करुणा, दया, निष्ठा और परोपकार जैसे भावों का लोप होता जा रहा है। आए दिन अपराध बढ़ रहे हैं। भारत में जितनी तेजी से जनसंख्या बढ़ती जाती है, उतनी ही तीव्रता से अपराध भी बढ़ते जाते हैं। रोजगार, गरीबी और अशिक्षा ऐसे मुख्य मुद्दे हैं, जो हमारे देश की जड़ों को खोखला करते हैं और ये मुद्दे तब तक चलते रहेंगे जब तक कि हर नागरिक में परेशानियों व चुनौतियों का सामना करने का साहस उत्पन्न नहीं हो जाता। उनके हृदयों से मानसिक संताप और नकारात्मक भावों का लोप नहीं हो जाता।

यूपी-100 एक ऐसा संगठन है, जो अपराधियों को तो पकड़ता ही है, इसके साथ ही यह संगठन उन नागरिकों की सेवा में भी तत्काल हाजिर हो जाता है, जो अपने दु:खों और परेशानियों से घबराकर झगड़ों, विवाद और दुर्घटनाओं को आमंत्रित करते हैं। यूपी-100 की पुलिस नागरिकों के झगड़ों, विवादों और दुर्घटनाओं पर नियंत्रण करती है और उन्हें जिंदगी के साथ ही आगे बढ़ने की एक नवीन किरण प्रदान करती है।

यूपी-100 उत्तर प्रदेश राज्य का एक बड़ा संगठन है, जो पूरे प्रदेश के साथ ही देश व विदेश की रक्षा के लिए दृढ़-प्रतिज्ञ है। आज यह संगठन जिस तेजी और चतुराई से आम जन की समस्याओं को सुलझाने का प्रयत्न कर रहा है, वह निस्संदेह काबिल-ए-तारीफ है। पर यह सब इतना सरल भी नहीं था।

यूपी-100 की सेवा ज्यादा पुरानी नहीं है। 16 नवंबर, 2016 से यह अस्तित्व में आई। इसके अस्तित्व में आने से पहले यूपी-100 के भवन और कार्यशैली की डिजाइनिंग में अनेक बड़े अधिकारियों ने दिन-रात परिश्रम कर इसे ऐसा स्वरूप प्रदान किया है कि मिनटों में सारी जानकारी प्राप्त कर पीड़ित तक तुरंत सेवाएँ पहुँचा दी जाएँ। जी हाँ, यह सेवा 2 मिनट से 15 मिनट के अंदर कहीं भी दूरदराज के इलाके में पहुँचकर वहाँ की समस्या पर सहजता से काबू पा लेती है। इसके श्रव्य यंत्रों व कार्य करने की गतिविधियों को उत्कृष्ट बनाने के लिए कई अधिकारियों ने अहर्निश गहन शोध और अध्ययन किया। अधिकारियों को यूपी-100 का निर्माण करते समय न दिन-रात का होश रहा और न खाने-पीने का, यहाँ तक कि न ही परिवार की सुध-बुध का। है न कितनी अचरज भरी बात! जिन अधिकारियों ने इस महत्त्वपूर्ण प्रोजेक्ट से स्वयं को जोड़ा हुआ था, उनके लिए यह प्रोजेक्ट स्वयं से और परिवार से भी बढ़कर था।

सभी जानते हैं कि जब भी कोई अनूठा और नया कदम आगे बढ़ाने की कोशिश करता है तो बाधाएँ, परेशानियाँ और समस्याएँ उसके मार्ग में अवरोधक और कंटक बनकर आ खड़ी होती हैं। लेकिन यूपी-100 के अधिकारियों ने उन सभी अवरोधों और मुसीबतों को अपने दृढ़ निश्चय की ढाल से पराजित कर दिया और जन-जन से जुड़कर पुलिस को एक नई पहचान दी, एक नई आवाज दी—यूपी-100 आपकी सेवा में सदैव तत्पर।

लखनऊ के यूपी-100 के विशाल भवन में मैंने देखा कि वहाँ संवाद अधिकारी बेहद तन्मयता से अपने कार्य में व्यस्त रहते हैं। उन्हें कार्य के साथ-साथ अनेक मनोवैज्ञानिक बातों का प्रशिक्षण भी प्रदान किया जाता है। यही कारण है कि भयंकर दुर्घटना जैसी जानकारी मिलने पर भी वे अपने आवेगों पर काबू रख जल्दी-से-जल्दी पीड़ित व्यक्ति तक सहायता पहुँचाने का प्रयत्न करते है। यहाँ हर संवाद अधिकारी चपल, चतुर, आशा और आत्मविश्वास से लबरेज है। वे केवल जन-जन की दुनिया को ही सुलझाने का प्रयास नहीं करते हैं, बल्कि इन सब कार्यों के माध्यम से अपने परिवार का नक्शा बदलने का भी दम रखते हैं।

पाउलो कोएलो का कहना है, "हममें से कोई नहीं जानता कि अगले क्षण क्या

होगा, फिर भी हम आगे बढ़ते हैं। क्योंकि हम भरोसा करते हैं। क्योंकि हमारे अंदर आस्था है।" अब यही भरोसा और आस्था आमजन का यूपी-100 की पुलिस के प्रति है। अब जब वे बाहर निकलते हैं तो एक आत्मविश्वास के साथ, नए हौंसले के साथ। अब प्रदेश के निवासी हर चुनौती का सामना करने के लिए तैयार रहते हैं, क्योंकि उनके अवचेतन मन को यह पता है कि यूपी-100 सदैव उनके साथ है।

हम अपने आसपास ढेर सारी पुस्तकें देखते हैं। ये पुस्तकें हमारे ज्ञान और जानकारी को बढ़ाती हैं और हमारा मनोरंजन भी करती हैं। पुस्तकों के माध्यम से ही व्यक्ति अपने आसपास व परिवेश की बातें जान सकता है। आज आधुनिक टेक्नोलॉजी का समय है। पलक झपकते ही हमारे पास आधुनिक गजेट्स से हर तरह की जानकारी उपलब्ध हो जाती है। ऐसे में उन कार्यों और संस्था की जानकारी भी पल में हमारे सामने आ जानी चाहिए, जो मानवीयता को एक नई परिभाषा देते हैं और इन्सानियत व इन्सान दोनों को बचाने में अपना सर्वस्व समर्पण कर देते हैं और अपने कार्यों व कर्तव्य से इतिहास रच देते हैं, लेकिन अक्सर इतिहास उनका इतिहास रचने से भूल जाता है।

यूपी-100 ने बहुत ही कम समय में गंभीर-से-गंभीर और छोटे-से-छोटे अपराध को सुलझाने में बेहद समझदारी और परिपक्वता का परिचय दिया है। ये सारी उपलब्धियाँ व समाचार महज समाचार-पत्र के एक कोने में आकर सिमट गई थीं। ज्यादातर लोगों को तो अभी तक यह एहसास ही नहीं है कि पुलिस उनके जीवन में कितनी बड़ी भूमिका निभा रही है। बस इसलिए मैंने महसूस किया कि यूपी-100 के द्वारा सुलझाई गई कुछ घटनाओं को यदि कहानियों का रूप प्रदान करके उन्हें पाठकों के समक्ष लाया जाए तो इससे न केवल यूपी-100 की पुलिस के सर्वोत्कृष्ट कार्यों की पहचान होगी, अपितु पूरे देश में पुलिस की मित्रतावाली छवि उजागर होगी। लोग जानेंगे कि उनके जीवन में यूपी-100 की जीवन-धारा उन्हें मुक्त गगन में उड़ान भरने के लिए एक नई धारा दे रही है।

अब यूपी-100 के कार्य कहानियों के रूप में आपके समक्ष हैं। मैंने घटनाओं के साथ कितना न्याय किया है, ये तो आप सभी की बहुमूल्य प्रतिक्रियाएँ बता पाएँगी। इन्हीं आशाओं के साथ अपनी लेखनी को विराम देती हूँ।

—रेनू सैनी

अनुक्रम

डकैतों को दबोचा

रंगा, टीपू और सुक्कू ने आसपास अपनी दहशत से लोगों को भय से जड़ किया हुआ था। आए दिन उनके द्वारा चोरी और डकैती की खबरें सुनने को मिलती थी। एक दिन रंगा बोला, "यार, एल्किडो, ग्रीन कॉलोनी में अधिकतर बिजनेसमैन और अमीर लोग रहते हैं। वहाँ लंबा हाथ मारते हैं।"

यह सुनकर टीपू चहककर बोला, "वाह उस्ताद! लंबा हाथ मारने पर मेरी बोतल का जुगाड़ हो जाएगा।"

"इसे तो जब देखो बस बोतल की पड़ी रहती है।" सुक्कू उसकी ओर घूरकर बोला।

तीनों तैयारी के साथ एल्किडो ग्रीन कॉलोनी में चोरी करने की योजनाएँ बनाने लगे।

एल्किडो ग्रीन कॉलोनी में रहनेवाले केमिकल व्यापारी राजीव कपूर अपनी पत्नी मीना और दो बेटों विभोर व उज्ज्वल को छोड़कर मीटिंग के लिए विदेश गए हुए थे। 08 दिसंबर, 2016 को मीना ने डिनर में विभोर की पसंद की मटर पनीर की सब्जी, अभिनव की पसंद की बादाम की खीर बनाई। खाना खाकर सभी सो गए। सर्दियों के दिन थे। जल्दी ही सबको नींद आ गई। अचानक 3 बजे के आसपास रंगा, टीपू और सुक्कू ने एल्किडो ग्रीन कॉलोनी में चोरी करने के उद्देश्य से प्रवेश किया। उनकी नज़र राजीव कपूर के आलीशान घर पर पड़ी तो उन्होंने वहीं चोरी करने की ठान ली।

हर ओर देखने के बाद उन्होंने विंडो ए.सी. के पास लगी खिड़की को तोड़ा और सहजता से घर के अंदर प्रवेश कर गए।

अंदर घुसने के बाद बदमाशों ने लॉकर तोड़कर गहने और नकदी बटोरनी आरंभ कर दी। सामान उलटने-पलटने से खटपट की आवाज होने लगी। खटपट

की आवाज से मीना की नींद खुल गई। वह आँख मलते हुए उठी। आँखें खुलने पर उसने पाया कि घर का सामान अव्यवस्थित था। घर में सामान को अस्त-व्यस्त देखकर मीना के होश उड़ गए। वह समझ गई कि उसके घर में चोर घुस गए हैं।

होशियारी से मीना ने अपने दोनों बेटों विभोर और उज्ज्वल को जगाया। इसके बाद उन्होंने उन्हें घर में डकैतों के होने की सूचना दी। पहले तो सभी के चेहरे भय से जड़ हो गए। चिंता में किसी को समझ ही न आया कि क्या किया जाए? सभी अपने-अपने तरीके से दिमाग लगा रहे थे कि कैसे इस अनहोनी को रोका जाए? मीना और उज्ज्वल चिंतित से इस दिशा में सोच रहे थे। विभोर भी सोच में डूबा था। तभी अचानक विभोर को यूपी-100 की याद आई। उसने समाचार-पत्रों में यूपी-100 की तुरंत सेवा के बारे में पढ़ा था। उसने इशारों से माँ व भाई को संकेत दिया कि वह यूपी-100 को फोन कर रहा है। इसके बाद उसने चुपके से प्रात: 4:19 पर पुलिस कंट्रोल रूम में फोन कर दिया और धीमे-धीमे अपने घर के पते के साथ सारी सूचना संवाद अधिकारी को दे दी। यह देखकर उज्ज्वल ने भी अपने दिमाग के घोड़े दौड़ाए। उसने सोच-विचार कर अपने मित्र को फोन किया। मित्र के फोन उठाते ही उसने उसे बताया कि उनके घर में बदमाश घुस गए हैं और वे नकदी व सामान बटोर रहे हैं। जल्दी से वह उसकी किसी-न-किसी तरह से सहायता करे। मित्र ने पूरी मदद का आश्वासन दिया। बदमाशों से निहत्थे भिड़ना बेवकूफी ही थी। इसलिए पुलिस के आने का इंतजार होता रहा। इतनी देर में चोर नकदी व जेवर इकट्ठे करते रहे, तभी उज्ज्वल धीमे-धीमे इशारों से बोला, "इतनी जल्दी पुलिस कहाँ आएगी? क्या पुलिस वारदात के समय कभी वक्त पर पहुँचती है? हमें ही कुछ करना होगा।" विभोर बोला, "भैया, यूपी-100 से बहुत उम्मीदें हैं। यह हमारे प्रदेश की नई सेवा है। मुझे लगता है कि सब ठीक हो जाएगा।" उधर मीना दोनों बच्चों की बातें सुनकर आँखें बंद कर जान-माल की सलामती के लिए ईश्वर से प्रार्थना कर रही थी।

विभोर की नज़र घड़ी पर गई तो घड़ी में 4:26 हो चुके थे। जैसे ही एक मिनट और बढ़ा वैसे ही यूपी-100 की पी.आर.वी. वहाँ पहुँच गई। पी.आर.वी. की आहट पाते ही मीना, विभोर और उज्ज्वल निश्चिंत से हो गए।

इसी बीच उज्ज्वल के मित्र ने भी नजदीकी थाने को इस संबंध में सूचित कर दिया था। कुछ ही देर में पुलिस चौकी की गाड़ी भी वहाँ आ गई। पाँच बदमाश थे। पी.आर.वी. व पुलिस चौकी की गाड़ी ने एल्किडो ग्रीन कॉलोनी को चारों ओर से घेर लिया।

पी.आर.वी. के कमांडर राकेश पुलिस चौकी के इंस्पेक्टर दयाल से बोले, "हमें होशियारी से घर के अंदर प्रवेश कर बदमाशों को अपनी गिरफ्त में लेना होगा, ताकि वे घर के किसी सदस्य को कोई नुकसान न पहुँचा सकें।"

फिर उन्होंने व्यापारी के घर को चारों ओर से देखा। कहाँ से सहजता से घर में प्रवेश किया जा सकता है, इस ओर दिमाग लगाया।

पाँच घंटे तक सर्च ऑपरेशन चला। इस दौरान मौके पर रंगा डकैत पुलिस के हत्थे चढ़ गया। पूरी कॉलोनी को पुलिस ने घेर लिया था। उस दिन चार और अन्य डकैत भी पुलिस की गिरफ्त में आ गए।

मीना, उज्ज्वल व विभोर सही-सलामत थे। उनका सामान भी चोरी होने से बच गया था। यूपी-100 को मौके पर पहुँचे देख विभोर बोला, "यूपी-100 ने तो आज कमाल कर दिया। सूचित करने के मात्र 08 मिनट के अंदर पी.आर.वी. यहाँ पहुँच गई।"

उज्ज्वल बोला, "हाँ बिल्कुल, वरना आज तो हम यही सोचे बैठे थे कि पुलिस हम तक दुर्घटना होने के बाद पहुँचेगी। आज यदि हम जीवित हैं तो केवल यूपी-100 के कारण।"

यह सुनकर कमांडर राकेश बोले, "यूपी-100 प्रदेश के लोगों के लिए ही प्रारंभ की गई है। इसे आप पुलिस की सेवा के बजाय अपना मित्र और सखा समझेंगे तो ज्यादा अच्छा होगा। आप हम पर अपने सच्चे मित्र की तरह पूरा भरोसा कर सकते हैं। आपके भरोसे को हम कभी तोड़ेंगे नहीं और अपनी जिम्मेदारी से मुँह मोड़ेंगे नहीं।" कमांडर राकेश की बात से सभी के चेहरों पर मुसकान तैर गई।

अभिनव बोला, "जी, आज से आप हमारे मित्र ही हैं।"

मामले को सुलझाने के बाद पी.आर.वी. वहाँ से चली गई और एक बड़ी डकैती होने से बच गई।

□

ए.टी.एम. से चोरी की कोशिश

"अरे यार, जरा एक सिगरेट दे न मूड खराब हो गया।"

"क्यों टिल्लू भाई? मूड कैसे खराब हो गया। मूड खराब कर लोगे तो हमारा आज का काम-धंधा चौपट हो जाएगा। अरे, तुम तो उस्तादों के उस्ताद हो! फिर भाई का मूड कैसे खराब हो गया!"

"रिंकू, घरवाले दिन-रात ताने देते रहते हैं कि मैं कोई काम नहीं करता। पढ़ा-लिखा नहीं हूँ। आवारागर्दी करता हूँ और उन पर बोझ बना हुआ हूँ। कल रात को माँ और बड़े भाई ने बहुत कुछ कहा। उनकी बातों से दिमाग में टेंशन सी हो गई है। यार, कोई ऐसा तरीका नहीं है, जिससे कि जल्दी से ढेर सारे रुपए कमा लिये जाएँ और सुख से रहा जाए।"

"हाँ, है न भाई।"

"अच्छा जल्दी से बता न फिर कौन सा तरीका है?"

"यही कि सपनों में रुपयों के ढेर पर बैठ जाओ। फिर तो रुपयों की कोई कमी नहीं रहेगी।"

"तू न घोंचू का घोंचू रहेगा! एक तो तेरे दिमाग की बत्ती वैसे भी गुल रहती है, ऊपर से तुझे तो ढंग से बात करनी भी नहीं आती। तभी तो तू आज तक कुछ नहीं कर पाया। बस सारा दिन मुँह उठाए इधर-उधर घूमता रहता है।"

"अरे उस्ताद···तो तूने कौन से पहाड़ तोड़ दिए या तीर मार लिये। तू भी तो मेरे साथ ही सारा दिन मुँह उठाकर घूमता है। न तू कुछ कर पाया और न मैं।" यह कहकर रिंकू जोर-जोर से हँसने लगा।

उसे हँसते देखकर टिल्लू बोला, "ये पान खाए दाँत क्यों दिखा रहा है? इन्हें बंद कर ले, वरना सारे दाँत बाहर निकाल दूँगा।"

टिल्लू का गुस्सा भड़कते देख रिंकू ने जल्दी से अपनी बत्तीसी बंद की और

चुप रहना ही उचित समझा। इसके बाद दोनों चुपचाप चलते रहे। रिंकू मन-ही-मन बोला, 'आज तो वाकई टिल्लू भाई का मूड बहुत खराब है।'

कुछ दूर चलते ही रिंकू की नज़र ए.टी.एम. मशीन पर पड़ी। लोग वहाँ से रुपए निकाल रहे थे। उन्हें रुपए निकालते देख रिंकू उछलकर बोला, "वो मारा पापड़वाले को।" यह देखकर टिल्लू गुस्से से उसकी ओर देखा तो रिंकू धीमी आवाज में बोला, "भाई, एक बहुत अच्छा आइडिया मेरे दिमाग में आया है जल्दी रुपए कमाने का। तुम अभी कुछ देर पहले बात कर रहे थे न। सुन लोगे तो तुम भी मेरी तरह उछलोगे।"

यह सुनकर टिल्लू ने अपना मुँह दूसरी ओर कर लिया मानो उसे सहमति दे रहा हो कि बक क्या आइडिया है तेरा?

रिंकू बोला, "टिल्लू" ए.टी.एम. में तो ढेर सारे रुपए होते हैं। रात को जब सारी दुनिया नींद में होगी तो हम ए.टी.एम. से रुपए निकालकर ले जाएँगे और बाँट लेंगे। इस तरह तुम्हारे भी दुःखड़े खत्म और मेरे भी। कुछ दिनों के लिए तो खत्म ही समझ। फिर इन रुपयों से कुछ काम शुरू कर लेंगे और हमेशा के लिए यह चोरी-चकारी छोड़ देंगे।"

जब फूटी कौड़ी पास न हो तो व्यक्ति को एक रुपया भी बहुत बड़ा लगता है। टिल्लू ने रिंकू की बात बेमन से सुनी थी। पर उसे भी रिंकू का यह आइडिया बहुत पसंद आया। वह बोला, "आखिर मेरे साथ रहते-रहते तेरे दिमाग की गुल बत्ती जल ही गई। आइडिए में दम तो है तेरे। चल आज ही इस काम को अंजाम देते हैं और आधी रात का इंतजार करते हैं।"

धीरे-धीरे समय बीतता रहा और आखिर रात के साढ़े ग्यारह बज गए। ए.टी.एम. के पास कोई न था। इस मौके को देखते हुए दोनों ए.टी.एम. मशीन के पास गए। उन्होंने ए.टी.एम. को तोड़ने के लिए उपकरण भी जुटा लिये थे। टिल्लू और रिंकू जी-जान से ए.टी.एम. मशीन को तोड़ने में लगे थे। तभी यूपी-100 की गाड़ी गश्त लगाती हुई उस ओर आई।

यूपी-100 की 3200 कार पी.आर.वी. का काम कर रही हैं। इनमें से 700 इनोवा और 2500 बोलेरो शामिल हैं। इसके अलावा 1600 मोटरसाइकिल भी जल्दी ही पी.आर.वी. के रूप में आनेवाली हैं। कई बार भारी ट्रैफिक से गाड़ी का निकलना मुश्किल हो जाता है। ऐसे में यूपी-100 की मोटरसाइकिल जल्दी से दुर्घटनास्थल पर पहुँचकर राहत प्रदान करने की कोशिश करेगी। यह विचार कर अधिकारियों ने अब मोटरसाइकिल को भी पी.आर.वी. में शामिल करने का निश्चय किया है। उनमें ध्वनि मानकों को भी फिट करने का प्रयास जारी है।

इस समय ए.टी.एम. के पास बोलेरो पी.आर.वी. गश्त लगा रही थी। पी.आर.वी. में बैठे प्रभारी अधिकारी राहुल तनेजा को कुछ शक हुआ। उन्होंने गाड़ी से उतरकर ए.टी.एम. के पास जाकर देखा। पुलिस की गाड़ी को देखते ही टिल्लू और रिंकू की घिग्घी बँध गई थी और वह मशीन के कोने में सबकुछ छोड़-छाड़कर एक कोने में दुबक गए। राहुल तनेजा जमीन पर उपकरणों को फैला हुआ और टिल्लू व रिंकू को कोने में छिपे देख सब समझ गए।

उन्होंने इन्हें रँगे हाथों मशीन तोड़ते हुए पकड़कर अपनी गिरफ्त में ले लिया।

राहुल तनेजा बोले, "तुम जैसे चोर और अपराधी यह भूल जाते हैं कि तुम्हारे दिमाग और हाथ जितने लंबे हैं, पुलिस के हाथ और दिमाग उससे भी लंबे हैं। तुम जैसे अपराधियों को काबू में करने के लिए ही यूपी-100 की सेवा आरंभ हुई है, ताकि जनता चैन से अपने काम कर सके।"

रिंकू दबे स्वर में बोला, "साहब, हम तो छोटे-मोटे चोर हैं। इस बार माफ कर दीजिए। अब से हम ऐसे गलत काम नहीं करेंगे।"

"सब अपराधी पकड़े जाने पर यही बोलते हैं, जो तुम कह रहे हो।" राहुल बोले।

वे दोनों को निकटवर्ती थाने की ओर लेकर चल पड़े। रास्ते में वे टिल्लू और रिंकू से बोले, "हमारी पी.आर.वी. रात में अक्सर ए.टी.एम., बैंक, शोरूम आदि के आसपास इसलिए गश्त लगाती है, ताकि तुम जैसे चोरों को रँगे हाथों पकड़कर सबक सिखाया जा सके।"

टिल्लू और रिंकू दोनों ही इस समय कुछ बोलने की स्थिति में नहीं थे। हाँ, पर आज पुलिस के हत्थे चढ़ने के बाद उन्होंने चोरी के कामों से तौबा करने की ठान ली थी।

□

मनचलों को सिखाया सबक

टिया स्कूल से आई। सुमिता ने उसे खाना दिया। इसके बाद टिया ने टेबल पर विवाह का कार्ड देखा तो बोली, "माँ ये कार्ड कौन देकर गया?"

"अरे, तुझे पता तो है रंजना बुआ की बेटी सिमरन का विवाह है। आज रंजना बुआ कार्ड देकर गई हैं।"

"वाह! मैं तो विवाह में बहुत मस्ती करूँगी। नाचूँगी, गाऊँगी और ढेर सारी शरारत करूँगी। मैं कब से इस दिन का इंतजार कर रही थी? पर माँ मुझे तो सिमरन के विवाह में डिजाइनर लहँगा डालना है। आप मेरे साथ बाजार चलिएगा। फैंसी ड्रेस के शोरूम में मुझे अपने लिए बढ़िया ड्रेस मिल ही जाएगी।"

टिया का चुलबुलापन देखकर सुमिता बोली, "ठीक है, आज नहीं। आज तो मुझे बहुत सारे काम करने हैं। कल चलेंगे। मैं तेरे लिए एक अच्छी सी ड्रेस खरीद दूँगी।" यह सुनकर टिया चहकने लगी।

अगले दिन गुरुवार को टिया तैयार होकर बोली, "माँ, जल्दी चलो। देर हो रही है।"

सुमिता और टिया कुछ ही देर में बाजार पहुँच गई। टिया ने देखा दुकानों में तरह-तरह का सामान रखा हुआ था। मेकअप का सामान, खाने-पीने का सामान, जूते-चप्पल और कपड़ों का तो कहना ही क्या?

एक दुकान पर टिया ने अपने लिए कपड़े देखे, पर उसे कुछ पसंद ही नहीं आया। जब चार-पाँच दुकानों पर एक-आधा घंटा लगाने के बाद भी टिया को कुछ पसंद नहीं आया तो सुमिता गुस्से से टिया से बोली, "मुझे तेरी यही बात पसंद नहीं है कि तू दुकान में बहुत देर लगाती है। हम किस समय आए थे और अब क्या समय हो गया है? रात होने को आ रही है। घर में जाकर भोजन भी बनाना है। जल्दी कर टिया।"

माँ की बात सुनकर टिया ने कलाई में बँधी घड़ी देखी। सुई शाम के छह बजा रही थी। वाकई बहुत देर हो गई थी। इस बार टिया एक दुकान में गई और मोल-भाव करके वहाँ से अपने लिए गुलाबी रंग का एक बहुत ही खूबसूरत गाउन ले लिया।

दुकान से बाहर आने के बाद सुमिता बोली, "अब जल्दी से कोई ऑटोरिक्शा ढूँढ़, जिससे हम समय पर घर पहुँच सकें।"

टिया ने दो-तीन ऑटोरिक्शा रोके और उनसे घर की ओर चलने के लिए कहा। लेकिन उन्होंने मना कर दिया। आखिर एक ऑटोरिक्शा ने हामी भरी। सुमिता जल्दी से बोली, "बैठ टिया, घर में भी बहुत सारे काम करने हैं।"

ऑटोरिक्शा चल पड़ा। टिया सुमिता से बातें करते हुए जा रही थी। तभी सुमिता और टिया दोनों ने नोट किया कि एक एक्टिवा पर दो लड़के अजीब से इशारे करते हुए उनके ऑटोरिक्शा की तरफ आ रहे थे। जैसे ही ऑटोरिक्शा पीछे होता तो वे एक्टिवा को घुमाकर उनका इंतजार करते और उनके करीब आते ही मस्ती में गाते हुए एक्टिवा को लहराकर चलाने लगते। पहले तो सुमिता को लगा कि शायद आपस में मस्ती कर रहे हैं। फिर कुछ देर बाद उनके हाव-भाव और इशारों से वह समझ गई कि वे मनचले हैं और उन्हें परेशान कर रहे हैं। टिया भी यह सब देख रही थी। वह अपनी माँ से बोली, "माँ ऐसे लोगों की जब तक अक्ल ठिकाने नहीं लगती, तब तक ये नहीं सुधरते। आज मैं इन्हें सुधारकर छोड़ूँगी।"

सुमिता हैरानी से टिया की ओर देखते हुए बोली, "तुम क्या करोगी? कैसे सुधारोगी इन्हें?" बस माँ आप देखती जाइए। इसके बाद टिया ने तुरंत यूपी-100 को फोन कर दिया। उसने एक्टिवा का नंबर नोट किया। अपने ऑटोरिक्शा का नंबर बताया और तुरंत यूपी-100 से मदद माँगी। कुछ ही देर में पी.आर.वी. ने एक्टिवा को ढूँढ़ लिया। पी.आर.त्री. एक्टिवा के पास जाकर रुक गई। दोनों ही मनचलों की पी.आर.वी. को देखते ही सिट्टी-पिट्टी गोल हो गई। उन्हें सपने में भी यह अनुमान न था कि उनकी मस्ती उन्हें इतनी महँगी पड़ेगी। तभी ऑटोरिक्शा में बैठी सुमिता और टिया भी वहाँ पहुँच गईं। उन्होंने ऑटो चालक से ऑटोरिक्शा रोकने के लिए कहा।

ऑटोरिक्शा के रुकते ही दोनों बाहर निकलीं। टिया पी.आर.वी. कमांडर रजनीश से बोली, "सर, जैसे ही हम लोग ऑटोरिक्शा में बैठे, वैसे ही इन दोनों ने अपनी एक्टिवा से हमारा पीछा करना शुरू कर दिया। जब हमारी नज़र इनकी ओर जाती तो ये दोनों ही अश्लील इशारे करते और चिल्ला-चिल्लाकर अजीबोगरीब आवाजें निकालते। पहले तो हमने इनकी ओर ध्यान नहीं दिया। लेकिन फिर ये ऑटोरिक्शा के बहुत करीब आकर गंदी हरकतें करने लगे।"

यह सुनकर कमांडर रजनीश बोले, "अब जब ये दोनों जेल की हवा खाएँगे तो वहाँ पर इन्हें याद आएगा कि महिलाओं को परेशान करने की सजा क्या होती है?"

यह सुनकर दोनों लड़के मनीष और संदीप भय से पीले पड़ गए। वे कमांडर रजनीश के आगे हाथ जोड़कर बोले, "सर, इस बार माफ कर दीजिए। आगे से हम ऐसा कभी नहीं करेंगे। हर महिला को अपनी माँ और बहन की नज़र से देखेंगे।"

उन दोनों को माफी माँगते देख कमांडर रजनीश बोले, "तुम्हें माफी केवल सुमिता और टियाजी के कहने पर ही मिल सकती है।"

कमांडर रजनीश की इस बात पर मनीष और संदीप दोनों ही सुमिता और टिया के पैर छूते हुए बोले, "आंटीजी और बहनजी, हमें माफ कर दीजिए। हमसे बहुत बड़ी गलती हो गई। अगर हमारे माता-पिता को ये सब पता चल गया तो वे हमें कभी माफ नहीं करेंगे।"

उन दोनों की गिड़गिड़ाहट और याचना भरे स्वर को देखकर सुमिता और टिया ने उन्हें माफ कर दिया। इस तरह दोनों मनचलों को अच्छा सबक मिल गया। उन दोनों ने संकल्प लिया कि वे भविष्य में कभी किसी महिला की ओर आँख उठाकर नहीं देखेंगे।

□

मोगली गर्ल

"बिरजू मुझे यह समझ नहीं आ रहा कि तू कतर्नियाघाट के जंगलों में क्यों आया है?"

"बस ऐसे ही मेरा हरियाली की ओर आने का मन था। अकेले इस ओर आने से मन घबराता है। यहाँ घना जंगल है और जानवर भी हैं। तेरा साथ होने के कारण अब मैं यहाँ अच्छे से घूम पाऊँगा।"

"अरे, तुझे घूमने का इतना ही शौक था तो हमारे गाँव में क्या हरियाली कम है, जो यहाँ मरने के लिए आ गया! अगर अभी सामने से कोई भयानक जानवर आ गया तो हम दोनों अपनी जान से हाथ धो बैठेंगे।"

"भोलू, तू बेकार ही डरता है। कुछ नहीं होगा। यहाँ घूमकर हम बिल्कुल फ्रेश हो जाएँगे। इतनी ताजी हवा भला हमारे गाँव में कहाँ है? वहाँ भी अब प्रदूषण का प्रकोप बढ़ गया है।"

ये बातें करते हुए वे दोनों जंगल की ओर बढ़ ही रहे थे कि तभी उन्हें बंदरों के बीच एक आठ-दस साल की लड़की नज़र आई। वह बंदरों के बीच बैठी थी और उनकी तरह खों-खोंकर रही थी। यह देखकर दोनों की आँखें ठगी सी रह गईं। बिरजू बोला, "भोलू, ये बंदर इस बच्ची को खा जाएँगे, चल इसे उन बंदरों से बचाएँ।"

"हाँ, तू सही कह रहा है। चल इसे छुड़ाते हैं।"

ये बोलकर दोनों धीरे-धीरे उस बच्ची की ओर बढ़ चले। दोनों ही इस बात से अनजान थे कि वह बच्ची तो न जाने कब से इनके बीच पल-बढ़ रही थी। जैसे ही बंदरों ने इन दोनों को अपनी ओर आते देखा तो उनकी फौज खों-खों करते हुए इनकी ओर बढ़ चली। बंदरों को अपनी ओर आते देख दोनों जान हथेली पर लेकर भागे। जब बंदर पीछे छूट गए तो उन्होंने चैन की साँस ली।

भोलू बोला, "देखा, मैं न कहता था कि तू मरने की जगह लेकर आया है।"

"अरे वह सब छोड़, तूने यह नहीं देखा कि बंदर किस तरह बच्ची को घेरकर बैठे हुए थे। वे उस बच्ची को नोचकर मार डालेंगे। हमें इसकी सूचना किसी-न-किसी को तो देनी होगी और उस बच्ची को बचाना होगा।"

बिरजू बोला, "किसी को क्या यूपी-100 को बताते हैं इस बारे में। यूपी-100 कठिन-से-कठिन मामलों को सुलझाने में भी हमेशा सफल रहती है।"

इसके बाद बिरजू ने यूपी-100 को इस बारे में सूचित कर दिया।

इस बारे में सूचना मिलते ही नियमित गश्त पर लगाई गई यूपी-100 की पी.आर.वी. कतर्नियाघाट की ओर चल पड़ी। कमांडर सुरेश व अन्य लोग बच्ची को ढूँढ़ने लगे। लेकिन उन्हें निराशा ही हाथ लगी। पर यूपी-100 के अधिकारी का आदेश था कि उस बच्ची को हर हाल में जल्दी-से-जल्दी ढूँढ़ना है। दिन-रात यूपी-100 के कर्मचारी उस बच्ची को ढूँढ़ने में लगे रहे। आखिर एक दिन वह बच्ची बंदरों के साथ हाथ और पैरों पर चलती नज़र आई। यह नजारा देखकर सभी भौचक्के रह गए। कमांडर सुरेश बच्ची की ओर बढ़ा तो बंदरों ने उन पर धावा बोल दिया। किसी तरह सब जान बचाकर लौटे। यह सूचना पुलिस अधीक्षक को प्राप्त हुई तो उन्होंने इस बारे में बहुत सोच-विचारकर वन के अधिकारियों से इस मामले को सुलझाने के लिए बात की। वन के अधिकारी बच्ची को ढूँढ़ने के लिए पुलिस का साथ देने को तैयार हो गए। इस प्रकार अब यूपी-100 और वन विभाग की टीम कतर्नियाघाट के जंगलों की ओर जाने लगी। पुलिस की टीम में कमांडर सुरेश यादव, आरक्षी विपिन मीना और वन विभाग के कार्मिकों में सूरज चौहान व रणबीर शामिल थे। चारों बच्ची को ढूँढ़ने के लिए योजनाएँ बनाते और होशियारी से जंगल की ओर निकलते। पुलिस और वन विभाग दोनों की एकजुटता से काम करने की मेहनत रंग लाई। एक स्थान पर बच्ची बंदरों के झुंड के साथ फलों को जमीन पर फैलाकर खाती दिखाई दी। उसके बदन पर वस्त्र भी नहीं थे।

पहले सुरेश यादव आगे बढ़ा। बंदरों ने जैसे ही सुरेश को देखा, वे उस पर छीना-झपटी के लिए आगे बढ़े। सूरज चौहान को पशुओं से मित्रता करने का तजुर्बा था। उसने अपने साथ लाए केले और अन्य खाने-पीने का सामान निकालकर उनकी ओर फेंका। रणबीर ने अपनी आँखों व हाव-भाव से जानवरों के सामने ये प्रदर्शित किया कि वे उन्हें कोई नुकसान नहीं पहुँचाएँगे। बंदर सूरज की ओर खाने-पीने के लिए लपके और अन्य टीम बच्ची को लेने के लिए। लेकिन जैसे ही वे बच्ची की ओर पहुँचे वह भी गुर्राकर उनका विरोध करने लगी। यह देखकर पुलिस व वनकर्मी एक-दूसरे की ओर हैरत से देखने लगे। तभी सूरज सुरेश से बोला,

"मैं जानवरों को इनकी सुरक्षा का एहसास कराता हूँ। जब उनका ध्यान बँट जाए तो बच्ची को फौरन उठाकर पी.आर.वी. में बिठा लीजिएगा।" सुरेश फौरन तैयार हो गया। सूरज जानवरों से प्रेम से बात करने लगा। यह देखकर सुरेश और विपिन ने बच्ची को उठाया और उसे लेकर जल्दी से पी.आर.वी. में बैठ गए। सूरज और रणबीर भी गाड़ी में आ बैठे। अब उन सबका ध्यान बच्ची की ओर गया। वह उन्हें अजनबियों की तरह देख रही थी। न ही उसे बोलना आता था और न ही वह उनकी बातों को समझ रही थी। यूपी-100 ने उसे मिहीपुरवा के सामुदायिक स्वास्थ्य केंद्र में भर्ती कराया। इसके बाद उसे जिला अस्पताल ले जाया गया। कुछ दिन बाद उसकी हालत में सुधार होना आरंभ हो गया।

यूपी-100 के इस समझदारी और मानवीयता से भरे कदम का पूरे विश्व ने सम्मान किया। जैसे ही यह खबर पूरे देश में फैली, वैसे ही इस बच्ची को देखनेवालों की लाइन लग गई। सभी लोग बच्ची की एक-एक हरकत को ध्यान से देखते। वह खाने को बिस्तर पर फैलाकर खाती। न ही कुछ बोलती और न ही किसी की बात समझती। हाथ-पैरों पर चलती। बहराइच के जिला अधिकरी अजयदीप सिंह ने मोगली गर्ल को 'वन दुर्गा' का नाम दिया।

कई दिनों तक वन दुर्गा अस्पताल में रही। अब वह कहाँ जाए? सभी इसी उधेड़बुन में थे। यूपी-100 ने बाल कल्याण समिति से इस संदर्भ में बात की तो उन्होंने वन दुर्गा को विशेष बाल गृह लखनऊ भेजने की अनुमति प्रदान कर दी।

बाल गृह लखनऊ में वन दुर्गा को मनुष्यों की तरह व्यवहार करना सिखाया जा रहा है और उसे शिक्षा की ओर प्रेरित करने के लिए भी कदम उठाए जा रहे हैं। अब वन दुर्गा सामान्य बच्चों जैसी लगने लगी है।

इस घटना के बाद से यूपी-100 पर हर निवासी का विश्वास बढ़ रहा है। बेहद कम समय में यह व्यवस्था तरक्की की सीढ़ियाँ चढ़ उत्तर प्रदेश के साथ ही पूरे देश को एक नई डगर पर ले चली है, जहाँ उनका साथ हर पल है और निवासियों का विकास पल-पल है।

□

समाधि लेने से रोका

"बाबा भैरों सिंह की बातों में सच्चाई तो है। उन्होंने कल मुझे कहा था कि तुम्हें कहीं से रुका हुआ रुपया मिल जाएगा और आज ही मेरे ताऊ का बेटा मेरे दस हजार रुपए लौटा गया। उसने मुझसे ये रुपए चार साल पहले लिये थे। बहुत बार याद दिलाने के बाद भी वह यही कहता था कि अभी हाथ तंग है। आज जब वह खुद रुपए दे गया तो मुझे बाबा भैरों सिंह की भविष्यवाणी पर यकीन हो गया।" किशन बोला।

यह सुनकर वहीं खड़ी महिला बिरमो बोली, "बिल्कुल! परसों मैं अपने बेटे को झाड़ा लगवाने लाई थी। उसको बुखार था। आज वह बिल्कुल ठीक है। बाबा ने मुझे कहा था कि उसे भभूत खिलाती रहूँ तो वह दो-तीन दिन में बिल्कुल भला-चंगा हो जाएगा।"

उनकी बातें दो-तीन नवयुवक और नवयुवतियों ने भी सुनीं। दिलीप कॉलेज में मनोविज्ञान पढ़ रहा था। इसलिए वह अंधविश्वास और ढकोसलों का पुरजोर विरोध करता था। वहीं मधु अर्थशास्त्र में बी.ए. कर रही थी। वह विकास के असली रास्तों से वाफिक थी कि प्रगति की डोर अंधविश्वासों या बाबाओं के रास्ते से नहीं बल्कि शिक्षा के रास्तों से होकर गुजरती है।

तभी बाबा भैरों सिंह अपना ताम-झाम लेकर बरगद के पेड़ के पास आ गया। उसे देखते ही वहाँ लोगों की लंबी लाइन लग गई। मधु और दिलीप यह देखकर दंग रह गए कि आधुनिक समय में भी लोग किस तरह अंधविश्वास के कारण अपना समय, ऊर्जा और रुपया बरबाद करते हैं। आज तो कई लोग अपने साथ बीमार बच्चों, बुजुर्गों को लाए थे, ताकि उनकी समस्याओं के समाधान बाबा भैरों सिंह से प्राप्त कर सकें।

मधु बाबा भैरों सिंह से बोलीं, "आप जनता को मूर्ख बनाकर ठगते हैं। ये

लोग इस बात को समझते नहीं कि चमत्कार या जादू-टोना कुछ नहीं होता, सबकुछ विज्ञान का मेल होता है।"

वहीं खड़ा दिलीप बोला, "बिल्कुल! जिसे यह बाबा का चमत्कार समझ रहे हैं दरअसल वह इनके अवचेतन मन का चमत्कार है। अवचेतन मन में हम जैसी कल्पना करते हैं, वह सच हो जाती है। यदि कल्पना नकारात्मक की जाए तो वैसा ही होता है और यदि उसे सकारात्मक रूप से लिया जाए तो परिस्थितियाँ सही हो जाती हैं।"

तीसरा युवक इंदर बोला, "बाबा भैरों सिंह, आपके कारण हमारे माता-पिता बेहद अंधविश्वासी हो गए हैं। आप अपना बोरिया-बिस्तर यहाँ से लेकर चले जाइए। नहीं तो हम पुलिस को बुलाकर आपको पकड़वा देंगे।"

सत्तर साल के बाबा भैरों सिंह अभी तक चुपचाप सब लोगों की बातें सुन रहे थे। वे उनकी बातें सुनकर बहुत क्रोधित हो गए। वे लोगों की ओर देखते हुए बोले, "ये कल के आए बच्चे मुझे धोखेबाज और ढकोसलोंवाला समझते हैं। ये नहीं जानते कि मैं ईश्वर का भेजा हुआ दूत हूँ। यदि आपको मेरी इन बातों का यकीन नहीं होता तो मैं यहीं रूपमपुरवा थाना भीरा में समाधि लूँगा। तब आप लोगों को मेरे चमत्कार और सिद्धियों पर यकीन होगा।"

बाबा भैरों सिंह की बातें सुनकर वहाँ खड़े लोग सकते में आ गए। वे दिलीप, मधु और इंदर को डाँटने लगे।

इंदर साहस करके बोला, "बाबा भैरों सिंह यही चाहते हैं कि आप हमें डाँट-फटकार कर यहाँ से भगा दें और इनकी दुकान चलती रहे।"

अब बाबा भैरों सिंह इन तीनों से मन-ही-मन डरने लगे थे। उन्होंने तुरंत वहीं गहरा गड्ढा खोदना आरंभ कर दिया।

यह देखकर लोग चिल्लाने लगे। वे बाबा को रोकते हुए बोले, "बाबा, ये नादान बच्चे हैं। आप इन्हें माफ कर दीजिए। आगे से ये आपको कुछ नहीं कहेंगे।"

लेकिन बाबा भैरों सिंह नहीं रुके। उन्होंने छह-सात फीट गहरा गड्ढा अपने चेलों से खुदवाया और उस गड्ढे में घुस गए। फिर वे अपने चेलों से बोले कि आज इन लोगों पर प्रकोप गिरेगा, क्योंकि इन्होंने एक भोले-भाले साधु को जिंदा समाधि लेने पर मजबूर किया है। बात बढ़ती गई। अब मामला गंभीर बन गया था। बाबा समाधि से निकलने को तैयार न थे और इधर ये नवयुवक व युवती बाबा भैरों सिंह से माफी माँगने को तैयार न थे।

दिलीप ने चुपके से यूपी-100 को फोन करके सारी स्थिति से अवगत करा दिया। दिलीप ने कहा कि स्थिति गंभीर है जल्दी से उनकी सहायता की आवश्यकता है।

मात्र सात मिनट में पी.आर.वी. वहाँ पहुँच गई। अब चेलो ने बाबा भैरों सिंह पर मिट्‌टी गिरा दी थी। कमांडर कमल किशोर, आरक्षी सुनील कुमार ने मौके पर ही वहाँ बाबा भैरों सिंह को गड्ढे में समाधि लेते हुए देख लिया। उन्होंने स्थानीय लोगों की सहायता से बाबाजी के ऊपर से मिट्‌टी हटाई। बाबाजी वहाँ से बाहर निकलने को तैयार न थे। वे बार-बार यही कह रहे थे कि मैं ढोंगी नहीं हूँ। मैं समाधि लूँगा।

कमांडर कमल किशोर ने बाबा को फटकार लगाई और बोले, "इतनी उम्र होने पर भी आपमें जरा भी परिपक्वता नहीं है! अपनी झूठी और गलत बातें मनवाने के लिए आप समाधि लेने के लिए तैयार हैं, लेकिन सही तरीके से जीवित रहने के लिए तैयार नहीं है। यदि आप नवयुवकों के मार्गदर्शक बनकर रहें, उन्हें सही-गलत का फर्क समझाएँ तो वे भी आपकी इज्जत करेंगे। उलटी-सीधी हरकतें करने से तो लोग आपको गलत ही समझेंगे, केवल वही लोग आपके चुंगल में आ सकते हैं, जो अशिक्षित हैं और अंधविश्वास व मनोविज्ञान में फर्क नहीं समझते। आप स्वयं को इन ढकोसलों से बाहर कर लीजिए, सब आपके साथ रहेंगे। बुजुर्ग वटवृक्ष की छाँव की तरह होते हैं हाँ, लेकिन तभी जब वे स्वयं सही होते हैं। यदि वे खुद ऊटपटाँग हरकतें करते हैं, अनाप-शनाप बकते हैं तो उन्हें कोई बरदाश्त नहीं करता।"

बाबा भैरों सिंह कमल किशोर की बातें सुनकर सिर झुकाकर नीचे खड़े रहे। ऐसा प्रतीत हो रहा था कि कमल किशोर की बातें उनके दिमाग में घुस गई हैं और अब वे कभी भी अंधविश्वास व ढकोसलों को बढ़ावा देने के लिए उलटी-सीधी हरकतें नहीं करेंगे।

□

रेल दुर्घटना

सिटी रेलवे स्टेशन की ओर ट्रेन अपनी गति से चली आ रही थी। ट्रेन के अंदर बैठे यात्री एक-दूसरे से मजाक कर रहे थे। कोई कुछ खा रहा था, कोई पढ़ रहा था तो कोई मोबाइल पर गाने सुन रहा था।

डिब्बे में बैठे हरीश, मनीष, जगन, सुंदर और लालू अंत्याक्षरी खेल रहे थे। अचानक हरीश बोला, "वैसे ट्रेन में अंत्याक्षरी खेलने का मजा ही कुछ ओर है। यदि ट्रेन में अंत्याक्षरी न खेलें तो सफर का आनंद ही नहीं आता।"

"बिल्कुल!" मनीष बोला।

तभी जगन ने अपने बैग के अंदर से एक डिब्बा निकाला, उसमें उसकी माँ ने रास्ते के लिए आलू पूरी पैक करके दी हुई थी। जगन के हाथ में खाने का डिब्बा देखते ही सभी खेलना छोड़कर डिब्बे की और ललचाई नज़रों से देखने लगे।

हरीश डिब्बे को देखते हुए बोला, "भई, अंत्याक्षरी खेलने का भी असली आनंद तब आता है, जब पेट भरा हो। कहते हैं न कि भूखे भजन न होय गोपाला। अब देर मत कर जगन, जल्दी खोल, आलू पूरी की महक मेरी नाक में घुस गई है और पेट में चूहे कूद रहे हैं।"

सुंदर और लालू भी जगन के हाथ से डिब्बा लेने के लिए बेचैन हो उठे। सुंदर बोला, "यार, हम चाहे कितने भी अच्छे मित्र हों, पर एक बात तो है कि खाना सबसे अच्छा जगन के घर का ही होता है। हम चाहे कितना खाना खा लें, लेकिन जब तक जगन के घर का निवाला न लें तो पेट नहीं भरता।"

यह सुनकर जगन मुस्कराते हुए बोला, "हाँ-हाँ, मुझे चने के झाड़ पर चढ़ा लो। तुम्हें पता है न यह सुनकर मैं खुश हो जाऊँगा और खाने का डिब्बा तुम्हारे हवाले कर दूँगा। ऐसे करके तुम मेरा सारा खाना खा जाते हो और मैं भूखा रह जाता हूँ। आज मैं डिब्बा तुम्हारे हवाले नहीं करूँगा।"

यह सुनकर लालू बोला, "अरे, तू डिब्बा हमारे हवाले नहीं करेगा, तो हम क्या तेरे से लेना नहीं जानते! इसे तो देर-सबेर हम ले ही लेंगे।"

इसके बाद सभी जगन के खाने के डिब्बे पर झपट पड़े। जगन ने भी नकली गुस्सा दिखाते हुए डिब्बा उनके हवाले कर दिया। उसे भी मिल-जुलकर खाए बिना आनंद कहाँ आता था?

हरीश ने डिब्बा खोला। अजवाइन वाली पूरियों की महक से पूरा डिब्बा खुशबूमय हो गया। सूखी आलू की सब्जी और आम का अचार। जगन की माँ ने दोस्तों की फरमाइश पर ढेर सारी पूरियाँ बना दी थीं। घर का बना आम का अचार भी ढेर सारा था। मस्ती में सभी ने खाना खाया।

खाना खत्म कर मनीष और लालू एक साथ बोले, "वाह, वाकई खाना खाकर स्वर्ग का सा आनंद आ गया! अब कुछ देर खाने को पचाने के लिए आराम फरमाते हैं। बातें व अन्य काम अब एक झपकी लेने के बाद ही करेंगे।"

उसकी बात सभी को पसंद आई। कुछ ही देर में सभी ट्रेन के डिब्बे में इधर-उधर लुढ़क गए। ट्रेन तेजी से अपने गंतव्य की ओर भाग रही थी। जैसे ही ट्रेन सीतापुर के सिटी रेलवे स्टेशन पर पहुँची, वैसे ही संतुलन गड़बड़ाया और ट्रेन पटरी से बाहर हो गई। दुर्भाग्यवश उस डिब्बे को सबसे अधिक नुकसान पहुँचा, जिसमें हरीश, मनीष, जगन, सुंदर और लालू आराम कर रहे थे। ट्रेन के पटरी से उतरते ही यात्रियों में हड़कंप मच गया। मनीष और हरीश का सिर फट गया। अन्य तीन यात्रियों को भी गंभीर चोट आई। जगन ने जल्दी से यूपी-100 को फोन किया। यूपी-100 को फोन करते ही पी.आर.वी. सिटी रेलवे स्टेशन पर आ गई। पी.आर.वी. में कमांडर नकुल और सब-कमांडर सुखदेव थे। उन्होंने घायलों को डिब्बों से बाहर निकाला। कमांडर नकुल ने स्टेशन मास्टर से संपर्क किया। स्टेशन मास्टर वहाँ पहुँचा। उसने सारी खबर की जानकारी दी कि सिग्नल गलत होने से अचानक गाड़ी पटरी से उतर गई, लेकिन चालक की होशियारी से बड़ी दुर्घटना टल गई। कमांडर नकुल और सुखदेव ने ट्रेन का जायजा लिया। ट्रेन में पाँच यात्रियों के अलावा अन्य यात्रियों को हलकी चोटें आई थीं। घायल यात्रियों को पी.आर.वी. के द्वारा इलाज के लिए नजदीक के अस्पताल में भर्ती कराया गया। कमांडर नकुल और सुखदेव ने घायल यात्रियों के संबंधियों को भी दुर्घटना के बारे में सूचित किया। सब-कमांडर सुखदेव ने डॉक्टरों से हर घायल यात्री के केस के बारे में बात की।

डॉक्टरों ने सभी घायल यात्रियों की मरहम-पट्टी की। कमांडर नकुल ने होश

में आनेवाले यात्रियों से बात की और उन्हें सांत्वना प्रदान की। इस प्रकार यूपी-100 के कमांडर नकुल और सुखदेव की मदद और समझदारी से सभी हताहत यात्रियों का समय पर इलाज हो गया।

एक-दूसरे को सकुशल पाकर हरीश, मनीष, जगन, सुंदर और लालू एक-दूसरे के गले लग गए। उन सबकी आँखें नम थीं। सभी ने यूपी-100 का धन्यवाद किया, जिनके कारण एक बड़ी दुर्घटना होने से टल गई थी।

□

अवैध शराब

एक शराबी लड़खड़ाता सा बोला, "ओ भाई, मुझे दो छोटे पव्वे चाहिए। जल्दी दे। अभी दुकान से मुरगा खाकर आ रहा हूँ। अब शराब की तलब लग रही है। पूरा दिन तो इस शराब को पाने के लिए इंतजार करता हूँ। महँगी शराब तो अपुन के बजट में नहीं न!" यह बोलकर वह दाँत दिखाकर मुस्कराने लगा। उसके मुँह से शराब की तेज बदबू आ रही थी।

उसे आगे आते देखकर एक दूसरा व्यक्ति उसे धक्का देता हुआ बोला, "अबे, तुझे दिखता नहीं कि हम भी लाइन में लगे हैं। तू हमारे बाद आया है और लहराकर आगे चला जा रहा है। चल लाइन में लग।" इसके बाद दो-तीन नशेड़ियों ने उसे सबसे पीछे लगा दिया।

टिंकू और पिंटू उन सभी को कम दामों पर शराब बाँटते रहे और आँखों-ही-आँखों में हँसते रहे।

सबके जाने के बाद दोनों रुपए गिनने लगे।

"वाह! पिंटू, मजा आ गया। आज पाँच हजार रुपए की बिक्री हो गई। केवल दो हजार की शराब से तीन हजार बच गए। भई, बढ़िया धंधा है यह तो! न हींग लगे न फिटकरी रंग भी चोखा आए।"

"उस्ताद, पर हमारा यह धंधा हमें होशियारी से चलाना होगा। यदि किसी ने पुलिस को खबर कर दी तो हम बेमौत मारे जाएँगे। कई बार कच्ची शराब से लोगों की जान भी चली जाती है।" पिंटू बोला।

"कह तो तू सही रहा है! हम तो खुद भी इस शराब को पीने से डरते हैं। पर किसी को क्या पता चलेगा? न किसी को हमारा नाम पता है, न ठिकाना, कोई हमें ढूँढ़ नहीं पाएगा और हमारा धंधा ऐसे ही चलता जाएगा।"

यह बोलकर टिंकू आँख दबाकर हँसने लगा।

अब तो धीरे-धीरे उन्होंने इस अवैध काम को अपना लिया। जहाँ पहले वह एक घंटे के लिए शराब बेचने आते थे, वहीं धीरे-धीरे इसका समय बढ़ाकर दो घंटे कर दिया, फिर तीन···इस तरह लगातार पाँच घंटे वे दोनों प्रतिदिन कच्ची और अवैध शराब बेचने लगे। एक दिन इस शराब को पीने से पास की झुग्गी बस्ती में रहनेवाले कलवा की मौत हो गई, इसके कुछ दिन बाद ही एक मजदूर रामेसर की मौत हो गई। पर किसी का भी ध्यान इस ओर न गया।

एक दिन झुग्गी में रहनेवाले युवक पंकज ने इस बात को नोट किया कि अक्सर मृत्यु उन्हीं लोगों की हो रही है, जो ठेले पर लगनेवाली अवैध शराब पीते हैं। उसने ठान लिया कि कुछ भी हो, इस अवैध शराब के ठेले को यहाँ से हटवाना ही है। सभी शराब की लत वाले लोग लाइन लगाकर वहाँ पर शराब खरीदने के लिए तैयार रहते थे, ऐसे में उनसे कुछ भी कहना बेकार था। पंकज जानता था कि यदि वह शराब के बारे में कुछ भी कहेगा तो लोग उसे ही बुरा-भला कहेंगे और वहाँ से भगा देंगे।

दो रोज बाद ही पंकज के चाचा कलेसर की मौत भी इस शराब को पीने के तुरंत बाद हो गई। पंकज ने तुरंत यूपी-100 को फोन कर सारी सूचना से अवगत कर अवैध शराब के ठेले का पता बताया।

कुछ ही देर में यूपी-100 की पी.आर.वी. वहाँ आ गई। पी.आर.वी. की गाड़ी को देखते ही टिंकू व पिंटू सबकुछ छोड़-छाड़कर वहाँ से भाग गए। कमांडर अर्जुन ने उन्हें पकड़ने की कोशिश की, लेकिन वे भागने में कामयाब हो गए।

कमांडर अर्जुन ने आरक्षी रूपेश को शराब की बोतलों को कब्जे में लेने को कहा। साथ ही स्थानीय थाने को भी इस बारे में सूचित कर दिया गया कि झुग्गियों के बाहर लगनेवाले ठेलों से सतर्क रहें। इसके आसपास अवैध शराब के साथ ही अनेक अवैध धंधे फल-फूल रहे हैं। कमांडर अर्जुन ने स्थानीय थाने के पुलिस निरीक्षक को भी इस संबंध में जानकारी दी।

पंकज अर्जुन से बोला, “साहब, पहले ये लोग केवल एक घंटे के लिए रात में आते थे। रात में वे ही लोग इनसे शराब खरीदते थे, जिन्हें पीने की बहुत अधिक आदत थी। पर धीरे-धीरे ये पाँच घंटे नियमित शराब बेचने लगे। यहाँ कई लोगों की मौत भी इसी शराब को पीने के कारण हुई। मेरा शक उस समय सही निकला, जब मेरे चाचा कलेसर की मौत के बाद उनका पोस्टमार्टम कराया गया। उनके पोस्टमार्टम में नशीली चीज में जहरीला तत्त्व होने की आशंका प्रकट की गई। इस नकली और अवैध शराब ने अनेक लोगों की जान ली है। आप अवैध

शराब बेचनेवाले लोगों को जल्दी-से-जल्दी पकड़िए, ताकि अन्य लोग असमय ही काल का ग्रास न बनें।"

कमांडर अर्जुन पंकज से बोले, "जब तुम जैसे युवा अपनी जिम्मेदारी को समझेंगे और चतुराई से अपना फर्ज निभाएँगे तो धीरे-धीरे हर अपराध को नियंत्रित कर लिया जाएगा और यह प्रदेश अपराधमुक्त प्रदेश कहलाएगा।" इसके बाद वह पंकज से बोले, "तुम अपने आसपास के लोगों को जागरूक करते रहना।" यह कहकर पी.आर.वी. वहाँ से चली गई। पंकज ने संकल्प लिया कि वह झुग्गी के सभी लोगों को जागरूक बनाएगा।

□

पत्रकार की जान बचाई

"अखिल, मुझे तो पत्रकार की नौकरी बेहद पसंद है। इसमें हर पल कहीं-न-कहीं थ्रिल और रोमांच देखने को मिलता है। रूटीन वाली नौकरी में तो एक समय के बाद बोरियत सी होने लगती है। प्रतिदिन एक जैसी दिनचर्या।"

"हाँ अभिजीत, तभी तो मैंने पत्रकार बनने का निश्चय किया था। पत्रकार बनने से मैंने एक बात तो देखी है कि रुपया-पैसा हासिल होता हो या न होता हो, पर अनुभव एवं तजुर्बे जरूर हासिल होते हैं।"

"बिल्कुल! अब देखो हम दोनों दिल्ली से कन्नौज एक महत्त्वपूर्ण न्यूज कवर करने ही तो जा रहे हैं। मुझे तो जिस तरह सेना की नौकरी बेहद साहसिक लगती है, उसी तरह पत्रकारों की नौकरी भी लगती है। हर वक्त जान हथेली पर लेकर घूमते हैं हम लोग।"

"अभिजीत, रात बहुत हो गई है। बल्कि अब तो दिन ही निकलने वाला है। सुबह के 2:20 हो गए हैं। मैंने तुमसे कहा था कि हम 11 बजे तक वहाँ पहुँच जाएँगे। परंतु तुमने मेरी एक बात नहीं मानी। बस यही कहते रहे कि रात की ड्राइविंग बेहद आनंददायक होती है। इसलिए रात में ड्राइव करते हुए चलेंगे।"

"वह तो होती ही है। अब तुम्हीं बताओ, क्या तुम्हें आनंददायक नहीं लग रही? चलो, ऐसा करता हूँ, रोमांटिक गीत लगा देता हूँ, तब तुम्हें यात्रा करने का आनंद अधिक आएगा। लगता है, मेरी बातें सुनते-सुनते तुम बोर हो गए हो।"

"नहीं यार! ऐसी बात नहीं है। बोर नहीं हुआ हूँ। तुम्हें नींद आ रही होगी।"

"नींद अभी तो नहीं आ रही। बस कुछ देर में पहुँच जाएँगे। उसके बाद तीन-चार घंटे आराम कर लेंगे। 9 बजे न्यूज कवर करने चलेंगे। ठीक है।"

अभी उनकी बातें चल ही रही थीं कि तभी आगरा लखनऊ एक्सप्रेस वे पर एक तेजी से आती गाड़ी उनसे टकराकर निकल गई। अभिजीत और अखिल दोनों

ही स्थिति को समझ पाते, इससे पहले अभिजीत के माथे से रक्त का फव्वारा निकल पड़ा था। अखिल की नज़र जैसे ही घायल अभिजीत पर पड़ी तो उसकी चीख निकल गई। उसने किसी तरह गाड़ी पर ब्रेक लगाए। वह गाड़ी से बाहर निकला। घायल अभिजीत को चालक की सीट से साथ वाली सीट की ओर धकेला। उसने गाड़ी को नजदीक के पुलिस स्टेशन की ओर मोड़ दिया। पुलिस चौकी पर कर्मचारी ऊँघ रहे थे और नींद में थे। अखिल भागकर वहाँ पहुँचा और बोला, "हम लोग दिल्ली से आ रहे हैं। पत्रकार हैं। अचानक एक तेजी से आती हुई आई-10 हमारी गाड़ी को टक्कर मारकर चली गई। मेरा दोस्त अभिजीत बुरी तरह घायल हो गया है। प्लीज, हमारी मदद कीजिए। उसके माथे से बहुत खून बह रहा है।"

एक ही साँस में अखिल की बात सुनकर इंस्पेक्टर बोला, "सॉरी, यह मामला हमारे थाने के अंदर नहीं आता। इसमें हम आपकी कोई मदद नहीं कर सकते।"

पुलिस का सपाट जवाब सुनकर अखिल विनम्रता से बोला, "सर, प्लीज आप बात समझने की कोशिश करिए। हम तो दिल्ली से आ रहे हैं। ऐसे में हमारी मदद करना आपका फर्ज बनता है।" लेकिन पुलिस कर्मचारी ने उसकी बात पर कोई ध्यान नहीं दिया और फिर से ऊँघने लगा। आखिर अखिल ने वहाँ समय व्यर्थ करना उचित नहीं समझा। वह वहाँ से बाहर निकल आया। उसे कुछ समझ नहीं आ रहा था कि क्या करे? कौन से अस्पताल की ओर गाड़ी को मोड़े। उसने मोबाइल पर गूगल का नक्शा देखना आरंभ किया। वहाँ के नजदीकी अस्पताल खोजने आरंभ किए। कुछ नज़र न आने पर वह हताशा से अपने बालों को नोचने लगा, तभी एक इनोवा उस ओर को आई। उसके बाहर बड़े-बड़े अक्षरों में लिखा हुआ था—यूपी-100 आपकी सेवा में सदैव तत्पर। गाड़ी के पीछे पुलिस भी लिखा था और आधी नीली एवं आधी नारंगी लाइट गाड़ी के बाहर जल रही थी। उसकी रोशनी में ही अखिल यह सब पढ़ पाया था। उसने संकेत से गाड़ी को रोका। सामान्य गश्त में इस समय पी.आर.वी. में कमांडर रामप्रताप और सब-कमांडर तेजवीर व धर्मवीर थे। अखिल ने जल्दी से उन्हें पूरी घटना से अवगत कराया।

सारी बातें सुनकर सब-कमांडर तेजवीर ने गाड़ी में रखा प्राथमिक चिकित्सा बॉक्स निकाला। उसने तुरंत अभिजीत का रक्त साफ किया। कमांडर रामप्रताप ने अखिल को धैर्य बँधाया। वह बोला, "चिंता मत करो। अब अभिजीत को कुछ नहीं होगा। हम इसे अस्पताल लेकर जा रहे हैं।"

पी.आर.वी. नजदीक के अस्पताल की ओर चल पड़ी। अस्पताल पहुँचते ही सब-कमांडर तेजवीर व धर्मवीर ने घायल अभिजीत को गाड़ी से निकाला।

अस्पताल में ले जाते ही उसका इलाज किया गया। इसके बाद कमांडर रामप्रताप अखिल से बोले, "इसके घरवालों का नंबर तुम्हारे पास होगा।"

"जी सर, मेरे पास अभिजीत के घर का फोन नंबर और पता दोनों ही है। हम दोनों बहुत अच्छे दोस्त हैं।"

"अच्छी बात है। अब सबसे पहले आप अपने समाचार-पत्र के संपादक को इस बारे में सूचित कर दीजिए, ताकि वह आप लोगों की कुछ मदद कर सके।"

"हाँ सर, घबराहट में मैं यह बात तो भूल ही गया था। मैं अभी संपादक महोदय को फोन कर सारी घटना से अवगत कराता हूँ।"

तभी डॉक्टर विनय कमांडर रामप्रताप व अखिल की ओर आए। वे उनसे बोले, "अब मरीज की हालत सामान्य है। समय पर यहाँ लाने से और गाड़ी में ही प्राथमिक चिकित्सा करने से मरीज की हालत खतरे से बाहर है।"

डॉक्टर की बात सुनकर अखिल रामप्रताप से बोला, "सर, रात्रि में बेहद परेशानी के समय मैंने आपके प्रकाश नियंत्रक यंत्र से ही पी.आर.वी. को देखा, पहचाना और आपसे मदद माँगी। मैंने पी.आर.वी. पर यह लिखा हुआ पढ़ा था कि आपकी सेवा में सदैव तत्पर। अब इसमें कुछ और बातें भी जुड़नी चाहिए, जिससे लोगों को पता चले कि ये उनके जीवन में बेहद सहायक है।"

यह सुनकर रामप्रताप बोले, "और क्या होना चाहिए इसमें आपके अनुसार।"

अखिल बोला, "मेरे अनुसार यह भी लिखा होना चाहिए कि यूपी-100 है जहाँ-जहाँ, सुख और खुशियाँ हैं वहाँ-वहाँ।"

अखिल की इस टैगलाइन पर रामप्रताप बोले, "भई वाह! वाकई आपने बहुत शानदार टैगलाइन बनाई है। चलिए, अब अपने मित्र का ध्यान रखिए और अपने कार्य को सुख एवं शांति से करिए।"

इसके बाद पी.आर.वी. वहाँ से चल पड़ी। अखिल खुशियों एवं सुख लानेवाली पी.आर.वी. को देखता रहा और उसके ओझल हो जाने पर अभिजीत के पास जाने के लिए मुड़ गया।

□

जापानी पर्यटक

तिंगशुंग बहुत खुश था। आखिर उसके आगरा जाकर ताजमहल के दीदार करने की तमन्ना पूरी हो रही थी। वह अपनी बहन लिंग पी से बोला, "ताजमहल से तेरे लिए मैं क्या लेकर आऊँ?"

लिंग पी चहककर बोली, "भइया, वहाँ से ताजमहल का नमूना और ढेर सारे फोटो खींचकर लाना।"

इसके बाद उसने कैमरा तिंगशुंग के हाथ में पकड़ाते हुए कहा, "यह स्पेशल कैमरा है। पापा अभी व्यापार के सिलसिले में बाहर गए हुए हैं। वह पंद्रह दिन में आएँगे। तुम तो एक सप्ताह में लौट आओगे। जब मैं ताजमहल के साथ तुम्हारे फोटो देखूँगी तो फिर हम माता-पिता के साथ ताजमहल देखने का कार्यक्रम बनाएँगे।"

तिंगशुंग बोला, "मैं अकेला पहली बार भारत जा रहा हूँ। थोड़ी घबराहट तो हो रही है। पता नहीं वहाँ के लोग और वहाँ का खान-पान कैसा होगा?"

"भइया, आप घबराइए मत, वहाँ सब उत्कृष्ट कोटि का है। हम टेलीविजन पर भारतीय संस्कृति का प्रचार-प्रसार देखते हैं। आपको मोसीबा कंपनी की ओर से एक सप्ताह के लिए भारत भ्रमण का अवसर मिला है। इसे गँवाइए मत।"

लिंग पी की बातों से तिंगशुंग का आत्मविश्वास बढ़ गया। वह प्रसन्न मन से भारत पहुँचा। उसका विमान दिल्ली उतरा था। वह दिल्ली घूमकर आगरा पहुँचा। ताजमहल की खूबसूरती और बारीकी ने वाकई उसका मन मोह लिया। तिंगशुंग को दिल्ली में एक समस्या का बहुत अधिक सामना करना पड़ रहा था और वह समस्या थी भाषा की। तिंगशुंग को जापानी के अलावा कोई और भाषा आती ही न थी। उनके देश में जापानी भाषा अत्यंत समृद्ध थी। हर क्षेत्र में कार्य उनकी मातृभाषा में ही होता था। लेकिन भारतीय भला जापानी कैसे जानते? वह जिस भी बात को अन्य

यात्रियों से जानने को उत्सुक होता तुरंत भाषा की समस्या वहाँ उत्पन्न हो जाती।

एक जगह पर उसने बहुत ही सुंदर ताजमहल के चित्र उतारे। इसके बाद उसने प्यास लगने पर बोतल से पानी पिया। वह अभी पानी पी ही रहा था कि तभी एक दुबला-सा युवक तेजी से उसके पास आया और उसका कैमरा छीनकर भाग गया। यह देखकर तिंगशुंग के हाथ से बोतल नीचे गिर गई और उसकी जान हलक में अटक गई। तेजी से उसने उसका पीछा करना चाहा, लेकिन वह बस उसकी मोटर साइकिल का नंबर ही नोट कर पाया।

कैमरा बहुत महँगा और अच्छी क्वालिटी का था। तिंगशुंग अपने ऊपर काबू न रख पाया। वह बदहवास सा हो गया। इस परेशानी के समय उसे समझ ही नहीं आया कि क्या करे? एक भारतीय पर्यटक देवांगी तिंगशुंग के घबराए हुए चेहरे को देखकर समझ गई कि वह परेशानी में हैं। उसने उससे अंग्रेजी में पूछा, "सर, समथिंग इज रोंग···व्हाट हैपेंड···प्लीज टेल मी···व्हॉट कैन आई हेल्प यू।" पर तिंगशुंग को समझ ही न आया कि देवांगी ने क्या कहा? उसने गमगीन होकर संकेतों से देवांगी को अपने कैमरे के चोरी होने की बात बताई। देवांगी भी संकेतों के माध्यम से उसकी पूरी बात नहीं समझ पाई। बड़ी विकट समस्या उत्पन्न हो गई। कैसे तिंगशुंग की समस्या का पता चले। अचानक देवांगी का ध्यान यूपी-100 की ओर गया। पिछले दिन ही यूपी-100 ने देवांगी के पड़ोस में आग लगने पर वहाँ के लोगों की जान बचाई थी।

उसने यूपी-100 को फोन कर दिया। इसके बाद उसने तिंगशुंग के साथ घटी घटना को बयाँ कर दिया। सारी बातें नोट करने के बाद देवांगी ने तिंगशुंग को सांत्वना दी।

तेरह मिनट बाद एक पी.आर.वी. वहाँ आ गई। देवांगी पी.आर.वी. के पास गई और तिंगशुंग के बारे में बताया। तिंगशुंग को देखकर कमांडर अनूप बोले, "चोर कैसा था?" फिर सहज ही उन्हें ध्यान आया कि तिंगशुंग केवल जापानी भाषा से परिचित है। तभी उसने कार्यालय में फोन कर यह पूछा कि इस समय कौन से जापानी भाषा के स्वयंसेवक सहजता से उपलब्ध हैं। यूपी-100 के कर्मचारी ने सिस्टम पर जापानी भाषा के स्वयंसेवक की खोज की। संयोगवश अमित इस समय उपलब्ध था। तुरंत मोबाइल के माध्यम से कमांडर अनूप की अमित से बात कराई गई। कमांडर अनूप ने फोन तिंगशुंग को पकड़ा दिया। अमित ने तिंगशुंग से सारी बातें पूछीं। तिंगशुंग ने अपने कैमरे के चोरी होने की बातें अमित को बताईं और यह भी बताया कि वह कैमरा बहुत अद्भुत और कीमती था। अमित ने तिंगशुंग की सभी

जापानी बातों को हिंदी भाषा में कमांडर अनूप को बताया।

सारी बातें जानकर सभी नजदीकी थानों को मोटर साइकिल का नंबर और चोर का हुलिया बता दिया गया। तिंगशुंग बेहद परेशान था। उसने अपना दर्द अमित के साथ बयाँ करते हुए कहा कि वह अब कभी भारत नहीं आएगा। यहाँ आते ही उसके सामान को चोरी कर लिया गया। क्या भारतीय ऐसे होते हैं?"

इस पर अमित उससे बोला, "सब लोग ऐसे नहीं होते। अब मैं और यूपी-100 आपके साथ हैं और आपकी हर संभव मदद कर रहे हैं। फिर उसने अपना निजी मोबाइल नंबर तिंगशुंग को दिया और कहा कि यदि उसे भारत में घूमते हुए भाषा की समस्या आए तो वह उससे बात कर ले, उसकी सभी समस्या का समाधान हो जाएगा। तिंगशुंग ने उसका नंबर नोट कर लिया।

मात्र चौवालीस मिनट के अंदर यूपी-100 ने चोर को कैमरे के साथ गिरफ्तार कर लिया। चोर को तिंगशुंग ने पहचान लिया। उसने कैमरे को देखा। कैमरा सही-सलामत था। यह देखकर तिंगशुंग ने यूपी-100 का धन्यवाद किया। इसके बाद तुरंत उसका ध्यान अमित की ओर गया। उसने तुरंत मोबाइल से अमित को फोन करते हुए धन्यवाद किया और बोला, "मेरा कैमरा मिल गया है। आपके और यूपी-100 के कारण ही मुझे यह मिला है। आपका बहुत-बहुत धन्यवाद!"

तभी अपनी ही रौ में मोबाइल पर बात करता हुआ एक युवक तिंगशुंग से टकरा गया। वह मोबाइल पर जापानी भाषा में कुछ बोला, तभी तिंगशुंग ने नोट किया कि वह ये बातें उससे ही फोन पर कर रहा था। अब अमित भी समझ गया कि जापानी युवक तिंगशुंग यह ही है। अमित ने उससे जापानी भाषा में गर्मजोशी से अभिवादन किया और अपना परिचय देता हुआ बोला, "मैं एक गाइड हूँ और मुझे जापानी, रूसी और फ्रेंच भाषा आती हैं।"

तिंगशुंग अमित को सामने देखकर आश्चर्यचकित हो गया। वह बोला, "मैं गलत था। हिंदुस्तानी बहुत अच्छे और मददगार होते हैं। आपने गाइड का कार्य करते हुए भी मेरी मदद के लिए यूपी-100 को अपना समय दिया।"

इस पर अमित मुस्कराकर बोला, "वह तो मेरा फर्ज था। आइए अब आपको ताजमहल घुमा दूँ। फिर आप अपनी बहन लिंग पी के लिए ताजमहल के ढेर सारे चित्र लीजिएगा।"

इस पर तिंगशुंग मुस्कराते हुए कैमरे को अमित के पास लाते हुए बोला, "पहले तो मैं लिंग पी को आप जैसे अच्छे भारतीय मित्र की फोटो दिखाना चाहूँगा। आइए न मेरे साथ।" जैसे ही तिंगशुंग कैमरे से फोटो लेने लगा, वैसे ही अमित

बोला, "आप मोबाइल से फोटो क्यों नहीं लेते? मोबाइल से भी अच्छे फोटो आते हैं।" तिंगशुंग बोला, "यह कैमरा बहुत खास है, जब इसके फोटो आप देखेंगे तो दंग रह जाएँगे। मैं आपको अपने साथ लिये गए फोटो भेजूँगा जापान जाकर।"

अमित बोला, "जरूर मित्र!" इसके बाद तिंगशुंग ने हर्षित होकर अमित के साथ ताजमहल को देखा। अमित जापानी भाषा में ताजमहल की खासियत उसे बताता जा रहा था और तिंगशुंग ताजमहल की खासियत को अपने कैमरे में कैद करता जा रहा था।

□

अपहरण की कोशिश

दीपक सिर झुकाए घर में घुसा। घर में घुसते ही दीपक की पत्नी ज्योति और प्रशांत दोनों ने दीपक की ओर आशा भरी नज़रों से देखा। लेकिन दीपक की आँखें चुराती नज़रों ने बता दिया कि बात आज भी नहीं बनी।

दीपक की जमीन के एक टुकड़े का थोड़ा हिस्सा दूसरे मालिक प्रवीण की ओर जा लगा था। प्रवीण और उसका पिता कल्लूमल दोनों ही बेईमान और धूर्त थे। मुफ्त की जमीन हथियाने का अवसर वह छोड़ना नहीं चाहते थे। दीपक ने ईमानदारी से प्रेम और भाईचारे के साथ उन्हें समझौता करने के लिए कहा, लेकिन वे टस-से-मस नहीं हुए। आखिर केस अदालत में चला गया। आए दिन अदालत के धक्कों ने पूरे घर को तोड़ दिया था। घर-बाहर के कामकाज में व्यवधान आ गया था।

ज्योति पानी का गिलास दीपक को पकड़ाते हुए बोली, "छोड़िए न। हम उस टुकड़े को शांति से छोड़ देते हैं। जमीन का टुकड़ा हम लोगों की जान से ज्यादा बड़ा नहीं है। जान रही तो सामान और जमीन फिर बन जाएगा। अदालत के चक्करों के कारण प्रशांत की पढ़ाई पर भी असर पड़ रहा है।"

"माँ, यह आप कैसी बातें कर रही हैं! हमें हमेशा यह बताया जाता है कि झूठ और बेईमानी के आगे कभी हार नहीं माननी चाहिए। फिर हम उन बेईमानों के आगे हार कैसे मान जाएँ?"

"बेटा, मैं हार मानने को नहीं कह रही। लेकिन आजकल का जमाना बहुत खराब है। यहाँ कोई सगों की मदद के लिए तो आता नहीं है, ऐसे में हमारी मदद के लिए कौन आएगा? सब अपने-अपने कामों में व्यस्त हैं। और वैसे भी सभी प्रवीण और कल्लू से तो डरते हैं। इन लोगों को किसी का डर तो है नहीं।"

"माँ, आप ऐसा क्यों कहती हैं कि किसी का डर नहीं है? अरे, इनकी वास्तविकता पुलिस को पता चल जाए न तो इन्हें दिन में तारे नज़र आ जाएँ।"

"बेटा, गलत कह रहे हो तुम। तारे उन्हें नहीं हमें नज़र आ जाएँगे। आजकल पुलिस भी उन्हीं का साथ देती है, जहाँ से उन्हें माल मिलने की उम्मीद होती है। झूठ-सच अब केवल किताबों में रह गए हैं। वास्तविकता में तो झूठे और बेईमानों की ही जीत होती है। पुलिस भी ऐसे लोगों की सगी होती है और गरीबों को सताती है।"

"अरे, तुम लोग अपनी बहस बंद भी करो। चिंता और थकान से मेरा बुरा हाल हो रहा है।" दीपक बोला।

"मैं चाय बनाकर लाती हूँ। यह कहकर ज्योति रसोई में चली गई।"

ज्योति के जाने के बाद दीपक बोला, "बेटा, वैसे तेरी माँ की बात से मैं भी सहमत हूँ। पुलिसवालों का कोई दीन-ईमान नहीं होता। वह मोटे आसामी की ओर झुक जाती है, क्योंकि उन्हें अपना पेट भी तो पालना है।"

"पापा, मैं यहाँ आपकी बात से बिल्कुल सहमत नहीं हूँ। मैं पढ़ा-लिखा हूँ और मैंने देखा है कि हमारे उत्तर प्रदेश में तो यूपी-100 ने अच्छे-अच्छे अपराधियों को ठिकाने लगा दिया है और उन्हें सही राह पर भी ला दिया है।"

कुछ देर में ज्योति चाय बनाकर ले आई। चाय पीकर तीनों अपने-अपने कामों में व्यस्त हो गए।

एक दिन अदालत से दीपक विजयी मुसकान के साथ घर में घुसा और ज्योति व प्रशांत से बोला, "आखिर, सच्चाई की जीत हुई। फैसला हमारे पक्ष में ही आया है। अब प्रवीण व कल्लूमल हमें कभी परेशान नहीं करेंगे?"

यह सुनकर ज्योति और प्रशांत चहक पड़े। प्रसन्न मन से गुनगुनाते हुए वे अपने काम करते रहे। रात्रि में दीपक घर के आँगन में चारपाई बिछाकर सो गया। गाँव में अक्सर रात में लाइट चली जाती थी। आँगन में ठंडी हवा में दीपक को अच्छी नींद आती थी। उस दिन प्रशांत भी दूसरी चारपाई पर आँगन में लेट गया। लेटते ही दोनों पिता-पुत्र गहरी नींद में सो गए।

कुछ ही देर में प्रशांत की आहट और खटपट से आँखें खुलीं। नींद में उसे पहले तो कुछ दिखा ही नहीं, फिर पिता की चारपाई पर उसकी नज़र गई तो चारपाई खाली देख वह चौंक उठ खड़ा हुआ। दो-तीन लोग बोरे में उसके पिता को भरकर ले जा रहे थे। यह दृश्य देखकर प्रशांत के पैरों तले जमीन खिसक गई। उसने तुरंत अपने दिमाग के घोड़े दौड़ाए और यूपी-100 को फोन मिलाया। उसने उन्हें सारी घटना से अवगत कराया। स्थान की जानकारी देने के बाद प्रशांत चुपके से उनका पीछा करने लगा।

इसी बीच यूपी-100 की टीम ने घटनास्थल के निकट तैनात पी.आर.वी. को वहाँ रवाना किया। पी.आर.वी. मात्र चार मिनट में ही घटनास्थल पर पहुँच गई। पी.आर.वी. की नारंगी बत्तियाँ दूर से ही अपराधियों को नज़र आ गईं। वे दीपक को बोरे समेत वहीं छोड़कर भाग खड़े हुए। पी.आर.वी. के रुकते ही पुलिसकर्मी उसमें से उतरे। प्रशांत भी उनके करीब आया। सबने मिलकर दीपक को बाहर निकाला। दीपक बेहोश सा हो गया था। तुरंत एक पुलिसकर्मी ने पी.आर.वी. में रखा पानी निकाला और उसके छींटे दीपक पर डाले। दीपक को होश आ गया। खोजबीन करने पर यह बात सामने आई कि प्रवीण और कल्लूमल ने ही भाड़े के अपराधियों को दीपक का अपहरण करने के लिए भेजा था।

छानबीन करने के बाद प्रवीण और कल्लूमल को पकड़कर हिरासत में ले लिया गया। इसके बाद प्रशांत ज्योति व दीपक से बोला, "माँ, अब बताओ, क्या पुलिस मोटे आसामी की ओर झुक जाती है या सही का साथ देती है।"

उसकी बात सुनकर ज्योति मुस्कराते हुए बोली, "भई प्रशांत, सच कहूँ तो यूपी-100 तो केवल नेक और सही लोगों का साथ देती है। अब तो हमें यह भरोसा हो गया है कि हम लोग सुरक्षित हैं। यदि पुलिस के सभी लोग नेक और शरीफ हो जाएँ तो फिर ऐसे अपराधी अपराध करने से डरने लगेंगे और सब ओर शांति छा जाएगी।"

"देख लेना माँ, कुछ समय बाद ऐसा ही होगा।"

इसके बाद तीनों हँसते-मुस्कराते हुए अपने-अपने कामों में लग गए।

□

रुपयों की चोरी

"माँ मैं कहती हूँ कि आप रुपए थैले में लेने के बजाय कार्ड से पेमेंट कर देना। आजकल ज्यादा रुपए साथ ले जाना सही नहीं है। अब तो हर जगह कैशलेस का सिस्टम हो गया है।" राधा बोली।

राधा की बात सुनकर गीता बोली, "राधा, तू भी बूढ़े तोते को पढ़ाने की कोशिश कर रही है। भला मुझे कार्ड से पेमेंट करनी कहाँ आती है?"

"वही तो माँ तुम सीखती नहीं। वरना कार्ड से पेमेंट करना बहुत सरल है। सबसे बड़ी बात कि इससे सुरक्षा बनी रहती है। कोई आपके रुपए नहीं चुरा सकता। आपको यह आनी चाहिए। चलिए, मैं कल ही आपका यह काम कराती हूँ। मैं आपके साथ बैंक चलूँगी और आपके ए.टी.एम. कार्ड के लिए आवेदन दूँगी।"

"ठीक है, बेटी! मैं तेरी बात मान लेती हूँ। पर अभी तो मुझे सुनार को साठ हजार रुपए देकर आने हैं। गहने तो उसने दे दिए, अब उनका मूल्य भी तो चुकाना है।"

"माँ चुका देना मूल्य! ऐसी भी क्या जल्दबाजी है? आपको पता है कि चोर हाव-भाव से ही समझ जाते हैं कि किसके पास कितने रुपए हैं? मेरे जाने के बाद आपको ये बातें कौन समझाएगा? अभी विवाह में चार महीने बाकी हैं। मैं अपने विवाह से पहले लिखाई-पढ़ाई की सभी बातों में आपको चतुर बनाकर जाऊँगी। पर मेरे कहने से आप आज सुनार के पास मत जाओ।"

"बेटी, जब किसी को वचन दिया हो तो उसे पूरा करना चाहिए। सुनार बहुत अच्छा है, उसने समय से पहले सारे गहने दे दिए। ऐसे में मुझे भी उसे समय से उसके रुपए दे देने चाहिए। तू चिंता मत कर। कुछ नहीं होगा।"

"अच्छा ठीक है, फिर ठहरिए मैं भी आपके साथ चलती हूँ।"

यह कहकर राधा भी तैयार होकर माँ के साथ आ गई।

"बेटी, सच बेटियाँ बहुत समझदार होती हैं! तू मेरी अभी से कितनी चिंता कर रही है? ऐसी चिंता केवल बेटी ही कर सकती है।"

"माँ, अब आपकी चिंता मैं नहीं करूँगी तो फिर कौन करेगा?"

तैयार होकर राधा माँ के साथ चल पड़ी। गीता चारों ओर देखते हुए चल रही थी। उसके हाव-भाव से वहाँ खड़े रंगा बदमाश को भनक लग गई कि गीता के पास रुपए हैं। वह दोनों माँ-बेटी के पीछे लग गया। गीता और राधा दोनों को ही इसका पता न चल पाया। दोनों अपनी धुन में बातें करती जा रही थीं।

गीता बोली, "साठ हजार देने के बाद अस्सी हजार रुपए और रह जाएँगे। उनकी पेमेंट मैं सुनार को कार्ड से करूँगी। अब तो ठीक है न।"

"बिल्कुल ठीक माँ।" राधा मुस्कराती हुई बोली। तभी राधा की सहेली नीलम का फोन आया और वह चलते-चलते नीलम से बातें करने लगी। अब तक रंगा गीता और राधा के काफी करीब आ चुका था। वह गीता के पास से गुजरा और बड़ी होशियारी से उससे वह थैला लेकर भागने लगा, जिसमें रुपए थे। थैला हाथ से छिनते देख गीता शोर मचाने लगी। राधा ने जल्दी से फोन बंद किया। उसे कुछ समझ ही नहीं आ रहा था कि अब क्या करे? तभी उसने यूपी-100 को फोन किया। रंगा ने चेक वाली क्रीम कमीज पहनी हुई थी, हाथ पर रुमाल बँधा हुआ था और दाढ़ी बढ़ी हुई थी। फोन करते-करते ही उसने इशारे से एक ऑटोरिक्शा को रुकवाया और उससे रंगा का पीछा करने को कहा। तभी यूपी-100 ने रंगा की भागनेवाली दिशा में खड़ी पी.आर.वी. को सूचित किया। उस समय पी.आर.वी. में कमांडर परशुराम और सबकमांडर प्रदीप ड्यूटी पर थे। दोनों ने रंगा की दिशा में गाड़ी को मोड़ दिया। राधा और गीता भी ऑटो में थीं। रंगा इस समय आँखों से ओझल हो गया था, लेकिन वह कमांडर प्रदीप कुमार की नज़रों में आ गया। भागते-भागते उसे अपना हुलिया बदलने का वक्त नहीं मिल पाया था। कमांडर प्रदीप ने पी.आर.वी. में बैठे आरक्षी नरेंद्र को कहा, "जरा गाड़ी की रफ्तार बढ़ाओ और उस व्यक्ति के पास पहुँचो, जो थैला लेकर भाग रहा है।" पी.आर.वी. की जलती लाइट और हूटर से रंगा समझ गया कि यूपी-100 उसका पीछा कर रही है।

वह उनसे बचने के लिए गलियों की ओर मुड़ गया। कमांडर प्रदीप भी गाड़ी से उतरकर पैदल ही उसका पीछा करने लगा और पीछे से कमांडर परशुराम गाड़ी से रंगा का पीछा करने लगा।

एक-दो मिनट तक रंगा आँख-मिचौली करता रहा। कभी वह दूसरी गली में बाएँ मुड़ जाता तो कभी दाएँ से निकल जाता और कभी गोल-गोल घूमने लगता।

कमांडर प्रदीप समझ गया था कि चोर अक्सर चकमा देने के लिए ऐसी युक्ति अपनाते हैं। अब उसने भी रंगा को उसी के रंग में पकड़ने की कोशिश करी। रंगा को गली के बाएँ ओर मुड़ते देख कमांडर प्रदीप जान-बूझकर दाईं ओर मुड़ गया, जिससे कि रंगा उसके झाँसे में आ जाए और यह सोचे कि उसने पुलिस को चकमा दे दिया है।

प्रदीप की तरकीब काम लाई। रंगा कमांडर को दाईं ओर मुड़ते देख बाईं गली से आगे सड़क की ओर जाने लगा। उधर कमांडर प्रदीप दाईं ओर से वापस नज़र बचाकर बाईं ओर से सावधानीपूर्वक उसके पीछे लग गया। सड़क के पास पहुँचते ही उसने रंगा को रँगे हाथों पकड़ लिया। तभी पी.आर.वी. में बैठे कमांडर परशुराम आरक्षी नरेंद्र के साथ आ पहुँचे। वहीं राधा और गीता भी ऑटोरिक्शा से वहाँ आ पहुँचीं। अब रंगा के पास आत्मसमर्पण करने के सिवा कोई चारा न था।

कमांडर प्रदीप ने उसके पास से रुपए बरामद किए। उन्हें गिना और सकुशल गीता के हाथ में थमाते हुए बोले, "बहनजी, आपको सड़क पर ऐसे खुलेआम रुपए लेकर नहीं चलना चाहिए।"

गीता अभी तक बदहवास सी थी। राधा ने उसे सँभाला हुआ था। रुपयों को सकुशल देखकर गीता की साँस में साँस आई। वह अपने भावों पर काबू रखते हुए बोली, "साहब! आज आपने जान पर खेलकर हमारे रुपए हमें सुरक्षित दिलवा दिए। नहीं तो हम तो इन रुपयों को खो चुके थे। आज ही राधा मुझे कह रही थी कि 'माँ कैश की जगह कार्ड का प्रयोग करो।' अब तो मैं पक्का कार्ड से रुपयों का लेन-देन करना सीखूँगी। वरना राधा के विवाह के बाद तो मुझे बहुत दिक्कत हो जाएगी।"

कमांडर प्रदीप बोले, "बिल्कुल माँजी! आप अपनी वस्तु की सुरक्षा करने की कोशिश कीजिए, अवश्य सफलता मिलेगी और फिर भी कोई अनहोनी होती है तो यूपी-100 तो है ही आपके साथ।"

"बिल्कुल ठीक कहा बेटा!" यह कहकर गीता मुस्करा दी और रुपयों को लेकर आत्मविश्वास से मन में एक नया संकल्प लेकर राधा के साथ सुनार की दुकान की ओर बढ़ चली।

□

दहेज की आग

"सिम्मी, सिम्मी उठो, कब तक सोओगी, सूरज सिर पर चढ़ आया है। तुम्हें घर के कामकाज की भी कुछ फिक्र है या नहीं! तुम्हारे माँ-बाप ने क्या नौकर भेजे हैं साथ, जो सूरज निकलने तक सोई रहती हो!" यह कहकर सावित्री अपनी बहू को बुरी तरह झिंझोड़ने लगी। सिम्मी की आँख खुली और वह दर्द से कराह उठी। उसके पूरे शरीर में बुरी तरह पीड़ा हो रही थी। किसी तरह वह उठकर बैठी। सावित्री वहाँ से जा चुकी थी। सिम्मी को बहुत तेज चक्कर आ रहे थे। पास ही रखी ड्रेसिंग टेबल का सहारा लेकर वह खड़ी हुई। अचानक उसकी नज़र आदमकद आईने पर पड़ी तो वह अपने चेहरे को देखकर दंग रह गई। उसके पूरे चेहरे पर नील और चोट के निशान थे। कई चोटों पर रक्त सूख चुका था और वहाँ पपड़ी जम गई थी। दाहिनी आँख के ऊपर एक गूमड़-सा निकल आया था। सिम्मी ने वहाँ हाथ लगाया तो दर्द से उसकी पीड़ादायक चीख निकली। उसे ध्यान आया रात का दृश्य···

उसका पति महेश रात को घर आया था, उसके पीछे-पीछ सावित्री थी और ससुर कान लगाए बैठा था। महेश ने आते ही सिम्मी पर लात-घूँसों की बरसात कर दी। वह कुछ समझ ही नहीं पाई। किसी तरह बचाव करते हुए उसने इतना कहा, "आखिर मैंने क्या किया है, जो आप जानवरों की तरह मुझे पीट रहे हैं?"

इस पर महेश बोला, "एक तो तुम अपने पिता के घर से खाली हाथ चली आई, ऊपर से माँ सारा दिन काम में खटती है और तुम सारा दिन बिस्तर तोड़ती हो। उस पर भी माँ के साथ झगड़ा करती हो। मैं थका-हारा आया हूँ और माँ ने आते ही तुम्हारी काली करतूतों की पोल खोलनी शुरू कर दी। आज तो तुमने माँ पर हाथ भी उठाया।"

सिम्मी इतने सारे झूठे आरोपों से बौखला उठी। वह बोली, "सब···झूठ है··· मैं···मैं···सारा दिन तो काम करती हूँ।"

उस दिन महेश की आँखों में खून सवार था। सिम्मी को बुरी तरह पीटकर वह दरवाजे पर लात मारकर बाहर निकल गया था। सिम्मी राते-रोते सो गई थी। भूख-प्यास से व्याकुल और दर्द की पीड़ा ने उसे बेहाल कर दिया था। उफ्···क्या विवाह इसी को कहते हैं? क्या यही···जिंदगी है?···इससे अच्छा तो यही है कि मैं ऐसे शैतान और हैवान इन्सान को अपनी जिंदगी से ही निकाल फेंकूँ। पता नहीं समाज को ऐसे लोगों की हैवानियत क्यों नहीं दिखती? कुछ भी हो जाए, मैं हार नहीं मानूँगी और न ही इनकी तकलीफों से आत्महत्या जैसा घृणित कदम उठाऊँगी। हर पीड़ा सिम्मी के अंतर्मन को कठोर बनाती जाती थी और धरती पर उसके पैरों को कुछ और मजबूती से टिकाती जाती थी। सिम्मी अपने टूटे-फूटे शरीर के साथ उठी, खुद को सँभाला, उसे सँभालने के लिए और था भी कौन? आँखों की कोरों से आँसू पोंछते हुए हिम्मत कर दैनिक कामों में लग गई।

रसोई का काम सँभालकर वह गरमी से बेहाल साड़ी से पसीने को पोंछती अपने कमरे में पहुँची। थकान और पीड़ा से उसकी आँखें बंद हो गईं। घर में तेज-तेज होनेवाली खटर-पटर से उसकी आँखें खुलीं। पूरा बदन दर्द कर रहा था। वह उठी और सीढ़ी से उतरकर नीचे देखने चली। अभी वह कमरे की सीढ़ियाँ पूरी उतरी भी नहीं थी कि तभी उसे सावित्री की और महेश की खुसुर-फुसुर भरी आवाजें सुनाई दीं। उनकी खुसुर-फुसुर सुनकर सिम्मी समझ गई कि जरूर दाल में कुछ काला है। उसने साहस बटोरा और उनकी खुसुर-फुसुर भरी बातें सुनने की कोशिश की।

महेश सावित्री से बोला, "माँ, ये लो मैं मिट्टी का तेल ले आया हूँ। किसी की निगाह नहीं पड़ी, सबसे बचाकर लाया हूँ। वह तो कल की मार से बेसुध है। बोल देंगे कि बीमारी में पागलपन के दौरे में खुद को आग लगा ली।"

सिम्मी के मुँह से यह सुनकर चीख निकलने वाली थी, उसने खुद को सँभाला और दबे पाँव सीढ़ियाँ चढ़कर अपने कमरे का दरवाजा बंद किया। वह जान बचाने के लिए कमरे में इधर-उधर हाथ-पैर मारती रही। अचानक उसका हाथ बिस्तर पर तकिए से लगा और तकिया नीचे गिर गया। तकिए के नीचे महेश का मोबाइल नज़र आया। शायद मारपीट के चक्कर में वह अपना मोबाइल यहीं भूल गया था।

उसने जल्दी से फोन उठाया, पर फोन वह किसे करे? इस समय उसे कौन बचाने आएगा? उसका दिमाग जल्दी से यह सोचने लगा। सिम्मी का मायका दूर था। सूचना मिलने पर भी आने में उन्हें बहुत देर हो जाएगी। तभी उसके दिमाग में यूपी-100 की पी.आर.वी. आई। कुछ दिन पहले गाँव में किसी के घर चोरी हो गई

थी। उन लोगों ने यूपी-100 को सूचना दी, मात्र कुछ ही समय में यूपी-100 वहाँ पहुँच गई थी और चोर व चोरी का माल दोनों बरामद कर लिया था। यह याद आते ही सिम्मी ने यूपी-100 में फोन मिला दिया।

घबराहट और बदहवास सी उसकी आवाज सुनकर संवाद अधिकारी ने उसे सांत्वना दी। सिम्मी की सारी पीड़ा संवाद अधिकारी के सामने पिघल गई।

संवाद अधिकारी प्रिया बोली, "सिम्मीजी, आप चिंता मत करिए, आपको कुछ नहीं होगा। आप हमें जल्दी से अपने घर का पता बताइए।"

"जब से मेरा विवाह हुआ है, तब से आज तक मैं इस घर की चारदीवारी से बाहर नहीं निकली। मुझे कुछ नहीं पता कि मैं किस मोहल्ले में और कौन सी जगह रहती हूँ?"

प्रिया बोली, "कोई बात नहीं, हम फिर भी आप तक पहुँच जाएँगे। आपके गाँव का नाम तो हमारी स्क्रीन पर आ गया है। अब आप अपने घर का रास्ता बताइए। आपके घर के आसपास कोई खिड़की है। वहाँ से झाँककर देखिए कि क्या दृश्य नज़र आते हैं?"

सिम्मी ने खिड़की खोलकर देखी। वह बोली, "मुझे···नीचे एक बड़ा-सा पेड़ नज़र आ रहा है। शायद बरगद का पेड़ है।"

"शाबास···और कुछ···कुछ···और बताइए···वहाँ आसपास और क्या है?"

सिम्मी को हौसला सा बँधा। वह बोली, "बरगद के नीचे एक मूर्ति रखी है··· शायद हनुमानजी की है।"

"शाबास···बस अब कुछ ही पलों में हमारी पी.आर.वी. आप तक पहुँचेगी और आपको वहाँ से सुरक्षित निकाल लेगी।"

"आप खिड़की से झाँककर यह देखिए कि दीवारों पर कुछ लिखा नज़र आ रहा है।"

"दीवारों पर तो···कुछ···नहीं···पर मुझे दूर एक रोड दिख रहा है···वहाँ कुछ गाड़ियाँ आ-जा रही हैं। बस इससे अधिक और कुछ नहीं पता चल रहा।" सिम्मी मौत के भय से बुरी तरह बिलखने लगी।

"प्लीज, आप रोइए मत। उसे सांत्वना देने के लिए प्रिया ने समझदारी से काम लिया। उसने बेहद अपनेपन से सिम्मी से बातें कीं। साथ ही सारी सूचना आगे विभाग को भेज दी। उन्हें जल्दी-से-जल्दी एक ऐसे पेड़ के पास पहुँचने को कहा गया, जहाँ पर हनुमानजी की मूर्ति के साथ ही एक बड़ा-सा रोड जाता है।

मात्र तेरह मिनट में पी.आर.वी. वहाँ खड़ी थी। तुरंत पी.आर.वी. के पुलिस

कमांडर सिम्मी के घर की ओर चल दिए। महेश और सावित्री दोनों सिम्मी को पकड़े हुए थे। सिम्मी उनकी पकड़ से छूटने का भरसक प्रयत्न कर रही थी। यह देखकर पी.आर.वी. के कार्मिकों ने रँगे हाथों महेश और सावित्री को सिम्मी को जलाने की मंशा से गिरफ्तार कर लिया। पी.आर.वी. के कर्मियों ने सिम्मी की नाजुक हालत देखकर उसे तुरंत नजदीक के अस्पताल पहुँचाया। अस्पताल पहुँचते ही सिम्मी का इलाज शुरू हो गया। इसके बाद पी.आर.वी. के अन्य कर्मियों ने सिम्मी के घरवालों को घटना के बारे में सूचित किया। उसके घरवालों के पहुँचने तक एक पुलिसकर्मी वहीं रहा। परिवार के आने के बाद पुलिस कार्मिक ने वहाँ से विदा ली।

इस तरह सिम्मी की जान बच गई और उसे एक नया जीवन मिला।

□

अनमेल विवाह

"नीतू, चल न पहलो दुग्गो खेलते हैं। बहुत दिन से यह खेल नहीं खेला।"

"चल मीता, मेरा भी पहलो दुग्गो खेलने का बहुत मन कर रहा है। चॉक से खाली जगह में तुम खेल बनाओ तब तक मैं आती हूँ।"

मीता ने खुशी-खुशी चॉक से पूरा खेल बना दिया। नीतू के आते ही वह बोली, "देख नीतू! मैंने पूरा खेल बनाया है न इसलिए पहली बाजी मैं खेलूँगी।"

"ठीक है, तू ही खेल! तेरा हक बनता है।"

यह सुनते ही बारह साल की मीता खुशी से पत्थर फेंककर अपनी चाल चलने लगी।

"ये मेरा एक घर बन गया। आज से यह घर मेरा हुआ।" यह बोलकर मीता पहलो दुग्गो में छठे स्थान पर चॉक से अपना नाम लिखते हुए उसमें अपनी मनपसंद का डिजाइन बनाने लगी।

तभी सौतेली माँ उसे ढूँढ़ते हुए वहाँ आई। वह मीता को खेल में रमा हुआ पाकर गुस्से से बोली, "आज तेरा विवाह है। आज से तू नया घर बसाने जा रही है और तू यहाँ खेलकूद में नया घर बसा रही है। चल जल्दी से तैयार हो जा, बरात आने ही वाली है।"

अपनी माँ भरतारी की बात सुनकर मीता रोते हुए बोली, "मुझे नहीं करना कोई ब्याह-व्याह। मैं तो अपनी टीचर की तरह खूब पढ़ूँगी और स्कूल की टीचर बनूँगी।" यह कहकर वह तेजी से भाग गई।

उसे भागते देखकर भरतारी भी तेजी से दौड़कर उसके पीछे भागी। आखिर उसने नन्ही मीता को पकड़ लिया और उसके बाल खींचते हुए बोली, "एक तो मैं समय पर तेरा ब्याह कर रही हूँ। ऊपर से तू इतने नखरे दिखा रही है। बाद में तुझे ब्याहने कोई राजकुमार आएगा क्या? सीधी तरह चल। नहीं तो तेरी हड्डी-पसली तोड़कर रख दूँगी।" यह बोलते ही उसने जोर से मीता के बाल खींच लिये।

मीता बाल खिंचने पर दर्द से तड़पकर बोली, "माँ-माँ, मुझे छोड़ दो। प्लीज, मुझे छोड़ दो। मुझे पढ़ना बहुत पसंद है। मैं अभी ब्याह नहीं करूँगी। हमारी टीचर कहती हैं कि लड़की की ब्याह के समय उम्र कम-से-कम अठारह साल होनी चाहिए। मैं तो अभी बारह की हूँ।"

उसकी बात सुनकर भरतारी का खून खौल उठा। वह बोली, "इसीलिए तो तेरा ब्याह करा रही हूँ ताकि तू स्कूल जाकर ये उलटी-सीधी बातें न सीखे।"

वह मीता को घसीटकर अपने साथ ले जाने लगी। उसकी सखी-सहेलियाँ और पास खड़े लोग ये सब देखते रहे। किसी की हिम्मत न हुई कि मीता को भरतारी के प्रकोप से बचाएँ।

भरतारी मीता के पिता मंगल की दूसरी पत्नी थी। मंगल भरतारी से उम्र में बहुत बड़ा था। भरतारी का विवाह उसके माता-पिता ने जबरदस्ती मंगल के साथ किया था, क्योंकि मंगल बिना दहेज के विवाह के लिए तैयार हो गया था। इससे भरतारी की सारी उमंगें और सपने मर गए थे। वह उन सबका दोषी मीता को ही मानती थी। इसलिए अपना गुस्सा मीता पर उतारती थी। मोहम्मद जीशान काशीनाथ कॉलोनी में ही रहता था। वह भी एक स्कूल में शिक्षक था। अपने आस-पड़ोस के लोगों और बच्चों को वह पढ़ने के लिए प्रेरित करता था। मोहम्मद जीशान ने कई बार मीता को भरतारी की मार से बचाया था। उसने भरतारी को समझाने की कोशिश भी की थी, लेकिन भरतारी उसे खाने को दौड़ी थी और कहा था कि यदि उसने घर के मामलों में टाँग अड़ाने की कोशिश की तो वह उसे पुलिस से पकड़वा देगी।

रोते-रोते मीता के पैरों से चप्पलें निकल गई थीं। उसके पैरों से खून भी निकलने लगा था। मोहम्मद जीशान ने भरतारी से कुछ कहने की कोशिश की तो वह बेहद क्रोध से उसे अंगुली दिखाते हुए बोली, "दूर रहो…अगर आसपास भी नज़र आए तो मुझसे बुरा कोई न होगा।"

मोहम्मद जीशान जागरूक नागरिक था। बच्ची के प्रति अत्याचार देखकर उसका खून खौल उठा। उसने तुरंत यूपी-100 को फोन कर इस बारे में जानकारी दी। यूपी-100 की पी.आर.वी. बारह मिनट के अंदर ही वहाँ आ गई। तब तक मीता की बरात पहुँच चुकी थी। भरतारी ने मीता को जबरदस्ती मारपीट कर तैयार कर दिया था। यूपी-100 के कमांडर नीलेश बाजे बजते देख मीता के घर के सामने पहुँचे। वहाँ उन्होंने देखा कि बारह साल की मासूम सी बच्ची को एक पचास साल के वृद्ध के पल्ले बाँधा जा रहा था। बरात में पुलिस को देखकर अफरा-तफरी मच गई। आरक्षी राम अवतार और पायलट चंदर भी वहाँ पहुँच गए।

पचास साल के दूल्हे के साथ ही उन्होंने मंगल और भरतारी को पकड़ा। उन सभी को पकड़कर नजदीक के थाने में पहुँचाया गया। थाने में थानाध्यक्ष विवेक शर्मा को जब इस मामले का पता चला तो वह भरतारी और मंगल से बोले, "सरकार बार-बार आप जैसे लोगों को बताती रहती है कि बाल विवाह और अनमेल विवाह अपराध है, लेकिन उसके बाद भी आप जैसे लोग अपनी नीच हरकतों से बाज नहीं आते। अरे, अपनी बेटी का ब्याह जिस आदमी से आप कर रहे हैं, वह उम्र में उसके पिता जितना है, यह तो कोई अंधा भी बता देगा।"

यह सुनकर मंगल बोला, "साहब, भरतारी ने मुझसे कहा था कि लड़का अच्छे खाते-पीते घर का है, मुझे यह नहीं पता था कि यह तो मेरी उम्र का है।"

इस पर कमांडर नीलेश उसे डाँटते हुए बोले, "पिता होने के नाते तुम्हारा फर्ज बनता है कि तुम अपनी बेटी को अच्छी शिक्षा प्रदान करो, उसे जीवन की अच्छाइयों व बुराइयों से अवगत कराओ, लेकिन तुम इन सबके बजाय उसे कुएँ में धक्का देने को तैयार बैठे हो। तुम जैसे पिताओं के कारण ही लोग बेटियों को अभिशाप मानते हैं। उन्हें जन्म से पहले ही मार देते हैं।"

कमांडर नीलेश की बात सुनकर मंगल का चेहरा शर्म से झुक गया।

फिर वह भरतारी से बोली, "माँ का स्थान सबसे ऊँचा होता है। एक माँ अपने बच्चे के हित के लिए अपना सर्वस्व समर्पण कर देती है और एक तुम हो···चाहे आप सौतेली हैं, लेकिन माँ तो हैं। एक माँ का हृदय तो आपके पास होना चाहिए। माँ कभी ऐसा नहीं चाहती कि जो कुछ गलत उसके साथ हुआ है, उसकी बेटी के साथ भी वैसा ही हो और तुम तो स्वयं उसके साथ गलत करने जा रही थी।"

यह सुनकर भरतारी की आखों में आँसू आ गए। सभी दोषियों ने हाथ जोड़कर माफी माँगी।

कमांडर नीलेश आगे की कार्रवाई थानाध्यक्ष को सौंपकर वहाँ से निकल पड़े।

□

बूढ़ी माँ की बेबसी

भाग्यवती को बहुत देर से भूख और प्यास लगी थी। घर में कोई न था। बहू निम्मो अपनी दो साल की बेटी के साथ दूसरे कमरे में एयर कंडिश्नर में सो रही थी और भाग्यवती रुक-रुककर चलते पंखे में पसीने से बेहाल पानी को तरस रही थी। पचहत्तर साल की भाग्यवती के पैरों में तकलीफ थी, इसलिए उसे चलने में भी परेशानी होती थी। किसी तरह उठकर वह किचन तक पहुँची और पानी लेने की कोशिश करने लगी, तभी किचन में रखा दूध से भरे बरतन पर हाथ पड़ गया और वह बरतन उलट गया। सारा दूध जमीन पर बिखर गया। भाग्यवती डर से काँप गई। शोर सुनकर निम्मो उठकर आई। दूध को बिखरे देख और भाग्यवती को पानी के लिए हाथ बढ़ाते देख उसका खून खौल उठा। उसने भाग्यवती को जोर का धक्का दिया। वृद्धा भाग्यवती खुद को न सँभाल सकीं और उनका सिर दीवार से जा टकराया। अब इस बूढ़े शरीर में इतनी जान ही कहाँ थी, जो वह खुद को सँभाल पाती? कहने को और दुनिया के लिए उनके पास तीन-तीन बेटे थे, पर तीनों बेटों में से किसी के दिल में अपनी माँ के लिए जगह न थी। इसलिए सबसे छोटे बेटे परेश के पास वह रहती थीं। निम्मो को बढ़ी चिढ़ लगती थी कि बूढ़ी दिन-रात उनके घर में रहती है। बाकी दो भाई आजाद घूमते हैं।

भाग्यवती अपने भाग्य पर आँसू बहाती घिसट-घिसटकर अपनी चारपाई पर आकर बैठ गई। निम्मो उलटा-सीधा बोलती हुई किचन को साफ करने लगी। शाम को परेश के आने पर वह बोली, "सुनिए जी, मुझसे अब आपकी माताजी का बोझ नहीं उठाया जाता। दिन-रात परेशान करती रहती हैं। मैं सारा दिन काम करके दो घड़ी सोती हूँ, तभी कुछ-न-कुछ बिखेर देती हैं, ताकि मैं उठ जाऊँ और आराम न कर पाऊँ। इतनी चिढ़ है इन्हें मुझसे।"

यह सुनते ही परेश दबे स्वर में बोला, "निम्मो, तुम्हें सब पता है कि माताजी का हमारे सिवा कोई ठिकाना नहीं है। फिर मुझसे ऐसी बात क्यों कहती हो?"

यह सुनकर निम्मो का पारा सातवें आसमान पर चढ़ गया। वह बोली, "आपके दो भाइयों से क्या इन्होंने कर्ज ले रखा है और इनसे हमने कर्ज ले रखा है, जो जब तक मरेगी नहीं, तब तक हमारी छाती पर ही मूँग दलेगी।"

भाग्यवती सारी बातें सुन रही थीं। यह अब रोज का नियम बन गया था। निम्मी जान-बूझकर नमक-मिर्च लगाकर परेश से भाग्यवती की शिकायत करती और दिन में एक बार यह जरूर बोलती कि पता नहीं कितनी उम्र लिखाकर लाई हैं। मरती भी नहीं।

यह सुन-सुनकर भाग्यवती के कान पक चुके थे। क्या बूढ़े होने पर केवल माता-पिता के मरने का इंतजार किया जाता है। उनके अनुभव, उनके त्याग और साहस का कोई मोल नहीं होता।

उस दिन पूरी रात भाग्यवती छत पर रुक-रुक कर चलते पंखे की ओर ताकती रही। क्या वह सचमुच अपने बेटे और बहू के लिए भार बन गई है। वह पंखे की ओर देखते हुए बोली, "आज का वक्त ही ऐसा हो चला है कि जो वस्तु काम की नहीं, उसे त्याग दो, फेंक दो या फिर मार दो।" अब इस पंखे की गति ही देखो, मुझसे तो ठीक ही है। रुक-रुककर चल रहा है और थोड़ी हवा तो दे रहा है। वहीं मैं इस उम्र में खुद ही लाचार हूँ, ऐसे में दूसरों की क्या मदद करूँ, अपना शरीर ही साथ नहीं देता तो कोई काम कैसे करूँ?"

पता नहीं क्या समय था। भाग्यवती का मन आज बहुत अशांत था। उसने अपने कमरे में रखी अपनी साथी लकड़ी की लाठी को उठाया और उसके सहारे बाहर निकल गई। निकलते-निकलते वह रेल की पटरी पर आकर बैठ गई। कुछ-कुछ उजाला होने लगा था। तभी रेलवे ट्रैक पर एक यात्री ने देखा कि खाली ट्रैक पर कोई बैठा है। उसने करीब जाकर देखा तो वहाँ भाग्यवती को बैठा हुआ पाया। भाग्यवती रोती-रोती बोल रही थी, "आज सारा झंझट खत्म। आज मर जाएगी ये बुढ़िया। किसी पर बोझ नहीं रहेगी फिर। मेरे तीनों बेटे आजाद हो जाएँगे।"

यात्री बुढ़िया की बातें सुनकर बोला, "अम्मा, घर में तो दो बातें होती रहती हैं। ऐसे घर से थोड़े ही चले आते हैं। उठिए, रेल के आने का समय होनेवाला है।"

भाग्यवती नहीं मानी। वह यात्री के कहने से नहीं आई। धीरे-धीरे भीड़ इकट्ठी हो गई। किसी यात्री ने यूपी-100 को फोन कर दिया। यूपी-100 ने कंट्रोल रूम से इस सूचना को जल्दी से डिस्पैच विभाग में प्रेषित किया। उस समय डिस्पैच विभाग में इंस्पेक्टर प्रदीप कुमार ड्यूटी पर थे। उन्होंने जल्दी से रेलवे स्टेशन के पास खड़ी पी.आर.वी. को सूचित किया और तुरंत वृद्धा के पास पहुँचने के लिए कहा।

पी.आर.वी. मात्र सात मिनट में घटनास्थल पर पहुँच गई। भाग्यवती इस समय बेहद तनावग्रस्त थी। वह किसी की कोई बात सुनने को तैयार न थी। पी.आर.वी. से कमांडर भरत कुमार भाग्यवती के पास आए और बोले, "माताजी, मैं आपका पुत्र समान हूँ और एक पुत्र अपनी माता को जीते-जी मौत को गले लगाते नहीं देख सकता।" भरत कुमार की इस बात ने भाग्यवती को भाव विह्वल कर दिया। उसे तुरंत ही अपने तीनों बेटे याद आ गए। अचानक उनका बचपन उसके सामने घूम गया। भाग्यवती को सोच में डूबा देख भरत कुमार ने इशारे से वहाँ खड़े दो-तीन लोगों की सहायता से उन्हें रेलवे की पटरी के बीच से उठाया और कुरसी पर बैठा दिया। भाग्यवती ने रोते हुए सारी कहानी बयाँ की कि वह अब कहाँ जाए? भरत कुमार भाग्यवती को सांत्वना देते हुए बोला, "माताजी, आप चिंता मत करिए। मैं आपके घर चलता हूँ। यदि अभी भी आपके बेटे और बहू का रवैया नहीं बदला तो मैं आपको वापस अपने साथ ले आऊँगा और अपने पास रखूँगा।"

भरत कुमार को देखकर भाग्यवती बोली, "बेटा, अपने तीनों बेटों को देखकर मुझे लगता था कि शायद हर बेटा अपने वृद्ध माता-पिता के मरने का इंतजार करता है, लेकिन तुम्हें देखकर मुझे लगता है कि मैं गलत थी। आज भी तुम जैसे बेटे बड़ों का मान-सम्मान करना जानते हैं। यह देखकर मेरी बूढ़ी आँखों को बहुत राहत मिली है।" इसके बाद भाग्यवती को पी.आर.वी. में बैठाया गया। जैसे ही पी.आर.वी. उनके घर के आगे रुकी वैसे ही बेटा और बहू दोनों दौड़े आए। दोनों ही भाग्यवती के अचानक चले जाने से परेशान थे। पुलिस की गाड़ी देखकर निम्मी तो किसी अनहोनी आशंका से काँप उठी। तभी कमांडर भरत गाड़ी से नीचे उतरे और फिर उन्होंने ससम्मान भाग्यवती को पी.आर.वी. से उतारा।

उन्होंने परेश को बताया कि बेहद तनावग्रस्त हालत में भाग्यवती अपनी जान देने जा रही थीं। यदि आज यह आत्महत्या कर लेती तो एक माँ को जीते-जी मारने का इल्जाम आप तीनों बेटों और बहुओं पर ही लगता, क्योंकि यह आत्महत्या न होकर एक हत्या होती, वह भी उस माँ की हत्या, जिसने अपने बेटों के लिए अपना सारा जीवन कुरबान कर दिया। कभी न अच्छा खाया, न अच्छा पिया और जब बेटों को लायक बनाकर उनके खाने-पीने के अच्छे दिन आए तो दाँत साथ छोड़ चुके थे, शरीर जीर्ण-शीर्ण हो गया था। उस पर भी आप जैसे बेटे और बहू अपने माता-पिता के त्याग को नहीं समझ पाते और केवल अपने सुख देखने में लगे रहते हैं।

कमांडर भरत की बातें सुनकर परेश और निम्मी दोनों ही आत्मग्लानि से जमीन में गड़ गए। परेश और निम्मी दोनों ने भाग्यवती के पैर छूकर माफी माँगी।

निम्मी पुलिस के सामने ही भाग्यवती से बोली, "माताजी, आज से जो आप कहेंगी, जो आप चाहेंगी, वही होगा…और…।"

अभी निम्मी का यह वाक्य पूरा भी नहीं हो पाया था कि भरत बोला, "और यदि ऐसा नहीं हुआ तो आप कभी भी अपने इस चौथे बेटे को फोन कर सकती हैं, इसके पास आ सकती हैं। मेरा फोन नंबर और पता मैं आपको देकर जा रहा हूँ। इतना ही नहीं, मैं आपसे मिलने भी आता रहूँगा।"

भरत की बात सुनकर भाग्यवती की आँखों से खुशी के आँसू निकल आए। वह बोली, "बेटा, अभी तक तो पुलिस केवल अपराधियों को पकड़ने का काम करती थी, लेकिन अब वह घर बनाने का काम भी करने लगी है। तुम सच मेरे चौथे बेटे ही हो। मुझसे मिलने आते रहना।"

"जी जरूर।" यह कहकर भरत पी.आर.वी. में बैठ गया और जाते-जाते भी हाथ हिलाकर बार-बार भाग्यवती को दिलासा देता रहा, "सब ठीक हो जाएगा, अब यूपी-100 है न आपके साथ।" भाग्यवती ने भी इस दिलासा को समझ लिया… और अपने बूढ़े चेहरे पर खुशी के साथ उसने भरत के साथ ही पूरी यूपी-100 को भी दुआएँ दीं कि वह इसी तरह फलती-फूलती रहे, जिससे कि यूपी से अपराध, बुराई का नाम हमेशा मिट जाए और खुशियों व सुख का साथ हर जगह लिख जाए।

□

नदी में गिरी गाड़ी

हरीचंद बेहद मायूस, गमगीन था। उसकी आँखों से आँसू निकल-निकलकर बह चुके थे। अपनी पत्नी नीमा की तबीयत खराब होने पर वह उसे अस्पताल लेकर आया था। माँ की तबीयत बेहद खराब देखकर बेटा राजीव, बहू प्रिया और 10 महीने की छोटी बच्ची ट्विंकल साथ थी।

अस्पताल ले जाने के पंद्रह मिनट बाद ही नीमा ने दम तोड़ दिया। उसे हार्ट अटैक हुआ था। मरणासन्न हालत तो नीमा की रास्ते में ही हो गई थी। अभी नीमा की आयु मात्र 55 साल थी। 57 साल के हरीचंद पत्नी का साथ बिछुड़ जाने से बहुत दुःखी थे। अस्पताल की आवश्यक कार्रवाई पूरी कर परिवार नीमा के शव को मारुति वैन में लेकर घर की ओर चल पड़ा।

राजीव और प्रिया भी बेहद शोकमग्न थे। राजीव बोला, "पिताजी, आप चिंता मत करिए। हम सब हैं न। जिंदगी में एक न एक दिन तो हम सभी को जाना होता है। आप स्वयं को इतनी तकलीफ देंगे तो माँ की आत्मा को शांति नहीं मिलेगी।"

यह सुनकर हरीचंद अपने आँसुओं पर काबू न रख पाया और बोला, "अब मैं किसके लिए जिऊँगा? तुम सबकी अपनी-अपनी जिंदगी है। इस बुढ़ापे में तो नीमा ही मेरा साथ निभा सकती थी। नीमा की मौत के बाद अब तो मेरा मन भी जीने को नहीं चाहता।"

हरीचंद की बात सुनकर बहुत गमगीन सा वातावरण बन गया। ससुर को रोते देख प्रिया बोली, "पिताजी, हम हैं न आपके साथ। आप ऐसा क्यों सोचते हैं कि किसके लिए जिएँगे? जीवन कभी खत्म नहीं होता, अपनी गति से चलता रहता है। आपको अब ट्विंकल के लिए जीना है। ट्विंकल के अंदर आपको वो सब संस्कार और गुण देने हैं जो माता जी की इच्छा थी। ट्विंकल के बचपन में आप खुद को जिएँगे। सँभालिए खुद को।"

राजीव को भी माँ को खोने का बेहद दुःख था। गाड़ी डिडौली नहर पुल पर आ गई थी। अचानक राजीव का संतुलन गड़बड़ा गया और गाड़ी पुल को चीरते हुए सीधी नहर में जा गिरी। एकाएक किसी को समझ न आया कि क्या हो गया? वहाँ उपस्थित लोग भी इस अचानक हुए हादसे से दंग रह गए। गाड़ी के नदी में गिरते ही सभी की चीखें वहाँ के लोगों के दिल दहलाने लगीं। गाड़ी आधी नहर में धँस गई थी। निकलने का कोई मार्ग न था। ऐसे में हरीचंद तो और व्याकुल से होकर मरणासन्न से हो गए। वहाँ उपस्थित किसी व्यक्ति ने जल्दी से यूपी-100 को फोन कर इस बड़ी दुर्घटना से अवगत कराया। दुर्घटना की जानकारी प्राप्त कर जल्दी से पी.आर.वी. वहाँ पहुँची। पी.आर.वी. में कमांडर दिनेश और सब-कमांडर निमेश ड्यूटी पर थे। वे जल्दी से बाहर निकलकर आए। पुल पर भीड़ इकट्ठी हो गई थी। सभी लोग गाड़ी व उसमें फँसे लोगों को नदी से निकालने के लिए अपनी-अपनी तरकीबें भिड़ा रहे थे। कमांडर दिनेश ने यूपी-100 से वायरलेस फोन पर संदेश पाकर क्रेन के पहुँचने के लिए भी सूचित कर दिया था। क्रेन ने पुल पर से नहर के बीचोबीच धँसी गाड़ी के करीब जाने की कोशिश की, लेकिन असफलता हाथ लगी। क्रेन को असफलता मिलते देख, वहाँ उपस्थित लोगों ने अपनी-अपनी सहायता प्रदान की। सबकी मदद से क्रेन नदी के उस स्थान पर पहुँचने में कामयाब हो गई, जहाँ पर गाड़ी धँसी हुई थी। गाड़ी में अंदर लोगों की चीख-पुकार और रुदन लोगों का दिल दहला रहा था। तभी क्रेन की सहायता से ऊपर आती गाड़ी में लोगों ने यह देख लिया था कि गाड़ी में दो शव हैं और बाकी लोगों की हालत भी मरणासन्न सी है। यह स्थिति जानकर कमांडर दिनेश ने जल्दी से एंबुलेंस 108 को सूचित किया। तीन मिनट में एंबुलेस 108 वहाँ पर पहुँच गई। अब तक पुलिस व लोगों को थोड़ी कामयाबी मिल गई थी। क्रेन की सहायता से गाड़ी को नहर से खींचा गया। गाड़ी निकालने में बहुत मुश्किल हुई, क्योंकि वह नहर में धँस गई थी। गाड़ी से दो शव और घायल बच्ची को निकाल लिया गया था। राजीव और प्रिया बेहोशी की हालत में थे। बच्ची को तुरंत एंबुलेंस ने अपनी सेवाएँ दीं। राजीव और प्रिया को भी पुलिस ने बाहर निकाला। उन्हें भी एंबुलेंस ने जल्दी से प्राथमिक चिकित्सा प्रदान की। राजीव को होश आया तो उसने अपने परिवार के बारे में पूछा। उसे सूचित किया गया कि उनके साथ बैठे एक महिला और पुरुष की मृत्यु हो गई है। यह सुनकर राजीव अपनी सुध-बुध खो बैठा। वह समझ गया कि पिता हरीचंद का साया भी उनके सिर से उठ गया है। फिर उसने अपनी पत्नी और बच्ची के बारे में पूछा। ट्विंकल के घाव पर मरहम-पट्टी कर

दी गई थी। वह रोकर चुप हो गई थी और इस समय खेल रही थी। प्रिया के हाथ में गहरी चोट आई थी।

कमांडर दिनेश और सब-कमांडर निमेश को जब यह ज्ञात हुआ कि राजीव अपनी माँ के शव को परिवार के साथ अस्पताल से लेकर घर जा रहा था तो उन्हें भी बेहद दु:ख हुआ कि उनके पिता इस हादसे में असामयिक मृत्यु का शिकार हो गए।

कमांडर दिनेश ने बच्ची को अपनी गोद में लिया और उसके लिए दूध का इंतजाम कराया। इसके बाद राजीव को सांत्वना देते हुए वे बोले, "जिंदगी में अनहोनी को कोई नहीं टाल सकता, हाँ, हम जैसे लोग इस अनहोनी में आपकी मदद के लिए हर संभव सहायता अवश्य कर सकते हैं। आपके जीवन में जो अपूर्णीय क्षति हुई है, उसे भरना नामुमकिन है। लेकिन इस समय आप सभी एक बड़े हादसे का शिकार होने से बचे हैं। इसलिए ईश्वर का धन्यवाद कीजिए कि आप सकुशल हैं।"

राजीव दिनेश की बात सुनकर गमगीन स्वर में बोला, "सर, आपका कहना सही है। अनहोनी को कोई नहीं टाल सकता। पर आज आपने मेरी, प्रिया और ट्विंकल की जान अपनी जान की बाजी लगाकर बचाई है। यह काम भी हर कोई नहीं कर सकता, केवल यूपी-100 की पुलिस ही कर सकती है, क्योंकि उन्हें इस बात का प्रशिक्षण दिया गया है कि दिन हो या रात यूपी-100 है सबके साथ।" यह कहकर राजीव अपनी रुलाई नहीं रोक पाया। प्रिया अभी तक बेहोश थी।

कमांडर दिनेश और सब-कमांडर निमेश ने राजीव के कंधे पर मदद और सहानुभूति का हाथ रखा। इसके बाद दिनेश व निमेश की सहायता से हरीचंद व नीमा के शवों को सम्मानजनक तरीके से उनके घर तक पहुँचाया। इस दौरान यूपी-100 ने मानवता का एक अप्रतिम उदाहरण प्रस्तुत किया। कमांडर दिनेश और सब-कमांडर निमेश उनके घर के परिवार के सदस्यों की तरह इस भारी दु:ख में उनके साथ रहे। अपनी जिम्मेदारी निभाकर यूपी-100 अपने गंतव्य की ओर लौट चली।

□

प्रतिबंधित पशु को काटा

"शमीम अब कुल मिलाकर कितने पशु हो गए, जिन्हें हम काट सकते हैं?"

"नदीम भाई, दो गाएँ और तीन साँड़ हैं। नदीम, हमने किसी तरह इन पशुओं को यहाँ तो छिपाकर रख लिया, लेकिन अगर इनको काटते समय किसी को गौवध की भनक मिल गई तो हमारी जान के लाले पड़ जाएँगे।"

"चुप कर न! नकारात्मक बातें क्यों बोलता है? यहाँ किसी को कुछ पता नहीं चलेगा। लोगों के डर से ही तो इस सुनसान जगह पर गाएँ-भैंस काटने का अड्डा बनाया है। अब हम इस अड्डे से कहीं नहीं जाएँगे और न ही किसी को इसकी भनक लगने देंगे। ऐसा करते हैं कि आज रात को एक गाय और ढूँढ़ लाते हैं। फिर कल सवेरे इन सभी को काट देंगे। अच्छा माल भी मिल जाएगा और बढ़िया मांस खाने को भी मिल जाएगा।"

नदीम की बातों पर शमीम स्वीकृति देते हुए बोला, "जैसा आप कहते हैं, वैसा ही करेंगे। लेकिन आज गाय को ढूँढ़ने आप भी मेरे साथ चलिएगा। यहाँ ताला लगाकर चलेंगे। वैसे तो कोई इस ओर आता नहीं, और यदि आ भी गया तो ताला देखकर चला जाएगा।"

शमीम की बात सुनकर नदीम बोला, "ठीक है, आज मैं भी तेरे साथ चलूँगा। पर पहले थोड़ी पेट-पूजा कर लूँ।"

इसके बाद उसने अपने साथ लाया हुआ खाना निकाला। चिकन खाते हुए नदीम बोला, "वाह! इसे कहते हैं लाजवाब भोजन। भई, एक भोजन ही तो है, जिसका स्वाद हम जब चाहें ले सकते हैं। ऐसे में यदि भोजन अपनी पसंद का न हो तो फिर क्या जीना!"

"सही कहा नदीम भाई! अब तो हमें कई दिनों तक लाजवाब भोजन मिलने वाला है।" दोनों खाना खाकर ताला लगाकर वहाँ से निकल चले।

मिल्किआना से कुछ दूर आकर नदीम बोला, "तूने देखा है न कि यहाँ आसपास गाय कहाँ खड़ी होती हैं?"

"नदीम भाई, देखा था तो बत्ती पार करने के बाद सड़क से कुछ दूर पर हमेशा एक-दो गाय खड़ी हुई मिलती तो हैं, चलो वहीं चलते हैं।"

दोनों बत्ती पार करने के बाद वहाँ आए तो यह देखकर खुश हो गए कि दो गाएँ दाएँ-बाएँ खड़ी हुई थीं।

नदीम चहककर बोला, "वाह! कहाँ हम एक गाय ढूँढ़ने आए थे और यहाँ तो दो-दो मिल गईं।"

शमीम आगे बढ़कर गाय को पकड़ने ही वाला था, तभी नदीम ने उसे पीछे पकड़कर खींच लिया, "क्या हुआ उस्ताद? आपने मुझे पीछे क्यों खींचा?"

"अबे, मरना है क्या? वो उधर देख। एक युवक दूसरी गाय को रोटी खिला रहा है। वह इस गाय के पास भी जरूर आएगा। तुझे गाय को पकड़ते हुए देख लेता तो अभी हवालात में डलवा देता।"

नदीम की बात पर शमीम ने देखा तो पाया कि सचमुच युवक अब दूसरी गाय को रोटी देने आ रहा था। युवक ने उन दोनों गायों को रोटी दी और उनकी पीठ पर प्रेम से हाथ फेरकर आगे चल दिया।

युवक का नाम मनोज था। मनोज के वहाँ से जाते ही नदीम और शमीम ने दोनों गायों का अपने कब्जे में लिया और उन्हें साथ लेकर चल पड़े। काफी दूर तक उन्होंने मनोज को देखा, लेकिन मनोज कहीं नज़र न आया। यह देखकर दोनों बेफिक्र होकर आगे बढ़ चले। उधर मनोज की बत्ती से थोड़ा आगे परचून की दुकान थी। उसने नदीम और शमीम के साथ उन दोनों गायों को देखा तो वह हैरान होकर देखने लगा। वह समझ गया कि इन लोगों के इरादे ठीक नहीं हैं। मनोज ने दुकान पर छोटू से कहा, "तू जरा दुकान सँभाल। मैं अभी आया।" यह कहकर वह चुपके से नदीम और शमीम के पीछे हो लिया। नदीम और शमीम के पीछे मुड़-मुड़कर देखने के कारण मनोज समझ गया कि जरूर कुछ गड़बड़ है। दोनों ही बचते-बचाते गायों को लेकर अपने ठिकाने पर पहुँच गए। शमीम ने ताला खोला और दोनों गायों को अंदर ठूँस दिया।

नदीम बोला, "अब देर नहीं करते। पहले वाली गाय को काटते हैं।" यह सुनते ही मनोज का कलेजा काँप उठा। उसने तुरंत अपने मोबाइल से यूपी-100 को फोन किया। इतना ही नहीं मनोज ने ट्विटर पर मिल्किआना के चित्र भी खींचकर भेज दिए। वहाँ से ठक-ठक की आवाज और जीवित गाय का रुदन सुनकर मनोज

की रूह काँप उठी। यूपी-100 की पी.आर.वी. के पहुँचते ही मनोज ने कमांडर सुशील को सारी घटना से अवगत कराया।

कमांडर सुशील आरक्षी रमेश के साथ वहाँ पहुँचे। दरवाजा अंदर से बंद था। उन्होंने जोर देकर दरवाजे को तोड़ा। दरवाजा टूटते ही उन्होंने देखा कि तीन साँड़ और तीन गाय वहाँ जीवित थे और एक गाय अर्ध कटी हुई अवस्था में पड़ी थी। उसका शरीर तड़प रहा था। इस वीभत्स दृश्य को देखकर मनोज ने अपनी आँखें बंद कर लीं। कमांडर सुशील ने नदीम और शमीम को अपनी गिरफ्त में ले लिया। वहीं नजदीक के थानाध्यक्ष को भी घटनास्थल पर बुलाया गया। थानाध्यक्ष मुजीब ने यह दृश्य देखा तो उसने भी अपनी आँखें बंद कर लीं। नदीम और शमीम दोनों को थानाध्यक्ष के सुपुर्द कर दिया गया।

बाकी बचे जीवित पशुओं को आज़ाद कर दिया गया। इसके साथ ही थानाध्यक्ष को यह भी कहा गया कि वे भी इलाके का निरीक्षण करते रहें, जिससे ऐसे अवैध निकृष्ट कार्यों पर रोक लगाई जा सके।

□

हाईटेक पी.आर.वी.

वीनस दिल्ली के एक समाचार-पत्र में पत्रकार थी। उसकी कसी पत्रकारिता व निर्भीकता से सभी बेहद प्रभावित थे। वह कुछ दिनों के लिए छुट्टी लेकर अपने मामा के बेटे के विवाह में लखनऊ जा रही थी। वीनस अपने पिता नीरज, माता रमा और भाई अविनाश के साथ जा रही थी। वे अपनी गाड़ी लेकर घर से निकले थे। वीनस को भी गाड़ी चलानी आती थी। वीनस का मानना था कि अपनी गाड़ी से सरलता से सफर तय हो जाता है और लांग ड्राइव भी हो जाती है।

वे लोग लखनऊ पहुँच गए थे। इस समय शाम के 7 बज रहे थे। गाड़ी अविनाश चला रहा था। सभी लोग थक गए थे। तभी अचानक तेजी से आती एक गाड़ी ने उनकी होंडा सिटी को टक्कर मार दी। झटका इतना तेज था कि अविनाश के सिर में सीधा गाड़ी का गियर लगा और उसके माथे से खून बहने लगा। वह बेहोश हो गया। माता और पिता पीछे की सीट पर थे, उनको भी खरोंचें आईं। वीनस को भी माथे में हल्की चोट आई, लेकिन वह जल्दी ही सँभल गई। अविनाश की हालत देखकर सभी घबरा गए। गाड़ी पंक्चर हो गई थी। वीनस बाहर निकलकर मदद के लिए चारों ओर देखने लगी। तभी उसे सामान्य गश्त करती हुई यूपी-100 की बोलेरो गाड़ी नज़र आई। यूपी-100 की गाड़ी में दूर से पूरी नीली और पूरी नारंगी लाइट नज़र आ रही थीं। वीनस ने कलाई में बँधी घड़ी की ओर नज़र उठाई तो देखा कि साढ़े सात बजने वाले थे। उसने संकेत से गाड़ी को रुकवाया। गाड़ी के रुकते ही आधी नीली एवं आधी नारंगी लाइट जलने लगी।

गाड़ी से कमांडर धीरज बाहर निकले और बोले, "कहिए मैडम, हम आपकी क्या मदद कर सकते हैं?"

वीनस बोली, "सर, हम दिल्ली से आए हैं। यहाँ हमारे मामाजी रहते हैं। उनके बेटे का विवाह है। हम लोग गाड़ी चलाकर आ रहे थे कि तभी एक टोयोटा तेजी से टक्कर मारकर निकल गई। कृपया हमारी मदद कीजिए।"

धीरज बोले, "जी मैडम जरूर। हमारी तो टैगलाइन ही है कि शहर या देहात, दिन हो या रात यूपी-100 है सबके साथ। आइए प्लीज।"

इसके बाद वीनस ने पुलिस कमांडर धीरज और आरक्षी आनंद की सहायता से अपनी गाड़ी को कोने पर लगाया। पुलिस कमांडर ने बेहोश धीरज को यूपी-100 की गाड़ी में बैठाया। माता-पिता और वीनस भी उसके साथ बैठ गए। उनके बैठते ही गाड़ी के पायलट ने गाड़ी में लगे स्विच घुमाए और गाड़ी को चलाया। घटनास्थल से अस्पताल की ओर जाते हुए गाड़ी में पूरी-पूरी नीली लाइट जल रही थी और एंबुलेंस हूटर भी बज रहा था। इससे सड़क पर सभी वाहनों ने पी.आर.वी. के लिए जगह छोड़ दी थी। इस समय अविनाश की हालत कुछ ठीक लग रही थी। यह देखकर वीनस का ध्यान अब यूपी पुलिस की गाड़ी में लगे ध्वनि मानकों एवं प्रकाश यंत्र पर जा लगा था। वह सोच रही थी कि यूपी पुलिस ने बहुत मेहनत करके इस गाड़ी को डिजाइन कराया होगा। तब तक गाड़ी अस्पताल पहुँच गई थी।

गाड़ी के रुकते ही अविनाश को स्ट्रेचर पर ले जाकर अस्पताल में भर्ती कराया गया। अब गाड़ी में आधी-आधी नीली लाइट जल रही थी और सायरन बंद था। कमांडर नीरज के साथ ही वीनस भी अस्पताल के अंदर दाखिल हो गई। जल्दी से अविनाश, माता-पिता और वीनस की मरहम-पट्टी की गई। उन्हें दो-तीन घंटे आराम करने के लिए कहा गया। कुछ ही देर में अविनाश को होश आ गया। उसके होश में आने पर कमांडर धीरज अविनाश से बोले, "अब आपको कोई असुविधा तो नहीं है न, आपको किसी वस्तु की आवश्यकता है तो बताइए।"

अविनाश बोले, "नहीं सर, अभी फिलहाल मुझे किसी वस्तु की जरूरत नहीं है।"

धीरज बोले, "बस आप ईश्वर का शुक्रिया अदा कीजिए कि आप सकुशल हैं। आपको ज्यादा नुकसान नहीं हुआ।" यह सुनकर अविनाश के चेहरे पर हल्की सी मुस्कराहट आ गई। उसने एक नज़र वीनस और माता-पिता पर डाली। वे भी अब राहत महसूस कर रहे थे। उनकी ओर देखने के बाद वह कमांडर धीरज से बोला, "सर, ईश्वर के साथ-साथ मैं आपका भी शुक्रगुजार हूँ। यदि आप समय पर नहीं पहुँचते तो मेरी हालत बिगड़ जाती। आपके कारण ही मैं समय पर अस्पताल पहुँचा और मेरा इलाज हो पाया। मैं आपका ऋणी हूँ, आपके कारण ही मेरी और मेरे पूरे परिवार की जान बच पाई।"

अविनाश की बातें सुनकर धीरज ने उसकी पीठ थपथपाई और पी.आर.वी. में आकर बैठ गए। वीनस यूपी-100 की चुस्ती और गाड़ी के आधुनिक सिस्टम से बेहद प्रभावित हुई थी। अब पी.आर.वी. सामान्य गश्त करते हुए पूरी नारंगी और पूरी नीली जलती लाइट के साथ अपने मार्ग पर बढ़ चली थी।

□

कफन के रुपए

"माँ-माँ, जल्दी आओ…अम्माँ कुछ बोल नहीं रहीं।" नन्ही कौशल बोली।

यह सुनते ही राजकुमारी के हाथ से सीमेंट से भरा हुआ तसला नीचे गिर गया। वह सबकुछ छोड़-छाड़कर घर की ओर भागी। घर के अंदर जाते ही उसकी चीख निकल गई। दादी इस दुनिया को छोड़कर परलोक जा चुकी थी। घर में हर वक्त खाने के लाले पड़े रहते थे। राजकुमारी का पति कैलाश कमाने के लिए गुजरात गया हुआ था। अब इस समय कैलाश को कैसे सूचना दे? न ही उसके पास संपर्क करने के लिए फोन था, न ही पता। ऐसे में कैलाश को कहाँ सूचित करे? राजकुमारी वहीं दादी के शव के पास जोर-जोर से रोने लगीं। राजकुमारी का रुदन सुनकर आसपास के लोग वहाँ एकत्रित हो गए। सभी मजदूर थे। सभी का हाल राजकुमारी के जैसा था। दो वक्त का भोजन भी किसी को पूरी तरह नसीब नहीं होता था। सभी राजकुमारी से मौखिक संवेदना प्रकट करके अपने-अपने घरों को चले गए। अकेली राजकुमारी को कुछ समझ ही नहीं आ रहा था कि कैसे क्या करे?

उसने इधर-उधर जहाँ-जहाँ वह रुपए रखती थी, सब जगह देखा। लेकिन केवल दो सौ रुपयों का ही जुगाड़ कर पाई। इन रुपयों में अंतिम संस्कार का कफन तक न आता, ऐसे में पूरा अंतिम संस्कार कैसे होगा? यह सोचकर ही राजकुमारी काँप गई। दिन बीतता गया। दादी का शव एक ओर झोंपड़े में पड़ा रहा। दो बच्चे हैरानी से रोती माँ और दादी के शव को देखते रहे। रात होने को आई। शव अभी तक जस-का-तस पड़ा था। पड़ोसन दुलारी बचा-खुचा खाना लेकर राजकुमारी के पास आई और दादी के शव को देखकर चौंकते हुए बोली, "ऐसे कब तक लाश यहाँ पड़ी रहेगी? अंतिम संस्कार क्यों नहीं किया? क्या कैलाश की राह देख रही हो?"

राजकुमारी रोते हुए बोली, "राह कहाँ देख रही हूँ? अंटी में रुपए नहीं, कहाँ से अंतिम संस्कार करूँ? कैसे करूँ? कुछ समझ नहीं आ रहा!"

"सब हो जाएगा, चल कुछ मुँह में डाल ले।"

दुलारी ने चार-पाँच रोटी और आलू की सूखी सब्जी उसके सामने रख दी। राजकुमारी रोटियों की ओर देखकर बोली, "इस समय तो हलक से पानी भी नीचे नहीं उतर रहा, ऐसे में रोटियाँ कैसे उतरेंगी?" कौशल और राजू दोनों रोटियों को ओर ललचाई नज़रों से देख रहे थे। राजकुमारी समझ गई कि भूखे बच्चे रोटी पर झपटना चाहते हैं। उसने रोटी और सब्जी के हिस्से कर दोनों बच्चों को दे दिए।

दुलारी रोटी देकर और उसे समझा-बुझाकर चली गई। दोनों बच्चे रोटी-सब्जी पर ऐसे टूटे जैसे अगली बार पता नहीं उन्हें कब रोटी नसीब होगी? भूख की तृप्ति होने पर नन्हा मासूम राजू मासूमियत से बोला, "माँ-माँ, दादी के मरने से आज घर बैठे रोटी मिल गई। काश! हमारे घर में और भी लोग होते···फिर वे जब-जब मरते तो हमें रोटी खाने को मिलती।" नन्हे मासूम राजू की बातें सुनकर राजकुमारी के बदन में चींटियाँ सी काटने लगीं। वह हलक फाड़कर रोने लगी। उसने राजू को अपने आँचल में छिपा लिया।

भूख-प्यास से रो-रोकर राजकुमारी का बुरा हाल था। सुबह पड़ोसी कन्हैया बोला, "बहन, साहूकार से जाकर कुछ रुपए उधार ले आओ। हम अम्माँ का अंतिम संस्कार करा देंगे। फिर हम सबको अपनी रोजी-रोटी पर जाना है। हम सभी का हाल एक जैसा है, जो घर में बैठेगा भोजन उससे रूठेगा।" कन्हैया की बात पर सबने हामी भर दी। इसके बाद राजकुमारी गिरती-पड़ती साहूकार के पास पहुँची और बोली, "सेठजी, दादी कल स्वर्गवासी हो गई हैं। घर में कोई नहीं है। थोड़ी मदद चाहिए उनके अंतिम संस्कार के लिए।"

साहूकार बोला, "कितने रुपए चाहिए?" हिसाब लगाकर कन्हैया बोला, "साहूकारजी 1800 रुपए दे दीजिए। इतने में सब काम हो जाएगा।"

साहूकार कन्हैया की ओर देखकर बोला, "ठीक है।"

फिर उसने अपने नौकर को बुलाया और कहा, "1800 रुपए के अंतिम संस्कार का सारा सामान राजकुमारी के घर पहुँचवा दिया जाए।"

साहूकार ने राजकुमारी को रुपए नहीं दिए। उसके घर अंतिम संस्कार का सामान पहुँचवा दिया।

कन्हैया और अन्य स्थानीय मजदूरों की मदद से राजकुमारी की दादी का अंतिम संस्कार किया गया। अंतिम संस्कार करने के बाद राजकुमारी भी दोनों बच्चों को घर पर छोड़कर मजदूरी के लिए चल दी।

गरीबी में उसके पास समय ही कहाँ था कि वह उसके लिए आँसू बहाती, जो

इस दुनिया को छोड़कर जा चुकी थी। इस दुनिया में रहनेवालों के लिए उसे काम करना था, उनका पेट भरना था। वह मजदूरी करने चली गई।

दिन इसी तरह बीतते रहे। चार साल बाद कैलाश घर लौटा तो उसके चेहरे पर खुशी थी। वह पूरे पचास हजार रुपए कमाकर लौटा था। दादी की जगह खाली देखकर जब उसे पता चला कि उन्हें गए चार साल हो चुके हैं तो उसके हाथ से रुपयों की थैली नीचे गिर गई। राजकुमारी ने कैलाश को सँभाला।

कैलाश साहूकार को उसके 1800 रुपए लौटाने गया तो साहूकार बोला, "चार सालों का ब्याज लगकर वे रुपए अब चार लाख बन गए हैं और यदि उसने जल्दी ही उसके रुपए नहीं लौटाए तो अच्छा नहीं होगा।"

कैलाश यह सुनकर ठगा-सा रह गया। अगले दिन साहूकार के लठैत लाठियाँ लेकर आए और बोले, "साहूकार ने कहा है कि यदि आपने कल रुपए नहीं लौटाए तो यह घर साहूकार का हो जाएगा।"

कन्हैया भी वहीं खड़ा था। उनके जाने के बाद कन्हैया बोला, "साहूकार को सबक सिखाना बहुत जरूरी है। यह हम मजदूरों को कीड़े-मकोड़े समझता है। मैंने देखा है कि यूपी-100 हम जैसे व्यक्तियों की पूरी मदद करती है। जहाँ मैं काम करता था, वहाँ पर भी अक्सर यूपी-100 की चर्चा होती थी।"

यह कहकर उसने यूपी-100 को फोन कर दिया। यूपी-100 की पी.आर.वी. कुछ ही देर में कैलाश, राजकुमारी और कन्हैया के सामने आ खड़ी हुई। तीनों ने सेठ की बर्बरता और संवेदनहीनता की जो बातें बताईं उसे सुनकर कमांडर रजनीश और आरक्षी पवन तुरंत साहूकार के घर पहुँच गए। पुलिस को सामने देखकर साहूकार की सिट्टी-पिट्टी गोल हो गई।

कमांडर रजनीश बोला, "सेठजी, आपने बहुत से मजदूरों को ठगा है। हमारे पास इसके सुबूत हैं। आपने गरीबों की मृत्यु के समय भी अपनी बर्बरता और क्रूरता का जो उदाहरण दिया, उसके लिए आपको सजा अवश्य मिलेगी।"

यह सुनकर साहूकार कमांडर रजनीश के पैरों में गिर गया। वह बोला, "मुझे इस बार माफ कर दीजिए। मैं आगे से किसी भी गरीब या मजदूर को नहीं सताऊँगा।"

कमांडर रजनीश बोला, "सजा तो तुम्हें मिलेगी। तुम्हारी सजा यह है कि या तो राजकुमारी का कर्ज माफ करो या फिर जेल की हवा खाओ।" यह सुनकर सेठ को चक्कर सा आ गया, लेकिन वह सँभलकर बोला, "मैंने राजकुमारी का कर्ज माफ किया। अब इनका कुछ बकाया नहीं है।"

"ऐसे नहीं लिखा-पढ़ी करके करो।"

इसके बाद कमांडर रजनीश ने कानूनी तरीके से उनके कर्ज को माफ कराया और साहूकार को चेतावनी देकर वहाँ से चले आए।

उनके जाने के बाद राजकुमारी, कैलाश और कन्हैया तीनों पी.आर.वी. को वहाँ से जाते देखते रहे। उन्हें ऐसा प्रतीत हो रहा था मानो ईश्वर उनकी मुराद पूरी करके अंतर्धान हो रहा हो।

□

हॉरर किलिंग को रोका

"राज, मैं तुम्हें बहुत पसंद करती हूँ। मुझे नहीं लगता कि तुमसे अच्छा जीवनसाथी मुझे मिल पाएगा? पर मेरे पहलवान भाई सतपाल और रिचपाल को जरा सी भी भनक मिल गई न कि हम दोनों एक-दूसरे को पसंद करते हैं तो वे हमें मार डालेंगे।" हेमा राज दहिया से बोली।

"तुम सही कहती हो। मैं तुम्हारे भाइयों का बहुत अच्छा मित्र हूँ। पर प्रेम कोई व्यापार तो नहीं होता न। तुम धीरे-धीरे मेरे दिल पर इस कदर छा गई कि अब मुझे तुम्हारे बिना कुछ भी अच्छा नहीं लगता।"

"राज, अब तो तुम बैंक में अधिकारी भी बन गए हो। अब किस बात की प्रतीक्षा है? अब तो तुम्हें मेरे माता-पिता और भाइयों से मेरा हाथ माँग लेना चाहिए।"

"मैं भी दिन-रात यही सोचता रहता हूँ। अब तुम्हारे बिना मेरा भी मन नहीं लगता। लेकिन किस तरह बात करूँ? मेरे माता-पिता भी तो इस विवाह के लिए राजी नहीं होंगे।"

"राज, हम दोनों बेशक एक ही गाँव के हैं, लेकिन हमारी जातियाँ तो अलग-अलग हैं। केवल एक गाँव होने से हम भाई-बहन कैसे हो गए? मुझे यह समझ नहीं आता। पता नहीं, ऐसी दकियानूसी बातें हमारे गाँव से कैसे दूर होंगी?"

"धीरे-धीरे लोगों में जागरूकता आ तो रही है। समय लगता है ऐसी सड़ी-गली परंपराएँ दूर करने में। वैसे हेमा, मुझे तुम्हारे भाइयों से डर तो बहुत लगता है। वे दोनों तो मुझे एक हाथ से उठाकर आसमान में टाँग देंगे और मेरे चिथड़े भी नहीं मिलेंगे।"

"कैसी बातें करते हो राज? ऐसा कुछ नहीं होगा। पता नहीं क्यों अभी भी हमारे समाज में लड़की का अपनी मर्जी से प्रेम और विवाह करना गलत समझा जाता है? कम-से-कम प्रेम विवाह उन सबसे तो सही है, जिसमें लड़की का

उसकी मर्जी के बिना विवाह कर दिया जाता है और फिर वह बेचारी पूरी उम्र घरेलू हिंसा के साथ बिताती है, घुट-घुटकर रहती है और फिर तनाव व परेशानी में मौत को गले लगा लेती है।" हेमा आवेश में बोलती जा रही थी।

"बस···बस···बस···करो हेमा! क्या हो गया है तुम्हें? अचानक इतनी भावनाओं में क्यों बह रही हो? सब ठीक हो जाएगा। ईश्वर पर भरोसा रखो।"

"राज, जब से मेरी मित्र भारती ससुरालवालों के अत्याचारों के कारण तनावग्रस्त होकर पागलखाने में चली गई है, तब से मुझे बहुत डर लगता है। उन्होंने भारती पर बहुत अत्याचार किए। आखिर अत्याचारों से त्रस्त होकर बेचारी भारती का मानसिक संतुलन ही गड़बड़ा गया। पता नहीं माता-पिता और भाई इस बात को क्यों नहीं समझते? अगर मेरा विवाह तुम्हारे साथ नहीं हुआ तो मैं तो मर ही जाऊँगी। पर हाँ, किसी और के साथ विवाह बिल्कुल नहीं करूँगी।"

"अरे, ऐसा क्यों सोचती हो? सब अच्छा होगा। मैं तुम्हारे साथ हूँ न। चलो, अभी घर जाओ। हम इस बारे में सोचकर बात करते हैं।"

हेमा आश्वासन पाकर अपने घर आ गई। राज भी वहाँ से जाने की तैयारी करने लगा। पर इसी बीच इन दोनों को यह पता नहीं चला कि न जाने कहाँ से वहाँ हेमा के ताऊ का बेटा सुखबीर आ पहुँचा था। उसने इन दोनों को करीब बैठे हुए ही नहीं देखा था, बल्कि इनकी बातचीत का पूरा वीडियो भी बना लिया था।

हेमा जैसे ही घर पहुँची, वैसे ही माता-पिता और दोनों भाइयों को अपनी ओर जलती हुई नज़रों से घूरते हुए पाया।

हेमा ठिठक गई। उसका रोयाँ-रोयाँ किसी बुरी आशंका से काँप उठा। वह अपने कमरे की ओर जाने लगी, तभी बड़े भाई सतपाल ने वीडियो उसके आगे कर दिया। पूरी बातचीत का वीडियो देखकर हेमा सन्न रह गई। उसे ऐसा प्रतीत हुआ मानो किसी ने उसके शरीर का पूरा रक्त निचोड़ लिया हो। सतपाल, रिचपाल हेमा पर हाथ उठाने ही वाले थे कि तभी उनका सबसे छोटा भाई कुँवरपाल वहाँ आ गया। कुँवरपाल हेमा से छोटा था और अभी कॉलेज में पढ़ रहा था। उसने बीच-बचाव करके हेमा को उसके कमरे में भेज दिया। पर इस समय पिता और दोनों भाइयों की आँखों में खून सवार था। वे तुरंत राज दहिया के घर की ओर चल पड़े।

राज उस समय भोजन कर रहा था। उन्होंने पहले उसे अपने साथ प्रेम से बुलाया और फिर गाड़ी में बिठाकर जंगल की ओर ले चले। कुँवरपाल भी चुपके से गाड़ी के बोनट में बैठ गया था। वह गाड़ी के बोनट में बैठा-बैठा सोच रहा था, "ये तो राज को मार डालेंगे। मैं कैसे उसे बचाऊँ?"

वह तुरंत नज़र बचाकर गाड़ी के बोनट से बाहर आया। कुँवरपाल राज को बचाने की तरकीब सोच ही रहा था कि तभी उसके दिमाग में यूपी-100 की पुलिस घूम गई। कुछ दिन पहले ही यूपी-100 ने कुँवरपाल के मित्र अनिरुद्ध को उसके खोए हुए प्रमाण-पत्र लौटाए थे।

बिना एक पल गँवाए उसने तुरंत यूपी-100 को फोन मिलाया और उन्हें सारी घटना से अवगत कराया। तब तक सतपाल और रिचपाल ने राज के हाथ-पैर रस्सियों से बाँध दिए थे।

"रिचपाल, आज इसे इस पेड़ पर टाँग देंगे, जिससे कि गाँव का कोई भी लड़का इस गाँव की अपनी बहन की ओर गंदी नज़र से न देखे।"

"आप समझने की कोशिश क्यों नहीं करते सतपाल और रिचपाल भाई! मैं हेमा को गंदी नज़र से नहीं देखता। मैं तो उसे सच्चे हृदय से प्रेम करता हूँ। प्रेम में केवल वासना ही हो, यह जरूरी तो नहीं! प्रेम सच्चे हृदय से किसी के सुख की कामना करना भी तो हो सकता है।"

तभी पिता अमरपाल ने एक झन्नाटेदार चाँटा राज के गाल पर जड़ दिया। राज उस चाँटे से बिलबिला उठा। दूर कुँवरपाल के भी होश उड़ गए। वह बेसब्री से यूपी-100 की प्रतीक्षा कर रहा था।

इसी बीच सतपाल और रिचपाल उसे पेड़ पर टाँगने लगे। राज ने चिल्लाकर अपना बचाव करना चाहा तो सतपाल उसके मुँह को पकड़ता हुआ बोला, "अगर ज्यादा चिल्लाया न तो यहीं तेरी कब्र बना देंगे।"

यह दृश्य देखकर कुँवरपाल काँप रहा था और मन-ही-मन ईश्वर से प्रार्थना कर रहा था कि किसी तरह राज को बचाने के लिए कोई आ जाए।

आखिर कुँवरपाल की आशा भरी आँखें और दुआ रंग लाई। यूपी-100 की पी.आर.वी. वहाँ अपना हूटर बजाती हुई और जलती लाइटों के साथ जंगल की ओर आती दिखाई दी।

"अरे, ये पुलिस की गाड़ी यहाँ क्या कर रही है?" सतपाल और रिचपाल चौंककर बोले।

तब तक पी.आर.वी. से पुलिस कमांडर नीलेश, रूपेश और आरक्षी जगतराम जल्दी से वहाँ बाहर निकलकर आए।

"ये क्या हो रहा है? तुम लोगों ने इस युवक को पेड़ पर क्यों लटकाया हुआ है? वह भी इतनी बेदर्दी से।" नीलेश बोला।

"साहब, यो हमारी छोरी से नैन मटक्का कर रिया है? अर यो छोरा इसी गाँव

का है। इस नाते म्हारी छोरी इसकी बहण लागे से। अब ऐसे छोरे को तो मार देणा भला है न जो अपणी ही बहण पर गंदी नज़र राखै सै।"

"उफ्फ्। आप लोगों को इतना समझाते हैं, लेकिन तब भी आप नहीं समझते। पता नहीं क्यों अपने सड़े-गले रीति-रिवाजों में उलझे पड़े हैं। खैर, वे बातें बाद में सुलझेंगी। फिलहाल इस युवक को सही-सलामत उतरवाने में हमारी मदद कीजिए।"

कमांडर नीलेश, रूपेश और आरक्षी जगतराम पेड़ की सबसे ऊँची शाख पर लटके राज को उतारने की तरकीब भिड़ाने लगे।

"आप दोनों तो राज्य स्तर के पहलवान हैं न! याद रखिए, गुण और योग्यता लोगों को बचाने के लिए होते हैं, उन्हें नुकसान पहुँचाने के लिए नहीं।" कमांडर रूपेश बोला।

जल्दी से राज को उतरवाने में हमारी मदद कीजिए।

सतपाल और रिचपाल को न चाहते हुए भी पुलिस की मदद के लिए आगे आना पड़ा। पुलिस की मदद से सतपाल और रिचपाल ने राज को पेड़ से उतरवाया। राज बेहद थक गया था। घबराहट के कारण वह बेहोशी की हालत में था।

राज को बचाने के बाद पुलिस ने इन तीनों को अपनी गिरफ्त में लिया और आवश्यक कार्रवाई के लिए उन्हें नजदीकी थाने की ओर लेकर चल पड़े।

कुँवरपाल यह सब देख रहा था, उसने मन-ही-मन यूपी-100 का धन्यवाद किया और पुलकित मन से अपनी बहन के पास यह खुशखबरी देने के लिए चल पड़ा।

□

दिव्यांग महिला के साथ छेड़छाड़

"रुक्कू, रुक्कू, रुक्कू कहाँ हो तुम? यहाँ आओ और खाना खा लो।" नीना ने 23 साल की रुकमणि को आवाज दी। रुकमणि नहीं आई तो नीना खीझते हुए बोली, "मुझे कितनी बार आवाज लगानी पड़ेगी?" वह गुस्से में रुकमणि के पास पहुँची तो देखा कि रुकमणि कॉपी में कुछ जोड़-तोड़ करने में लगी हुई थी और अंगुलियों पर कुछ गिन रही थी। रुकमणि को देखते ही नीना रुआँसी सी हो गई। वह क्यों भूल जाती है कि रुकमणि सामान्य युवतियों जैसी होकर भी सामान्य नहीं है। रुकमणि गूँगी और बहरी थी। पढ़ने में अच्छी होने के कारण वह बी.ए. कर चुकी थी और एक सरकारी संस्थान में टाइपिस्ट थी। सरकारी संस्थान में होने के कारण तनख्वाह ठीक-ठाक थी। घर का गुजारा चल जाता था। रुकमणि बेशक गूँगी-बहरी थी, लेकिन बेहद खूबसूरत थी और उस पर प्रतिभाशाली भी।

एक दिन जब वह ऑफिस से लौट रही थी तो बहुत देर तक बस नहीं आई। बस का इंतजार करते-करते काफी देर हो गई। सर्दियों के दिन थे। रात भी होने को आई थी। वह 6 बजे ऑफिस से निकली थी और अब पौने सात होने को आए थे। धीरे-धीरे रात गहराती जा रही थी। रुकमणि ने अब बस का विचार छोड़कर ऑटोरिक्शा लेने की सोची। बस स्टैंड पर इक्की-दुक्की महिलाएँ थीं। कुछ ही देर में स्टैंड पर तीन-चार लड़के आए। रुकमणि को देखकर वह उसे घूरकर देखने लगे और अनाप-शनाप बकने गले। रुकमणि को उनके हाव-भाव से यह अनुमान लग गया था कि वह उसके बारे में कुछ बातें कर रहे हैं, पर क्या, यह वह बेचारी कैसे समझ पाती?

वह घबराई सी ऑटोरिक्शा देखने लगी। तभी बस स्टैंड लगभग खाली सा हो गया। अब रुकमणि वहाँ अकेली थी। चारों लड़कों का रुकमणि को अकेला देखकर हौसला बुलंद हो गया। रुकमणि उनके गलत इरादों को भाँपकर वहाँ से

तेजी से कदम आगे बढ़ाने लगी। युवक भी उसके साथ-साथ चलने लगे। रुकमणि की साँसें तेज हो रही थीं, किसी अनिष्ट की आशंका से उसका मन काँप रहा था। तभी एक युवक आगे आया और उसने रुकमणि का हाथ पकड़ लिया। यह देखकर रुकमणि पूरा जोर लगाकर चिल्लाई। तभी दूसरे युवक ने उसका बैग छीन लिया। तीसरे युवक ने रुकमणि के गले से दुपट्टा खींचा और अपने गले में डाल लिया। एकाएक अपने साथ यह होते देख रुकमणि सँभल नहीं पाई। उसके गले से···काँ··· काँ···काँ की ध्वनि निकलने लगी। यह देखकर चौथा युवक बोला, "अरे, यह बेचारी तो गूँगी और बहरी लगती है।" यह सुनते ही सभी युवक अट्टहास करते हुए बोले, "अरे वाह, यह तो सोने पर सुहागा हो गया! अब पुलिस हमारा कुछ नहीं बिगाड़ पाएगी।" उन्होंने रुकमणि के साथ बदतमीजी करनी शुरू कर दी। सदमे के कारण रुकमणि बेहोश हो गई। रुकमणि को बेहोश होते देख चारों वहाँ से भाग गए। सड़क पर रुकमणि को बेहोशी की हालत में देख किसी ने यूपी-100 को सूचित कर इस बारे में सूचना दी।

होश में आने पर उसने यूपी-100 को अपने पास पाया। रुकमणि न ही कुछ बोल सकती थी और न ही कुछ समझ पा रही थी। जब कमांडर अखिल को यह ज्ञात हुआ कि रुकमणि गूँगी व बहरी है तो उसने संकेतों से सारी बात बताने के लिए कहा। रुकमणि रो-रोकर और तीखा आक्रोश व्यक्त करते हुए अपनी आपबीती बताती रही। कमांडर अखिल रुकमणि के संकेतों का वीडियो बनाता रहा। उसे रुकमणि के बहुत सारे संकेत समझ नहीं आ रहे थे। रुकमणि के गुस्से और नफरत भरे संकेतों से कमांडर अखिल और आरक्षी ललित को यह तो समझ आ गया था कि उन्होंने उस युवती के साथ बदतमीजी की है। रुकमणि के संकेतों का वीडियो बनाने के बाद उन्होंने उसे सुरक्षित उसके घर पर छोड़ दिया। माता-पिता अपनी बेटी की ऐसी हालत देखकर घबरा गए। कमांडर अखिल बोले, "आप घबराइए मत, हमने रुकमणि के बयान ले लिये हैं। जल्दी-से-जल्दी अपराधियों को पकड़कर उन्हें कठोर सजा मिलेगी।" इसके बाद उन्होंने रुकमणि को भी संकेतों से आशा और आत्मविश्वास भरा आश्वासन दिया। तभी अचानक रुकमणि को कुछ याद आया और वह चिल्लाकर बोली—काँ···काँ···काँ···माँ रुकमणि का इशारा समझ गई। उन्होंने पर्स में से मोबाइल उसके हाथ में पकड़ाया। रुकमणि ने जल्दी से मोबाइल निकाला और उसकी ऑडियो रिकॉर्डिंग कमांडर अखिल को सुनवाई। रुकमणि ने ऑडियो रिकॉर्डिंग का बटन दबाकर बहुत समझदारी दिखाई थी। ऑडियो में चारों बदमाशों के नाम और आवाज की पहचान हो रही थी। कमांडर अखिल ने उस

ऑडियो को अपने मोबाइल में कॉपी किया और रुकमणि व उसके माता-पिता तीनों को जल्दी ही अपराधियों के पकड़े जाने का आश्वासन देकर लौट गए।

इसके आधार पर उन युवकों की खोजबीन होती रही और केवल तीन दिन में चारों अपराधी युवकों को पकड़कर हिरासत में ले लिया गया। उनकी पहचान के लिए रुकमणि को थाने में बुलाया गया। रुकमणि अपने पिता के साथ थाने में आई। थाने में चारों को देखकर उसका चेहरा भय से पीला पड़ गया। वह सहमति जताते हुए संकेतों से बोली, "यही हैं वे चारों।"

थानाध्यक्ष मुकेश ने रुकमणि को शाबाशी देते कहा, "तुम बहुत बहादुर हो। हम तुम्हारे हौसले और जज्बे को सलाम करते हैं। आगे से तुम जब भी किसी मुसीबत में होओ तो तुरंत यूपी-100 को फोन कर सकती हो। यूपी-100 हमेशा तुम्हारी सहायता के लिए पहुँच जाएगी।" यह सुनकर रुकमणि के चेहरे पर हल्की सी मुस्कराहट आई और उसने संकेत की भाषा में हाथ से थानाध्यक्ष का हार्दिक धन्यवाद किया।

थानाध्यक्ष रुकमणि के माता-पिता से बोले, "रुकमणि का मोबाइल नंबर यूपी-100 में रजिस्टर हो गया है। अब यदि रुकमणि कभी भी मुसीबत के समय यूपी-100 को फोन मिलाएगी तो इसे कुछ भी बताने की आवश्यकता नहीं है, क्योंकि सारी आवश्यक जानकारी स्वयं ही स्क्रीन पर उभर जाएगी।"

यह सुनकर रुकमणि के माता-पिता दोनों बोले, "यह तो बहुत अच्छी बात है। इससे हमारी बेटी की सुरक्षा और भी मजबूत रहेगी।"

थानाध्यक्ष बोले, "हमारा तो उद्देश्य ही हर बेटी को सुरक्षित कर उसे उसका खुला आसमान प्रदान करना है, जहाँ पर वह निस्संकोच उड़ान भर सके और भारत को ऊँचाइयों पर पहुँचा सके।"

□

पुलिस का भय

"हैलो···हैलो···सर, प्लीज हमारी गाड़ी का एक्सीडेंट हो गया है। मेरे पिताजी और भाई गाड़ी की टक्कर से घायल होकर बेहोश हो गए हैं। प्लीज, जल्दी से हमारी मदद कीजिए।"

एक घबराई महिला के स्वर को सुनकर प्रदीप बोला, "आप धैर्य रखिए, कुछ नहीं होगा, सब अच्छा होगा। मुझे अपनी लोकेशन बताइए, शीघ्र ही मदद आप तक पहुँच जाएगी। आपके भाई और पिताजी दोनों सकुशल बच जाएँगे। हम आपके साथ हैं।"

मदद का आश्वासन पाकर युवती ने खुद को सँभाला और प्रदीप को फोन पर सारी महत्त्वपूर्ण जानकारी प्रदान की।

प्रदीप ने सारी जानकारी को जल्दी से नोटिस किया और उन्हें संबंधित विभागों को भेज दिया।

संबंधित विभाग ने लोकेशन तक निकटतम पी.आर.वी. को रवाना किया। मात्र चार-पाँच मिनट में ही पी.आर.वी. युवती के पास पहुँच गई। पुलिस को देखकर युवती दौड़ती हुई उन्हें अपने बेहोश पिताजी और भाई के पास ले गई।

युवती के पिताजी को गहरी चोटें आई थीं। उनके माथे से काफी रक्त बह चुका था। समय व्यर्थ न करते हुए पी.आर.वी. के कर्मचारी पुनीत ने जल्दी से 108 को सूचित किया। फोन पर सूचित करने के मात्र छह मिनट में 108 की एंबुलेंस वहाँ आ गई।

घायलों को 108 ने उसी समय आवश्यक मेडिकल चिकित्सा प्रदान की।

पिताजी को आवश्यक चिकित्सा प्रदान कर अस्पताल में भर्ती करा दिया गया। वहाँ उपस्थित पी.आर.वी. के कर्मचारियों ने युवती को तसल्ली दी, उसे पानी पिलाया और बोले, "सब ठीक हो जाएगा।" इसके कुछ ही देर बाद भाई

को होश आ गया। डॉक्टरों ने पिताजी को देखकर जल्दी से उनको संबंधित वार्ड में भेज दिया। पूरा चेकअप करने के बाद डॉक्टर युवती से बोले, "घबराने की कोई बात नहीं है। समय पर पहुँचने के कारण वह सकुशल बच गए हैं। कुछ ही देर में उन्हें होश आ जाएगा।"

यह खबर सुनकर युवती के निस्तेज चेहरे पर चमक आ गई। अब उसका ध्यान पी.आर.वी. के कर्मचारियों की ओर गया, जो लगातार उसकी मदद के लिए तैयार खड़े थे। वह उनसे बोली, "आपका बहुत-बहुत धन्यवाद! आपके कारण आज हम सबकी जान बच गई। पी.आर.वी. के कमांडर राजेश और आरक्षी मिथिलेश उनकी मदद करने के बाद वापस लौट गए।

प्रदीप को जब यह ज्ञात हुआ कि एक्सीडेंट में पिता और भाई बच गए तो उसे बहुत अच्छा लगा। आज प्रदीप को अंतर्मन में बहुत अच्छा लग रहा था। वह स्वयं से ही बोला, "सच लोगों की मदद करने में भी एक अद्‌भुत आनंद है। मुझे यह आनंद मेरी सेवाओं के माध्यम से मिल रहा है। मैं बेहद भाग्यशाली हूँ। अब धीरे-धीरे लोगों में पुलिस के प्रति बनी नकारात्मक धारणा भी बदल रही है। इन्हीं सब बातों को सोचते-सोचते वह अपने घर पहुँचने ही वाला था कि उसकी नज़र एक माँ और बच्चे पर पड़ी। माता अपने बच्चे से बोल रही थी, "बेटा, तुम कोई भी काम पूरा नहीं करते हो, न ही कहना मानते हो, न ही स्कूल का होमवर्क करते हो। मैं कितनी देर से तुम्हें कह रही हूँ कि स्कूल का होमवर्क कर लो, लेकिन तुम मेरी बात अनसुनी करके बाहर खेलने आ गए। चुपचाप अपना होमवर्क पूरा करो, नहीं तो तुम्हें पुलिस पकड़कर ले जाएगी और मारेगी कि यह बच्चा कहना नहीं मानता है।"

संयोगवश उसी समय प्रदीप वहाँ से गुजरा। प्रदीप को पुलिस यूनिफॉर्म में देखकर बच्चा डर गया और अपनी माँ के आँचल में छिप गया। बच्चा रोते हुए बोला, "मम्मी, मैं स्कूल का काम पूरा करूँगा और आपका कहना भी मानूँगा। आप पुलिस अंकल को यहाँ से भेज दीजिए।"

प्रदीप को ये बातें सुनकर अपना बचपन याद आ गया। उसके बचपन में भी अक्सर उसकी माँ ऐसी ही बातें किया करती थी। बड़ा होने पर जब वह स्वयं पुलिस का एक हिस्सा बना तो उसने इस बात को जाना कि माता-पिता अक्सर अपने बच्चों में बचपन से ही किस कदर पुलिस का भय बिठा देते हैं।

बच्चे की बात सुनकर उसके पैर स्वयं ही उस बालक की ओर मुड़ गए।

बालक के साथ ही माँ भी पुलिस इंस्पेक्टर प्रदीप को अपनी ओर आते देखकर घबराकर पीछे जाने लगी। प्रदीप ने हाथ जोड़कर महिला को नमस्ते की। महिला ने घबराते हुए उसके नमस्ते का जवाब दिया।

यह देखकर प्रदीप बोला, "प्लीज, आप घबराइए मत। आप कोई अपराधी थोड़े ही हैं, जो आप डर रही हैं। परंतु हाँ, इस समय आप एक अपराध अवश्य कर रही हैं, बच्चे के मन में पुलिस का भय बैठाने का, भविष्य में आप ऐसा न करें, इसलिए मैं आपके पास आया हूँ। आप बच्चे को यह क्यों कह रही थीं कि तुम अपना होमवर्क नहीं करोगे तो पुलिस पकड़कर ले जाएगी और मारेगी। क्या आप नहीं जानतीं कि पुलिस बच्चों को कभी नहीं पकड़ती। आपने देखा है कभी पुलिस को बच्चों को इसलिए पकड़ते हुए कि उसने अपना होमवर्क नहीं किया, खाना नहीं खाया या फिर माता-पिता का कहना नहीं माना? क्या आप जानती हैं ऐसा करके आप बच्चे के मन में पुलिस के प्रति डर बैठा रही हैं। ऐसा ही डर मेरे माता-पिता ने भी बचपन से मेरे अंदर बैठा दिया था और जानती हैं बचपन का पुलिस का वह डर मेरे अंदर तब तक खौफ बना रहा, जब तक कि मैं स्वयं पुलिस का एक कर्मचारी नहीं बन गया। बच्चों को एक अच्छे साँचे में ढालना बहुत जरूरी है। बच्चों पर दबाव डालकर, उन्हें डराकर खासतौर पर पुलिस का डर दिखाकर आप उनकी कोमल भावनाओं को कुचलकर उन पर ज्यादती कर रही हैं।

"आप जानती हैं गिगी ग्राहम त्वीविजियान एक बहुत प्रसिद्ध दार्शनिक हैं। वे कहते हैं कि 'बच्चे पतंगों से बहुत ज्यादा अलग नहीं होते···उन्हें उड़ने के लिए बनाया गया है। लेकिन उन्हें हवा चाहिए, नीचे की ओर से वह आधार और मजबूती चाहिए, जो बिना शर्त के प्यार, प्रोत्साहन और प्रार्थना से ही मिलती है।' आप अपने बच्चे को प्यार अवश्य करती होंगी, लेकिन पुलिस का भय दिखाकर उन्हें डराना-धमकाना किसी अपराध से कम नहीं है।"

प्रदीप की बातें सुनकर महिला को स्वयं पर आत्मग्लानि हुई। उसने प्रदीप से क्षमा माँगते हुए कहा, "मैं आगे से अपने बच्चे को कभी भी पुलिस का भय नहीं दिखाऊँगी। आप सही कहते हैं। आपने मुझे सही रास्ता दिखाया है। आपका धन्यवाद।"

महिला की बात सुनकर प्रदीप के चेहरे पर सांत्वना के चिह्न उभरे। समीप ही उसे एक चॉकलेट की दुकान नज़र आई। उसने वहाँ से बच्चे को चॉकलेट

दिलाई। चॉकलेट पाकर बच्चा प्रदीप से घुल-मिल गया और मुस्कराकर उनको विदा करते हुए बोला, "अंकल, प्लीज दोबरा आइएगा। अब मैं पुलिस से बिल्कुल नहीं डरूँगा, बल्कि कोई मुझे कुछ कहेगा या परेशान करेगा तो आपसे उनकी शिकायत कर दूँगा।" बच्चे की मासूम बातें सुनकर प्रदीप मुस्कराकर वहाँ से आगे बढ़ गया।

□

डिप्रेशन की बीमारी

"पिताजी उठिए, यह लीजिए जूस पी लीजिए।"

"उठिए पिताजी, उठिए न!"

कमली पिता को झकझोरते हुए बोली।

बीमार रमाशंकर खाँसते हुए उठा। कमली रमाशंकर की कमर सहलाने लगी। खाँसी कुछ कम हुई तो उसने जूस का गिलास उन्हें पकड़ाया। कमजोर रमाशंकर संतुलन न बना पाए और जूस से भरा गिलास बिस्तर पर गिर गया। यह देखकर कमली का गुस्सा सातवें आसमान पर पहुँच गया। इतनी मुश्किल से तीस रुपए का जूस पिता के लिए खरीदकर लाई थी। जब से रमाशंकर बीमार हुए थे, पूरे घर की अर्थव्यवस्था चरमरा सी गई थी। वैसे तो रमाशंकर कौन से धन्ना सेठ थे? एक दुकान पर चपरासीगिरी करते थे। गरीबी तो अपने आपमें वैसे ही एक बड़ी बीमारी होती है, ऐसे में उनकी किडनी खराब होने के कारण हालात और बिगड़ गए थे। यही बीमारी किसी अमीर को होती तो अब तक किडनी बदली जा चुकी होती और जीवन सामान्य ढर्रे पर आ चुका होता।

चौबीस साल की कमली पिता की बीमारी के कारण टूटती जा रही थी। घर में बूढ़ी माँ के अलावा दो छोटी बहनें और थीं। पढ़ाई में वह अच्छी थी। एम.ए. कर चुकी थी और नौकरी की तलाश कर रही थी कि तभी पिता की बीमारी ने सभी महत्त्वपूर्ण कामों पर ब्रेक सा लगा दिया।

कमली अपने कॉलेज के दोस्त अरुण को बेहद पसंद करती थी। माता-पिता बेशक गरीब थे, पर खुले विचारों के थे। अब पिता के बीमार होने के कारण अरुण से रिश्ता होना नामुमकिन लगने लगा था। घर चलाने की जिम्मेदारी कमली के नाजुक कंधों पर आ गई थी। एक प्राइवेट कंपनी में मामूली सी तनख्वाह में वह काम पर जाने लगी थी। सुबह पिताजी की तीमारदारी, फिर ऑफिस का ढेर सारा काम और शाम को घेरने वाली अनेक चिंताओं ने कमली को तनावग्रस्त कर दिया

था।

उस दिन सुबह अचानक रमाशंकर की तबीयत बहुत बिगड़ गई। कंपनी में एक जरूरी डेलिगेशन आनेवाली थी, जिसका सारा कार्यभार कमली को ही दिया गया था। पिता की अचानक तबीयत खराब होने के कारण कमली ऑफिस नहीं जा पाई। अगले दिन कंपनीवालों ने उसे लापरवाही की शिकायत करते हुए नौकरी से निकाल दिया। अब घर कैसे चलेगा? यह सोचकर कमली को कुछ समझ ही नहीं आ रहा था। जितना वह सोचने की कोशिश करती, उतना ही उलझती चली जाती। आखिर उसके मन में आत्महत्या का विचार आया।

वह सड़क पर अपने खयालों में उदास मन से चली जा रही थी। तभी सामने आती गाड़ी की आवाज ने उसके विचारों को भंग किया। अपने विचारों पर काबू पाकर वह स्वयं से बोली, 'क्या लाभ ऐसे जीवन का जिसमें केवल दु:ख-ही-दु:ख हों। मैं आज अपने सब दु:खों का अंत कर लूँगी। मुझे नहीं जीनी ऐसी जिंदगी। पर··· अगर मेरी आत्महत्या से पुलिस ने पिताजी और बहनों को परेशान किया तो क्या होगा?···नहीं-नहीं, ऐसा कुछ नहीं होगा। मैं स्वयं ही यूपी-100 को फोन कर यह बता देती हूँ कि मैं अपनी इच्छा से आत्महत्या कर रही हूँ।' स्वयं से ये बातें कर उसने अपने पर्स से मोबाइल निकाला और यूपी-100 को मिलाया। संवाद अधिकारी की आवाज सुनकर वह बोली, "मैं बहुत परेशान हूँ। इसलिए आत्महत्या करने जा रही हूँ। प्लीज मेरे पीछे से मेरे पिता और घरवालों को परेशान मत कीजिएगा।" इसके बाद उसने फोन काट दिया। पर यूपी-100 में इस तरह के मामलों को सुलझानेवाली संवाद अधिकरी ने इस मामले को गंभीरता से लिया। उसने तुरंत आए हुए नंबर पर वापस कॉल की और वह युवती से बोली, "आप ऐसा कुछ नहीं करेंगी। जीवन में कोई समस्या ऐसी नहीं होती, जिसे सुलझाया न जा सके।" संवाद अधिकारी वाणी ने चतुराई से युवती की लोकेशन और स्थिति का जायजा ले लिया। तुरंत ही समीप की पी.आर.वी. को इस संबंध में सूचित किया गया। पी.आर.वी. ने मौके पर देखा तो पाया कि कमली उदासी और चिड़चिड़ेपन के कारण गाड़ियों के बीच में घुसने का प्रयास कर रही थी। पी.आर.वी. के सदस्यों ने कमली को पी.आर.वी. में बिठाया और उससे उसके घर का पता पूछने लगी। कमली कुछ जवाब न देकर सामने ताकती रही।

एक पुलिसकर्मी बोला, "इन्हें समीप के थाने में ही ले चलते हैं। वहाँ थानाध्यक्ष इनकी शिकायत सुनेंगे और इनकी समस्या का समाधान भी वही करेंगे।"

कुछ ही देर में पी.आर.वी. नजदीक के थाने में थानाध्यक्ष के पास पहुँच गई।

कमली पी.आर.वी. से बाहर ही नहीं आ रही थी। इसकी सूचना थानाध्यक्ष को पहुँची।

थानाध्यक्ष पी.आर.वी. के पास आए और कमली से बोले, "बेटा, गाड़ी से नीचे उतर आइए।" थानाध्यक्ष के सहानुभूति के बोल सुनकर कमली तनाव से बाहर निकली। थाने के अंदर कमली को बिठाया गया। थानाध्यक्ष ने चाय-नाश्ता मँगवाया और बोले, "बेटा, हम सभी की जिंदगी में परेशानियाँ होती हैं। पर परेशानियाँ इतनी बड़ी भी नहीं होतीं कि उनसे घबराकर आप आत्महत्या जैसा घृणित कदम उठाएँ। आप पढ़ी-लिखी हैं, हर चुनौती का सामना कर सकती हैं। यह आप हमेशा याद रखिएगा कि इस दुनिया में कोई भी व्यक्ति ऐसा नहीं है, जिसे परेशानी न हो। सबके जीवन में अलग-अलग तरह की परेशानियाँ होती हैं। आप अपने मस्तिष्क को आराम दें, स्वयं पर दबाव न महसूस करें। तनाव के कारण शरीर में एड्रिनलिन और कार्टिसोल नामक हार्मोनों का स्तर बढ़ जाता है। ऐसे में लंबे समय तक तनावग्रस्त रहने से व्यक्ति का अवसाद डिप्रेशन में बदल जाता है और फिर व्यक्ति ऐसे ही गलत निर्णय ले लेता है जैसा कि आज तुम लेने वाली थी। हम लोग तुम्हारी मदद करने के लिए ही हैं। यूपी-पुलिस सदैव आपके साथ है। चाहे आपको किसी भी तरह की परेशानी हो।"

थानाध्यक्ष की बात सुनकर कमली के चेहरे पर अनायास ही मुसकान आ गई। उसके होंठों से निकल पड़ा, "यह सही बात है कि शहर या देहात, दिन हो या रात यूपी-100 है सबके साथ। मुझे अपने गलत कदम का बेहद पछतावा है। अब मैं कभी ऐसी गलती नहीं करूँगी और हिम्मत व संघर्ष से हर चुनौती से लड़ूँगी।"

कमली की बात सुनकर थानाध्यक्ष बोले, "अगर, तुमने सचमुच अपने अंदर हिम्मत सँजो ली है तो हमारा उद्देश्य सार्थक हो गया और हम तुम्हारी हिम्मत को बढ़ाने में हर संभव मदद करेंगे।"

कमली वहाँ से थानाध्यक्ष का अनेक-अनेक धन्यवाद कर हृदय में एक नई उमंग व तरंग लिये वहाँ से चल पड़ी।

□

मोटरसाइकिल की चोरी

"आनंद तुम्हारी अपाची मोटरसाइकिल बहुत प्यारी है। तुम्हारा कहना सही था कि एक बार तुम्हारी मोटरसाइकिल पर बैठेंगे तो इसके फैन हो जाएँगे। यह चलाने में भी बहुत सहज लगती है।" अंकुर आनंद की मोटरसाइकिल को सड़क पर घुमाते हुए बोला।

"बिल्कुल अंकुर! लेकिन मैं इसका ध्यान भी तो बहुत रखता हूँ। देखा नहीं तुमने, प्रतिदिन इसकी सफाई करता हूँ और सड़क पर बहुत ध्यान से चलाता हूँ। भई, मुझे तो सेफ ड्राइविंग पसंद है। थोड़ा देर से पहुँचो, लेकिन सुरक्षित पहुँचो। जल्दबाजी के चक्कर में अक्सर दुर्घटना के आसार हो जाते हैं और व्यक्ति को अपंग बनते देर नहीं लगती।"

"हाँ आनंद! मोटरसाइकिल की रेस लगाने के चक्कर में ही तो रोहित अभी तक अपना हाथ तुड़वाए बैठा है। अब वह उस दिन को कोसता है, जब उसने अपने दोस्तों के कहने से मोटरसाइकिल की रेस लगवाई थी।"

"चल यार! भूख लग आई है। मोटरसाइकिल को छाँव के किनारे खड़ा करके कुछ खाते हैं। मैंने सुना है इस रोड पर चाय बहुत अच्छी बनती है और खाना भी बढ़िया मिलता है।"

"पहले खाना खाते हैं और फिर चाय पिएँगे।"

आनंद और अंकुर दोनों खाना खाने के लिए एक स्वच्छ से ढाबे पर आ गए। ढाबेवाले ने मेन्यू कार्ड उनके सामने रख दिया। दोनों ने अपनी-अपनी पसंद का खाना मँगवाया और बातें करते हुए खाना खाने लगे।

खाना खाने के बाद उन्होंने चाय का ऑर्डर दिया। चाय पीते-पीते अचानक अंकुर ने देखा कि दो लड़के अपाची मोटरसाइकिल को उठाने की कोशिश कर रहे हैं। अंकुर ने आनंद को यह बात बताई। तब तक बंटी और मोंटी दोनों मोटरसाइकिल

का ताला तोड़कर उस पर बैठकर भाग चले। यह देखकर आनंद तो हक्का-बक्का रह गया। वह मोटरसाइकिल को बहुत ध्यान से रखता था। इस समय अंकुर ने समझदारी से काम लिया। अंकुर ने देखा था कि यूपी-100 ने छोटे-बड़े बहुत सारे मामलों को सुलझाकर समस्याओं का हल किया था।

उसने तुरंत यूपी-100 को कॉल किया। संवाद अधिकारी से बात होने पर अंकुर बोला, "दो बदमाश हमारी गाड़ी लेकर रायबरेली ऊँचाहार की तरफ भाग रहे हैं।" फिर उसने जल्दी से मोटरसाइकिल का नंबर और जरूरी सूचना बताई। इसके साथ ही आनंद व अंकुर बदमाशों का सार्वजनिक वाहन से पीछा करने लगे। बदमाशों को भी इस बात की भनक लग गई कि मोटरसाइकिल के मालिक उनका पीछा कर रहे हैं। उन्होंने मोटरसाइकिल को और तेज भगाना शुरू कर दिया। अब तक उस स्थान के नजदीक खड़ी पी.आर.वी. ने भी उस मोटरसाइकिल का पीछा करना शुरू कर दिया। जब चोरों ने पुलिस की पी.आर.वी. इनोवा देखी तो बंटी मोंटी से बोला, "यार, यूपी-100 की पी.आर.वी. हमारा पीछा कर रही है। उसकी दोनों तरफ की जलती नारंगी लाइटें आँखों में भी चुभ रही हैं। अब तो हमारा बचना मुश्किल है। ऐसा करो मोटरसाइकिल को खेतों की ओर घुमा लो। वहीं खेतों में छोड़कर रफा-दफा होते हैं, नहीं तो आज मारे जाएँगे।"

"हाँ बंटी, तू सही कह रहा है। यदि हम पुलिस के हत्थे चढ़ गए तो फिर पता नहीं कितने दिनों तक जेल की हवा खानी पड़ेगी। यार ये जब से यूपी-100 की सेवा शुरू हुई है, तब से हमारे जैसों की तो आफत आ गई है।"

"अच्छा तो तू क्या अपने आपको बदमाश मानता है।"

"अरे यार, बदमाश तो हम हैं ही। शरीफ लोग थोड़े ही दूसरों को लूटते हैं।"

"पर, अब यूपी-100 दिन-रात हम जैसे छोटे-मोटे बदमाशों पर गिद्ध की तरह नज़रें गड़ाए रहती है और वक्त मिलते ही हमला भी कर देती है।"

"वह तो है! चल अब जरा चुप कर। मैं खेतों की ओर मोटरसाइकिल लेकर जा रहा हूँ। वहाँ घने खेत में मोटरसाइकिल छोड़कर चंपत हो जाएँगे। जान बचेगी।"

इसके बाद मोंटी घने खेतों की ओर मोटरसाइकिल ले गया। वहाँ उन्होंने मोटरसाइकिल को छोड़ा और सिर पर पाँव रखकर भाग खड़े हुए।

पुलिस की पी.आर.वी. ने खेतों से अपाची मोटरसाइकिल बरामद कर ली। कुछ ही देर में मोटरसाइकिल का मालिक आनंद अपने मित्र अंकुर के साथ वहाँ आ गया।

पी.आर.वी. के ड्यूटी कमांडर वरुण मित्रा बोले, "ये लीजिए, अपनी

मोटरसाइकिल को सँभालिए और आगे से ध्यान रखिए कि यदि आप कहीं भी रुकें तो अपनी वस्तु का ध्यान स्वयं रखें। हम आप लोगों को बार-बार सतर्क रहने की सूचना देते रहते हैं और आप हर बार लापरवाही दिखाते हैं।"

वरुण की बात पर आनंद बोला, "सर, आज तो मेरी मोटरसाइकिल सही-सलामत केवल आपकी चुस्ती-फुरती के कारण ही मिल पाई है, नहीं मैं तो उम्मीद छोड़ बैठा था।"

इस पर वरुण मुस्कराकर बोले, "अरे, अब उम्मीद का साथ कभी मत छोड़ना, क्योंकि अब दिन हो या रात, यूपी-100 सदैव है आपके साथ।"

वरुण की इस बात को सुनकर आनंद और अंकुर दोनों के चेहरों पर मुस्कराहट आ गई। आनंद के चेहरे पर तो अपनी प्रिय मोटरसाइकिल के मिलने की चमक अलग ही नज़र आ रही थी। दोनों ने कमांडर वरुण का धन्यवाद किया और मोटरसाइकिल लेकर अपने घर की ओर चल पड़े।

□

मजदूर की मेहनत

"अरे देवकी, तुम तो दो-चार ईंट उठाकर ले जा रही हो। ऐसे कैसे काम चलेगा? जरा चुस्ती से ज्यादा बोझ उठाकर चलो। नहीं तो तुम्हें तुम्हारी दिहाड़ी नहीं मिलेगी।" कॉण्ट्रेक्टर घनश्याम अपना कान खुझाते हुए देवकी पर व्यंग्य करते हुए बोला।

तभी देवकी के साथ खड़ी सीता बोली, "बाबूजी, देवकी पेट से है। इसका पहला बच्चा पेट में ही मर गया था। इसलिए इस बार इसे डॉक्टर ने ध्यान से काम करने को कहा है।"

यह सुनकर घनश्याम गंदी नज़र देवकी के पेट पर डालते हुए बोला, "अरे, अपने खाने को दाने का जुगाड़ नहीं और पेट में बच्चा लेकर घूम रही है। अब या तो काम कर ले या फिर बच्चे को जन्म दे ले।"

यह सुनकर देवकी और सीता दोनों के ही सिर शर्म से झुक गए।

सीता बोली, "बाबूजी, देवकी को धीरे-धीरे ही काम करने दीजिए। इसके बदले एक घंटे मैं ज्यादा काम कर दिया करूँगी। घर-परिवार भी जरूरी है। इसके विवाह को सात साल हो गए। घर में एक बच्चा चहकता रहे तो मन लगा रहता है।"

यह सुनकर घनश्याम पान की पीक थूकता हुआ बोला, "ठीक है, तो कल से देवकी काम पर नहीं आएगी।"

देवकी यह सुनकर हाथ जोड़ती हुई घनश्याम से बोली, "बाबूजी, ऐसा मत करिए। मेरे पति की कमाई इतनी नहीं है कि मैं घर पर ही रहूँ। मैं कल से ज्यादा बोझ उठा लिया करूँगी।" इसके बाद देवकी सिर पर ज्यादा बोझ उठाकर काम करने लगी। एक दिन देवकी के सिर पर बोझा अधिक था। उसका सातवाँ महीना चल रहा था। वह गिरने ही वाली थी तभी सीता ने उसे सँभाल लिया।

"देवकी, क्यों मरने पर तुली है? अब तो आराम कर ले।"

"आराम कैसे कर लूँ? बच्चे के आने का समय निकट आ गया है। उसके स्वागत के लिए घर में न ही रुपए हैं, न ही कपड़े।"

"सब इंतजाम हो जाएगा। तू परवाह मत कर। हम गरीबों के बच्चे तो पल ही जाते हैं। पहले बच्चे को स्वस्थ जन्म तो दे ले। बिल्कुल पीली हो गई है तू। कल ही तुझे सरकारी अस्पताल में लेकर जाऊँगी। ले यह सेब खा ले। कल मेरी बेटी धन्नो काम करने गई थी, वहाँ की मालकिन ने दिया था। मैं तेरे लिए रख लाई थी।"

"सीता, तू मेरा बहुत ध्यान रखती है। आजकल तो सगे-संबंधी भी किसी का इतना ध्यान नहीं रखते।"

"अब ज्यादा बातें मत बना। ले यह सेब खा ले और एक ओर को बैठकर थोड़ा आराम कर ले।"

देवकी सेब लेकर खाने लगी। सेब खाते हुए वह बोली, "धन्नो, कितने साल की हो गई।"

"अभी सत्रह साल की है। देवकी सच मुझे अपनी बेटी धन्नो पर बहुत गर्व है। ऐसी बेटी नसीब वालों को ही मिलती है। घरों में झाड़ू-पोंछा करती है, इस बार तो बारहवीं की परीक्षाएँ भी देगी। इसकी स्कूल की मैडम कह रही थी कि बहुत होशियार है पढ़ने में। हर साल कक्षा में पहला स्थान पाती है।"

"काश, मेरा बच्चा भी तेरी धन्नो जैसा होशियार निकले!" यह सुनकर देवकी बोली।

तभी पान चबाते हुए आँखों पर ऐनक चढ़ाए और घनश्याम वहाँ से गुजरा। देवकी को एक ओर बैठे सेब खाते देखकर उसका गुस्सा सातवें आसमान पर चढ़ गया। वह तुरंत वहाँ आया और झाड़ लगाते हुए बोला, "देवकी, मैंने तुझे पहले भी कहा था कि तू काम पर मत आ। तेरे बसका नहीं है काम करना। लेकिन तू नहीं मानी। गिड़गिड़ा कर बोली कि अब शिकायत का मौका नहीं देगी। लेकिन तू कहाँ मानी? अब से तेरा काम खत्म। जा अपने घर जा।"

यह सुनकर देवकी के हाथ से बचा हुआ सेब नीचे जा गिरा। उसकी आँखों में आँसू आ गए। एक पल में अपने घर की दरिद्रता आँखों के आगे घूम गई। वह खुद को सँभालते हुए बोली, "बाबूजी, ऐसा मत करिए। मैं कहाँ जाऊँगी। अब तो बच्चे के जन्म का समय भी नजदीक है।"

"मुझे कुछ नहीं मालूम।"

यह कहकर घनश्याम वहाँ से चलता बना।

देवकी की साँस गले में अटक गई। वह बुरी तरह रोने लगी। सीता उसके

पास आई। उसे समझाकर बोली, "रो मत देवकी। सब्र रख। ऐसे समय में तेरा रोना ठीक नहीं।"

"कैसे सब्र कर लूँ सीता। अभी घनश्याम पर पाँच हजार रुपए बकाया हैं। अब तो ये मेरे रुपए भी नहीं देगा। उन्हीं रुपयों की आस पर तो मैं निश्चिंत थी।"

"तू ऐसा क्यों कहती है कि रुपए नहीं देगा। वे तेरी मेहनत के रुपए हैं। तुझे मिलकर ही रहेंगे। आज इससे अपना हिसाब पूरा कर ले। अब तू यह रोड़ी-बजरी उठाने का काम छोड़। बहुत काम हैं। कोई दूसरा काम मिल जाएगा।"

इसके बाद वह देवकी को लेकर घनश्याम के पास गई और बोली, "बाबूजी, देवकी का हिसाब कर दीजिए।"

सीता की बात सुनकर घनश्याम का दिमाग सातवें आसमान पर चला गया। वह बोला, "तू इसकी पैरवी करने आई है। कैसे रुपए? कौन से रुपए? नहीं देता रुपए। जिसको बुलाना है बुला लो।" देवकी रोती रही और सीता उसके आगे गिड़गिड़ाती रही, पर घनश्याम का दिल नहीं पसीजा। यह देखकर सीता देवकी को अपने घर ले गई। धन्नो पढ़ रही थी। इस समय देवकी को कुछ नहीं सूझ रहा था। धन्नो ने देवकी को खाना-पानी दिया।

सीता ने सारी बात बताई तो धन्नो बोली, "माँ, तुम चिंता मत करो, रुपए तो घनश्याम का बाप भी देगा।" इसके बाद उसने माँ के बटन वाले फोन से यूपी-100 को फोन मिलाया और तुरंत उस जगह पर पहुँचने के लिए कहा, जहाँ पर देवकी और सीता काम करती थीं। अभी शाम के 4 बजे थे। फिर धन्नो सीता से बोली, "माँ, आप और देवकी आंटी मेरे साथ चलिए। मैं सब सँभाल लूँगी।"

धन्नो की इस बात से सीता डरते हुए बोली, "बेटी, घनश्याम अच्छा आदमी नहीं है।"

यह सुनकर सीता माँ के हाथ पर आश्वासन का हाथ रखते हुए बोली, "माँ, वह कितना भी बुरा आदमी हो पर यूपी-100 के आगे उसे रुपए देने पड़ेंगे और अपनी गलती भी माननी पड़ेगी।"

तीनों वहाँ पहुँचीं। पी.आर.वी. वहाँ खड़ी थी। कमांडर रवि वहाँ काम करनेवाले महिला-पुरुषों को देख रहा था।

तभी धन्नो बोली, "सर, मैंने आपको फोन किया था। कॉण्ट्रेक्टर घनश्याम देवकी आंटी के बकाया पाँच हजार रुपए नहीं दे रहा है और इन्हें काम से भी निकाल दिया है।"

सारी बातें जानने के बाद तुरंत घनश्याम को बुलाया गया। मजदूर भी पुलिस को देखकर वहाँ खड़े हो गए।

कमांडर रवि घनश्याम से बोला, "तुम मजदूरों के साथ अत्याचार करते हो। कम-से-कम गरीबों के प्रति नहीं तो मानवीयता के प्रति ही थोड़ी संवेदनाएँ रख लो। गरीब मजदूरों के रुपए मारने से तुम्हें क्या मिलेगा? मजदूरों की कमजोरी तुम जानते हो, पर उनकी ताकत से अभी परिचित नहीं हो। यदि ये सब मजदूर एक होकर काम न करें तो तुम्हारा काम सालोसाल न हो पाए। इसलिए इनके काम के साथ ही इनका भी सम्मान करना सीखो।"

कमांडर रवि की बातों से घनश्याम का सिर झुक गया। उसने उसी समय देवकी के पाँच हजार रुपए उसके हाथों पर रख दिए।

धन्नो कमांडर रवि से बोली, "सर, जब तक गरीबों के साथ आपका हाथ हमेशा बना रहेगा, तब तक कोई अत्याचार न जीवित रहेगा।"

यह सुनकर रवि ने धन्नो की शाबाशी दी और बोला, "बेटी, हर मजदूर के घर में यदि तुम जैसी बेटी हो तो फिर वहाँ गरीबी और बेबसी नहीं रह सकती।"

इस पर सभी मजदूर गर्व से धन्नो की ओर देखने लगे। सभी ने धन्नो के सम्मान में ताली बजाईं और देवकी ने एक नज़र अपने पेट पर डाली और हाथ घुमाते हुए आसमान की ओर देखते हुए बोली, "मुझे पूरा विश्वास है कि मेरे आँगन में भी धन्नो जैसी बच्ची जन्म लेगी, जो सब बुराइयों का अंत कर देगी।"

□

ऑपरेशन कृष्णा इंडिया

"हरे रामा हरे कृष्णा। बोलो कृष्णा···कृष्णा···कृष्णा।" एक भगवाधारी युवक आँखें बंद कर मंदिर में इस गीत को गा रहा था। अचानक मीना मंदिर की घंटी बजाकर अपनी धुन में आगे बढ़ी तो इस भगवाधारी से टकरा गई।

"ओ···आय एम सॉरी! मेरा ध्यान कहीं और था। मैं आपको देख नहीं पाई।"

भगवाधारी के चेहरे पर क्रूरता और गुस्से के चिह्न देखकर मीना बोली, "आप पवित्र स्थान पर हैं। किसी की गलती पर इतना गुस्सा करना अच्छा नहीं है।"

कुछ न बोलकर भगवाधारी ने अपना मुँह दूसरी ओर फेर लिया। मीना को भी उसका व्यवहार अच्छा नहीं लगा। लेकिन वह अपनी बात कहकर मंदिर से निकल गई।

घर पहुँचकर वह अपने कार्यालय जाने के लिए तैयार होने लगी। मीना यूपी-100 में इंस्पेक्टर के पद पर कार्यरत थी। यूपी-100 प्रारंभ होने के बाद से अनेक अपराधी गिरफ्त में आए थे। उनमें से अनेक को पकड़वाने में मीना का भी हाथ था। मीना एक बेहद कर्मठ, ईमानदार और जिम्मेदार पुलिस इंस्पेक्टर थी।

अपनी नौकरी एवं घर के साथ-साथ वह नियमित रूप से मंदिर भी जाती थी। उसे मंदिर जाना बहुत अच्छा लगता था। सुबह-सुबह मंदिर जाकर पूरे दिन के लिए मूड फ्रेश हो जाता था।

दो-तीन बार मीना ने उसी भगवाधारी को नोटिस किया। वह कभी वहाँ होता था और कभी नहीं।

एक दिन मीना शाम के समय अपनी पाँच साल की बेटी श्रिया को मंदिर लेकर आई थी। जैसे ही वह मंदिर की सीढ़ियाँ चढ़ी, उसे वह भगवाधारी मोबाइल पर जल्दी-जल्दी बातें करता दिखाई दिया। इस समय उस युवा पंडित के तेवर

बिल्कुल बदले हुए थे। मीना का ध्यान अचानक ही उस पर चला गया था। उस दिन उसकी गतिविधियाँ उसे संदेहास्पद लगीं।

चतुर व कर्मठ मीना ने उस पर नज़रें बचाकर नज़र रखनी शुरू कर दी। अब वह सुबह के साथ-साथ शाम को भी मंदिर जाने लगी। उसने अभी तक इस बारे में किसी को कुछ नहीं बताया था क्योंकि अभी तक उसे भी किसी सच्चाई का पता नहीं लगा था। एक दिन शाम को 7 बजे के आसपास मीना मंदिर की सीढ़ियाँ उतर रही थीं कि तभी उसे एक कोने से खुसुर-फुसुर की आवाज सुनाई दी। मीना चोरी-छिपे होशियारी से वहाँ गई तो उसने भगवाधारी को किसी से यह कहते सुना, "अब तो मैं यहाँ पक्का तिलकछाप पंडित बन गया हूँ। आखिर ट्रेनिंग पूरे मन से जो की थी। श्लोक से लेकर मंत्रों तक का उच्चारण इतनी खूबसूरती से करता हूँ कि वास्तविक पंडित भी धोखा खा जाते हैं। अब तो सबके बीच मेरी छवि एक अच्छे हिंदू पंडित की बन गई है। और अब वह वक्त भी आ गया है कि उस काम को अंजाम दिया जाए जिसके लिए हमें ये मंत्र व उच्चारण सिखाए गए हैं। एक-दो दिन में न यह मंदिर रहेगा और न यहाँ पूजा करनेवाले।" इसके बाद वह हँस पड़ा। मीना यह सुनकर तुरंत समझ गई कि ये लोग आतंकवादी हैं और ट्रेनिंग प्राप्त कर यहाँ हमें नुकसान पहुँचाने के उद्‍देश्य से रह रहे हैं। इस समय मामला बेहद नाजुक था। उसने अपने मोबाइल को साइलेंट मोड पर डालकर उस भगवाधारी की फोटो खींच ली। अगले दिन अपने कार्यालय में पहुँचते ही उसने पुलिस अधीक्षक को भगवाधारी की फोटो दिखाई और उस वार्तालाप को बताया जो उस दिन उसने सुना था। पुलिस अधीक्षक ने इस पर त्वरित कार्रवाई की। उन्होंने अपने तीन विश्वासपात्र पुलिस इंस्पेक्टर नारायण, आश्विन और सोहेब को बुलाया। मीना तो खैर इस मिशन की नेतृत्वकर्ता थी ही।

नारायण, आश्विन, सोहेब और मीना अपने-अपने काम पर लग गए। चारों मंदिर गए और उन्होंने उस भगवाधारी की संदिग्ध गतिविधियों को अपने-अपने उपकरणों में नोट कर लिया।

जिस दिन मंदिर में ब्लास्ट करना था, उस दिन भगवाधारी ने अपने साथी से फोन किया और सामान पहुँचाने के लिए कहा। तभी नारायण, आश्विन, सोहेब और मीना ने उसे रँगे हाथों पकड़ लिया।

भगवाधारी ने वहाँ से भागने की बहुत कोशिश की लेकिन उन चारों के आगे उसकी एक न चली। उन सभी को वहाँ के नजदीकी थाने में ले जाया

गया। संबंधित थानाध्यक्ष के समक्ष उस भगवाधारी को प्रस्तुत किया गया। अब भगवाधारी के पास आत्मसमर्पण करने एवं हथियार डालने के अलावा कोई चारा न था।

उसके हाथ-पैर बँधे हुए थे ताकि वह अपने हाथ-पैरों का इस्तेमाल खुद को और दूसरों को नुकसान पहुँचाने के लिए न कर पाए।

भगवाधारी ने अपना गुनाह कुबूल किया। यूपी पुलिस के कड़े रुख को देखकर वह बोला, "मैं आई.एस.आई. का एजेंट हूँ। हमें आई.एस.आई. ने हिंदू रीति-रिवाजों की ट्रेनिंग देकर हिंदू आबादी में प्रवेश करने के लिए 'ऑपरेशन कृष्णा इंडिया' शुरू किया था। हमारा उद्देश्य धार्मिक स्थलों में साधु वेश में रहकर अपनी धाक जमाकर बम ब्लास्ट करना और स्थानीय लोगों को नुकसान पहुँचाना था। इनमें आगरा का ताजमहल, इलाहाबाद और लखनऊ की हाईकोर्ट बिल्डिंग, विधानसभा, रेलवे स्टेशन और भीड़भाड़ वाले बाजार हमारे निशाने पर हैं।"

थानाध्यक्ष मुल्तान सिंह कड़ककर बोले, "तुम्हारे इस गिरोह में कैसे लोग शामिल हैं।"

भगवाधारी बोला, "हम सबकी उम्र लगभग 17 से 20 साल की है। हम सभी आतंकियों को साधु और तांत्रिक के वेश में प्रशिक्षित किया गया है ताकि किसी को हमारे कार्यों और गतिविधियों पर संदेह न हो। हम युवाओं को भारत-नेपाल बॉर्डर से यूपी भेजा गया है ताकि यहाँ पर वारदात को अंजाम देकर पूरे भारत में अशांति फैलाई जा सके।" उसकी यह बात सुनकर भारतीय अधिकारियों एवं कार्मिकों के खून खौल उठे। उस पर कड़ी कार्रवाई कर यूपी-100 ने तुरंत ही यूपी की सुरक्षा शाखा को इस संबंध में सूचित किया। इसके बाद सभी जोन के आई.जी., रेंज के डी.आई.जी., जिलों के कप्तान और ए.एस.पी. रेलवे को अलर्ट कर दिया गया।

इसके बाद इंस्पेक्टर मीना के साथ ही अन्य तीन इंस्पेक्टरों को भी शाबाशी दी गई। मीना की सूझबूझ के कारण ही 'ऑपरेशन कृष्णा इंडिया' का खुलासा हो पाया था।

पुलिस अधीक्षक ने सभी अधिकारियों एवं कार्मिकों को संबोधित किया और बोले, "हम सभी का काम अपनी ड्यूटी पर न होते हुए भी ड्यूटी को निभाना है जैसे कि इंस्पेक्टर मीना ने निभाई है। पूजास्थल पर ईश्वर की आराधना के साथ-साथ मीना ने सच्चे हृदय से भारत की सुरक्षा की आराधना की और

उसके लिए जान हथेली पर रखकर अपराधी को पकड़वाया। इसलिए मीना के जज्बे और हौसले को यूपी-100 सलाम करती है और आशा करती है कि उनके साथ-साथ यूपी-100 का प्रत्येक कार्मिक ऐसे ही निष्ठा और समर्पण के साथ अपने काम को करता रहेगा।"

पुलिस अधीक्षक का वक्तव्य समाप्त होते ही हर ओर तालियों की गूँज उठी और मीना के साहस व कर्तव्य की दाद दी जाने लगी।

□

डूबती महिला की जान बचाई

सुशीला बेटा, तू मेरा बहुत ध्यान रखती है। तू मेरी बेटी नहीं बल्कि बेटा है। एक तेरा भाई है निखट्टू मोंटी। वह सारा दिन इधर-उधर घूमता है और घर पर अपना हक जताता है। मेरे सामने तेरे हाथ पीले हो जाते तो मैं चैन से मर जाती।"

रामप्यारी के ऐसा बोलने पर सुशीला बोली, "माँ, आप ऐसा क्यों कहती हो? मुझे शादी नहीं करनी। अगर मैं शादी करके चली जाऊँगी तो तुम्हारा ध्यान कौन रखेगा? अभी तो मोंटी का कोई काम-धंधा भी नहीं लगा है।"

"वही तो रोना है सुशीला! अरे, तू अकेली क्या-क्या करेगी? तू स्कूल में नौकरी करती है, घर का सारा काम भी करती है। इसके अलावा मेरी दवा का इंतजाम भी तू ही करती है। बेटी सच, काश, हर घर में तेरे जैसी बेटी हो! पता नहीं लोग क्यों बेटे की रट लगाए रहते हैं। मैं तो भगवान् से यही दुआ करती हूँ कि मुझे तो हर जन्म में तेरे जैसी बेटी ही बेटी के रूप में मिले।"

"माँ, अब तुम आराम कर लो। तब तक मैं खाना तैयार कर देती हूँ। मोंटी भी आने वाला होगा। रात होने वाली है।" यह कहकर सुशीला अंदर रसोईघर में चली गई।

उधर नशे में चूर मोंटी अपने दोस्त शेंटी के साथ बाहर खड़ा सारी बातें सुन रहा था। उसका दोस्त शेंटी भी उसी की तरह नाकारा और कामचोर था।

वह बोला, "यार मोंटी, तेरी माँ तो केवल तेरी बहन से प्यार करती है, उसे तेरे भविष्य की कोई चिंता नहीं है। कहीं ऐसा न हो कि यह मकान भी तेरी माँ इसी के नाम कर दे। एक ले-देकर यह मकान ही तो है तेरे पास।"

शेंटी की बात से मोंटी का दिमाग घूम गया और वह नकारात्मक बातें सोचने लगा।

शेंटी से विदा लेकर वह घर में घुसा। उसे घर में देखते ही रामप्यारी बोली,

"आ गया, निखट्टू आवारागर्दी करके—काम का न काज का ढाई सेर अनाज का। तेरे अंदर थोड़ी-बहुत शर्म-लिहाज है या नहीं। सारा दिन तेरी बहन काम में खटती है और तू हट्टा-कट्टा मुफ्त की रोटियाँ तोड़ता है। तेरा पिता तो बचपन में चल बसा। बड़े होने पर तुझे अपने पिता की जगह लेनी चाहिए। बड़ी बहन की शादी भी करनी है। तुझे इस बात का होश भी है या नहीं?"

माँ की इन बातों को सुनकर मोंटी बोला, "माँ, तुम लोगों ने अभी तक मेरे लिए क्या किया है? न ही मुझे पढ़ाया और न ही कोई काम सिखाया। अब ऐसे में मैं क्या करूँ?"

"सुन, हमने तो तेरे और सुशीला के लिए बराबर किया है। फिर सुशीला कैसे पढ़-लिख गई? वह भी इसी घर में रही। जब तुझे इस घर में कुछ नहीं मिला तो उसे भी तो कुछ नहीं मिला।"

"मेरे घर में आते ही तुम जीना हराम कर देती हो। भला यह भी कोई जिंदगी है?"

बहस बढ़ती देख सुशीला बोली, "भाई, माँ बीमार है। तुम माँ के साथ बहस क्यों करते हो?"

यह सुनकर मोंटी गुस्से से बोला, "माँ बीमार है। पर जब मुझे खरी-खोटी सुनानी होती है तो अच्छी हो जाती है। जब देखो तुम्हारी तारीफ। अरे, तुमने ऐसा कौन सा किला जीत लिया जो मैं नहीं जीत पाया!"

बुद्धिमान सुशीला ने इस समय चुप रहना ही बेहतर समझा। खाना खाने के बाद सभी सो गए। पर उस दिन मोंटी के दिमाग में शेंटी उलटी-सीधी बातें भर गया था। मोंटी का दिमाग आज कुत्सित योजनाएँ बनाने में लगा हुआ था। सुबह उठते ही वह बहन के पास गया और बोला, "दीदी, आज तो रविवार है। स्कूल की छुट्टी है। चलो कुछ देर महावा नदी के पुल की ओर घूमकर आते हैं। ठंडक से दिमाग थोड़ा शांत हो जाएगा।"

सुशीला मोंटी का प्रेम भरा व्यवहार देखकर बहुत खुश हुई। वह बोली, "मोंटी, अभी तो काम का समय है। काम खत्म होने पर चलेंगे।"

"ठीक है दीदी, जैसा आप कहती हैं।" उस दिन मोंटी ने माँ को दवाई दी और बहन के साथ छोटा-मोटा काम भी करा दिया।

काम होने पर सुशीला बोली, "माँ, आज तेरा बेटा पुलिया के पास घूमने की जिद कर रहा है। हम दोनों कुछ देर में घूमकर बस अभी आए। तब तक तुम आराम कर लेना।" रामप्यारी भी मोंटी के बदले व्यवहार को देखकर खुश थी।

बातें करते-करते मोंटी और सुशीला पुलिया की ओर बढ़ चले। अचानक पुल के बीच में मोंटी ने सुशीला को जोर से धक्का दे दिया। सुशीला पुल से सीधा नदी में जा गिरी और चिल्लाकर हाथ-पैर मारने लगी। यह देखकर वहाँ खड़े लोगों ने भागते मोंटी को पकड़ लिया, एक ने जल्दी से यूपी-100 को फोन कर इस बारे में सूचित कर दिया। मामले की गंभीरता को समझते हुए मात्र दो मिनट में नजदीक खड़ी पी.आर.वी. घटनास्थल पर पहुँच गई। तुरंत पुलिसकर्मी वहाँ आए। नदी कम गहरी थी।

ऐसे में पुलिसकर्मी वहाँ खड़े लोगों से बोले, "समय बरबाद न करें। आपमें से जिसको भी तैरना आता है। हमारे साथ आएँ। हमें युवती को बचाना है। इतना समय नहीं है कि हम लोग कुशल तैराकों को बुलाए। सबके प्रयासों से युवती की जान बच सकती है। ऐसे में हमें जोखिम लेना होगा।" फिर वह कुछ जवान व्यक्तियों की ओर देखकर बोले, "आप लोग आइए। पुलिस को आप जैसे युवकों का साथ चाहिए। नौजवान युवा पुलिस का बहुत बड़ा मदद का हाथ हैं।"

पुलिसकर्मी की जोश भरी बातें सुनकर दो-तीन युवक उनके साथ हो लिये। तुरंत ही सबने नदी में छलाँग लगा दी। सुशीला हाथ-पैर मारते हुए नीचे डूबती जा रही थी। पुलिसकर्मियों के साथ अन्य लोग भी जल्दी से सुशीला के समीप पहुँचे। सभी के प्रयास से सुशीला को बचा लिया गया। उसे नदी से निकालने के बाद पुलिसकर्मी नजदीक के अस्पताल में ले गए। अस्पताल में तुरंत सुशीला को आवश्यक चिकित्सा उपलब्ध कराई गई। मोंटी को भी पकड़ लिया गया। इस तरह पुलिस के प्रयास और उनके जोश भरे शब्दों से सुशीला की जान बच गई।

□

विवाह का निर्णय

अमीना लखनऊ कॉलेज में बी.कॉम द्वितीय वर्ष की छात्रा थी। यहाँ पर छात्र व छात्राएँ दोनों ही पढ़ते थे। अमीना को सिद्धार्थ बहुत पसंद था। वह बी.एस-सी. गणित कर रहा था और तृतीय वर्ष का छात्र था। सिद्धार्थ ऑलराउंडर था। वह हर कार्य को बहुत कुशलता से करता था। अमीना के साथ ही सभी लड़कियाँ सिद्धार्थ को बहुत पसंद करती थीं। लेकिन सिद्धार्थ को अमीना का साथ भाया। प्रेम धर्म, जाति और वर्ण कहाँ देखता है? वह तो बस एक-दूसरे की हृदय की दीवारों को भेदकर वहाँ पर अपना आधिपत्य जमा लेता है।

अमीना बेहद खूबसूरत थी। वह सीधी-सादी और अपनी पढ़ाई से मतलब रखती थी। बी.कॉम के प्रथम वर्ष में उसने अपने कॉलेज में टॉप किया था। सिद्धार्थ को अमीना की सादगी और पढ़ाई के प्रति गहन अध्ययन ने ही आकर्षित किया था। इसलिए दोनों धीरे-धीरे पास आते गए और एक-दूसरे को दिल दे बैठे।

एक दिन अमीना बोली, "सिद्धार्थ, हमारे घरवालों को जब हमारे इस प्रेम प्रसंग का पता चलेगा तो क्या होगा? वे हमारा विवाह कभी न होने देंगे।"

"तुम ऐसा क्यों सोचती हो? हमेशा सकारात्मक सोचो।"

"अरे, सकारात्मक तो तब सोचूँ जब कहीं से कोई उम्मीद हो।"

"तुम सकारात्मक सोचना आरंभ तो करो, आपने आप आशा की किरण कहीं न कहीं से चली आएगी।"

"पता नहीं सिद्धार्थ, मुझे तो बहुत डर लगता है। मेरे अब्बू आए दिन मेरे लिए कोई रिश्ता खोजने जाते हैं। आजकल दहेज, वैवाहिक हिंसा के इतने मामले आ रहे हैं तब भी माता-पिता पता इस बात को क्यों स्वीकार नहीं करते कि बच्चों की शादियाँ उनकी पसंद से कर दी जाएँ ताकि ऐसे झंझट उत्पन्न ही न हों।"

"यह तो तुम ठीक कह रही हो अमीना। पर ऐसा भी नहीं है कि सभी

माता-पिता अपने बच्चों के प्रेम विवाह के खिलाफ होते हैं, कम-से-कम मैं तो इस मामले में बेहद सौभाग्यशाली हूँ। मेरे माता-पिता तो अच्छी लड़की की तलाश में जाति, धर्म सबको तिलांजलि दे सकते हैं। तुमने तो देखा है कि मेरी माँ तुम्हें कितना पसंद करती है।"

"हाँ सिद्धार्थ, इसलिए तो मुझे यह सोचकर बहुत अच्छा लगता है कि तुम्हारे साथ मेरा वैवाहिक गठबंधन बहुत सुखी रहेगा।"

"वह तो रहेगा। तुम खुद भी तो बहुत समझदार हो।"

घर लौटने पर अमीना के अब्बू रहमान और अम्मा सलमा उसी का इंतजार करते मिले।

सलमा बोली, "बिटिया, मुबारक हो।"

अम्मा के मुँह से 'मुबारक' शब्द सुनकर सलमा चौंक गई और बोली, "मुबारक, किसलिए? अभी तो हमारे इम्तिहान भी नहीं हुए कि हम प्रथम आए हों।"

यह सुनकर सलमा मुस्कराते हुए बोली, "तू भी न, बस पढ़ाई से आगे कुछ सोच ही नहीं पाती। अरी पढ़ाई-लिखाई तो होती रहती है। लेकिन लड़कियों का असली जीवन तो विवाह के बाद ही होता है। आज ही तेरे अब्बू तेरे लिए शादाब को पसंद कर आए हैं। वह पाँचवीं पास है और बेहद रईस लोग हैं। वहाँ तुझे किसी बात का कोई दु:ख नहीं होगा।"

यह सुनकर अमीना के पैरों तले जमीन खिसक गई। वह बोली, "अम्मा, आपसे किसने कहा कि रईस लोगों के यहाँ दु:ख-दर्द नहीं होता। यदि ऐसा होता तो कोई गरीब कभी सुखी और कोई रईस कभी दु:खी नहीं होता। यहाँ तक कि किसी रईस के यहाँ मौत भी न होती।"

बेटी की सारगर्भित बातों का रहमान और सलमा दोनों के पास ही कोई जवाब न था लेकिन रहमान गुस्सा होकर सलमा की ओर देखते हुए बोला, "अपनी नवाबजादी को समझा लेना। बहुत बोलने लगी है। शादी तो इसकी शादाब से ही होगी।"

अमीना ने अम्मा को मनाने की बहुत कोशिश की लेकिन वह नहीं मानी और उसने अमीना को बहुत खरी-खोटी सुनाई। बेहद तनाव में समझदार अमीना को कोई रास्ता नहीं सूझा। वह छत पर जाकर रोने लगी। अचानक उसकी नज़र छत पर रखी पुरानी टंकी पर गई। उसमें पानी भरा हुआ था। अमीना का दिमाग इस समय काम नहीं कर रहा था। उसने तुरंत पानी की टंकी में छलाँग लगा दी।

एक पड़ोसी ने अमीना को टंकी में कूदते देख लिया। उसने तुरंत यूपी-100 को फोन कर अमीना के अम्मी-अब्बू को यह बात बताई। देखते ही देखते छत पर भीड़ लग गई। ऊँची टंकी पर अमीना जोश में चढ़कर गिर तो गई थी, लेकिन उसे पानी की टंकी से निकालना इतना आसान न था।

कुछ ही देर में यूपी-100 की पी.आर.वी. वहाँ आ पहुँची। पी.आर.वी. में कमांडर शाहिद और अमन ड्यूटी पर थे। दोनों जल्दी से वहाँ आए। टंकी के अंदर से अमीना की घुटी-घुटी चीखें आ रही थीं। टंकी तक पहुँचने का कोई रास्ता न देख कमांडर शाहिद ने आस-पास के मकानों पर नज़र दौड़ाई। आसपास के मकान बेहद नजदीक थे। कइयों की तो दीवारें भी मिली हुई थीं। शाहिद ने जल्दी से लोगों से एक मोटा रस्सा लाने के लिए कहा। जल्दी से मोटी रस्सी का इंतजाम किया गया। शाहिद अपनी जान की परवाह न करते हुए मोटा रस्सा साथ लेकर चल पड़ा। अमन ने उस रस्सी को एक मोटे आधार से बाँध दिया। इसके बाद नजदीक के घरों की दीवारों की सहायता से वह टंकी पर चढ़ने में कामयाब हो गया। इसी तरीके से सब-कमांडर अमन के साथ दो-तीन नौजवान भी वहाँ तक पहुँच गए। बेहद संघर्ष और मेहनत करके अमीना को टंकी से निकाल लिया गया। वह बेहोशी की हालत में थी और सिद्धार्थ-सिद्धार्थ बड़बड़ा रही थी। वहाँ उपस्थित सभी लोग यह समझ गए कि मामला प्रेम प्रसंग का है। कमांडर अमन एवं शाहिद स्थानीय लोगों की सहायता से अमीना को नजदीक के अस्पताल में ले गए। रहमान व सलमा भी साथ थे। अमीना को तुरंत इमरजेंसी वार्ड में ले जाया गया। उसके अंदर से भरे हुए पानी को निकाला गया। अभी वह बेहोश थी पर खतरे से बाहर थी। यह खबर सुनकर रहमान-सलमा के साथ ही कमांडर शाहिद व अमन के चेहरे पर राहत के भाव आए। जाने से पहले शाहिद रहमान-सलमा से बोला, "आपकी बेटी बेहद जहीन है। उसके लिए आपको उसके काबिल वर ढूँढ़ना चाहिए। वर सजातीय हो अथवा विजातीय पर विवाह के बाद केवल एक बात महत्त्वपूर्ण रह जाती है और वह है लड़की का सुख से जीवनयापन करना। यदि आप सजातीय वर से उसका विवाह कर दें और वह वहाँ बेहद दुःख में जीवनयापन करे तो लड़की के साथ-साथ माता-पिता दोनों मरणासन्न हो जाते हैं और मर-मरकर अपना जीवन काटते हैं। वहीं यदि एक बार वे समाज की स्थिति का डटकर मुकाबला कर उसका विवाह उसकी पसंद के विजातीय वर से कर देते हैं तो फिर पूरा जीवन लड़की के साथ-साथ वे भी सुख से काटते हैं। मेरी इन बातों को ध्यान में रखकर ही आप कोई भी निर्णय लीजिएगा।" इसके

बाद कमांडर शाहिद एवं अमन पी.आर.वी. में बैठकर वहाँ से चलते बने। उनकी पी.आर.वी. धूल उड़ाती जा रही थी और रहमान एवं सलमा की आँखों पर पड़ी धूल को भी साफ करती जा रही थी।

□

लापता किशोरी को ढूँढ़ा

ग्यारह साल की सलोनी ने स्कूल से आकर अपना बस्ता रखा। नीलम ने खाना सलोनी के सामने रख दिया। आज लंच में सलोनी के मनपसंद राजमा-चावल बने थे। सलोनी सबकी आँखों का तारा थी। पढ़ने में बहुत होशियार और हर गतिविधि में आगे बढ़कर हिस्सा लेनेवाली छात्रा के रूप में उसकी पहचान थी। राजमा-चावल देखते ही सलोनी की भूख बढ़ गई। उसने फटाफट अपनी यूनिफॉर्म बदली और हाथ-मुँह धोकर खाना खाने के लिए बैठ गई। राजमा-चावल खाकर सलोनी बैठी ही थी कि तभी उसकी सहेली चंचल आ गई।

वह बोली, "सलोनी, आज मेरे स्कूल की छुट्टी थी। मैं घर में बोर हो गई। चल आ न कुछ देर खेलते हैं।"

"पर मैंने तो अभी बस स्कूल से आकर खाना खाया है। स्कूल का होमवर्क करना है और फिर परीक्षा की तैयारी करनी है।"

"अरे, कर लेना तैयारी भी। तू तो पढ़ने में बहुत होशियार है। तुझे तैयारी करने की विशेष जरूरत कहाँ है? रात-दिन तो पढ़ती रहती है। चल न आज तुझे एक नया खेल सिखाऊँगी।"

चंचल की जिद के आगे सलोनी को झुकना पड़ा। फिर अब उसका मन भी खेलने के लिए कर आया था। वह नीलम से बोली, "मम्मा, प्लीज एक घंटे के लिए मुझे जाने दो। खेलने के बाद मैं स्कूल का सारा काम कर लूँगी।"

नीलम बोली, "ठीक है बेटा, जाओ पर समय पर वापस आ जाना।" नीलम को सलोनी पर पूरा भरोसा था कि अगर उसने एक घंटा कहा है तो सही एक घंटे में वह वापस आ ही जाएगी।

सलोनी ने अपनी कलाई में घड़ी बाँधी और नीलम की ओर देखते हुए बोली, "माँ, एक घंटा पूरा होते ही आ जाऊँगी। तब तक आप आराम कर लीजिएगा।"

नन्ही सलोनी को बड़ों की तरह बातें करते देख नीलम मुस्कराकर काम में लग गई। सलोनी चंचल के साथ खेलने के लिए चली गई।

इधर नीलम काम में व्यस्त हो गई। एक घंटा बीता, दो घंटे बीते और तीसरा घंटा बीतने पर भी सलोनी नहीं आई तो नीलम परेशान हो गई। उसने चंचल के घर की घंटी बजाई। दरवाजा चंचल ने ही खोला, "क्या बेटा? सलोनी तुम्हारे घर पर है। वह तो कह रही थी कि एक घंटे से ज्यादा देर नहीं लगाएगी।" यह बोलकर नीलम सलोनी को लेने के लिए सलोनी···सलोनी करते हुए अंदर घुस गई।

चंचल हैरानी से बोली, "आंटी, सलोनी तो एक घंटा पूरा होते ही घड़ी में समय देखकर मुझे छोड़कर चली गई थी। हाँ, वह यह जरूर कह रही थी कि उसे स्कूल के लिए नक्शे खरीदने हैं। वह दुकान से नक्शे खरीदते हुए जाएगी।"

यह सुनते ही नीलम की साँस अटक गई। वह दौड़कर कॉपी-किताबों की दुकान पर पहुँची, पर सलोनी वहाँ होती तो मिलती। सलोनी को दो-चार जगह देखने पर भी जब वह नहीं मिली तो नीलम का बुरा हाल हो गया। रोते-रोते उसने पति उमेश को खबर की। उमेश भी खबर पाते ही दौड़े चले आए। सलोनी भला कहाँ जा सकती है? कहीं कोई उठाकर तो नहीं ले गया। आजकल का समय भी बहुत खराब है। पड़ोसी जब इस तरह की बातें करते तो नीलम के हृदय में हूक सी उठती। वह बार-बार उस घड़ी को कोस रही थी जब सलोनी को मुस्कराते हुए उसने बाहर जाने की इजाजत दी थी। नीलम और उमेश के साथ ही संबंधी भी सलोनी की तलाश करते-करते थक गए। एक दिन बीता, दो दिन बीते पर सलोनी का कुछ पता न चला। अब तो सबकी आशाएँ धूमिल हो चली थीं और हर कोई दबे स्वर में यही कह रहा था कि सलोनी के साथ कुछ अनहोनी हो गई है। पता नहीं वह अब इस दुनिया में है भी या नहीं। जैसे ही यह कड़वे और जहरीले शब्द नीलम के कानों में पड़ते उसकी साँस उखड़ने लगती। जान से प्यारी और आँखों का तारा थी सलोनी। एक सुशील, होनहार और प्रतिभावान बच्ची। सगे-संबंधी, पड़ोसी और मित्र उन दोनों को ढाढस बँधाने का प्रयास करते। नीलम और उमेश तो खाना-पीना, सोना सबकुछ भूल गए थे। संबंधी और पड़ोसी उन्हें बहुत समझाते, पर जिसके जिगर का टुकड़ा अचानक से लापता हो जाए तो उसके हृदय की थाह और पीड़ा पाना मुश्किल ही नहीं बल्कि असंभव है। तीसरे दिन तो नीलम मरणासन्न स्थिति में पहुँच गई थी। उसे ग्लूकोज चढ़ाया गया।

उनके घर की ओर आते हुए ऐसा प्रतीत होता था जैसे वहाँ किसी की मृत्यु हो गई हो। सन्नाटा और रुदन खामोश वातावरण को चीरता और डराता था। चौथे

दिन नीलम के घर पर सूरज की रोशनी की किरणों ने दस्तक दी, नीलम के शरीर में थोड़ी हरकत हुई। उसने आशा भरी नज़रों से बाहर दरवाजे की ओर देखा, मानो हँसती-खेलती सलोनी अभी उसके गले में अपनी बाँहें डालते हुए चहक उठेगी। शून्य भरी नज़रों से वह दरवाजे की ओर ताकती रही। जब बहुत देर तक वहाँ कोई न आया तो नीलम फूट-फूटकर रोने लगी। संबंधी और मित्र भी वहाँ कब तक रहते? सभी अपने-अपने कामों में लग गए थे। उमेश ने ही नीलम को धीरज बँधाया। तभी दरवाजे पर पुलिस की गाड़ी रुकी और एक पुलिसवाला उमेश का घर पूछते हुए वहाँ आया। उसने दरवाजे पर दस्तक दी। उमेश और नीलम दोनों साथ ही दरवाजे की ओर भागे। पुलिस को देखकर दोनों ही अनजान आशंका से काँप उठे। पुलिसकर्मी संतोष कुमार बोला, "सलोनी, आपकी बेटी का नाम है।"

यह सुनते ही मानो नीलम के मरणासन्न शरीर को संजीवनी मिली। वह उचककर बोली, "हाँ-हाँ इंस्पेक्टर साहब, सलोनी मेरी बेटी है···वह चार दिन पहले खेलने गई थी···तब से उसका कोई पता नहीं है।" आँसू नीलम की आँखों से बहने लगे और वह फूट-फूटकर रोने लगी।

संतोष कुमार बोला, "बहनजी, धीरज रखिए, आपकी बेटी सही-सलामत है।"

सही-सलामत शब्द सुनते ही नीलम की आँखें चौड़ी हो गईं। वह पागलों की तरह दरवाजे के बाहर इधर-उधर देखते हुए बोली, "साहब, कहाँ है मेरी सलोनी?"

संतोष कुमार एक माँ के भावों को समझ रहा था। वह नीलम को अपने साथ पी.आर.वी. के पास ले गया और इशारा करते हुए बोला, "यह रही आपकी सलोनी।" सलोनी आराम से पी.आर.वी. में बैठी चॉकलेट खा रही थी। वह भी रो-रोकर थक चुकी थी, उसके गालों पर भी आँसुओं के निशान थे, सूखी पपड़ियाँ होंठों पर जम गई थीं। माँ को देखते ही चॉकलेट सलोनी के हाथ से नीचे गिर पड़ी और वह चीखकर बोली, "माँ···मम्मा···।" नीलम ने सलोनी को अपने अंक में भर लिया और पागलों की तरह उसे चूमने लगीं। उमेश, नीलम और सलोनी तीनों की आँखों से आँसू नदी की तरह बह रहे थे। वहाँ उपस्थित कमांडर संतोष कुमार और विनय कुमार की आँखें भी यह दृश्य देखकर नम हो गईं। कुछ देर बाद सलोनी बोली, "मम्मा, मैं नक्शा खरीदने दुकान पर गई थी। लेकिन एक आंटी ने मेरे पास रुमाल सा घुमाया और मैं उनके पीछे-पीछे चलने लगी। मैं बहुत दूर तक उनके पीछे गई। तभी वहाँ एक पुलिस की वैन घूम रही थी। पुलिस की गाड़ी को देखकर वह आंटी वहाँ से भाग गईं। मैं रास्ता ढूँढ़ती रही, पर मुझे कुछ समझ ही नहीं आया।

इतनी ही देर में पुलिस की वैन भी वहाँ से जा चुकी थी। मम्मी और पापा आप मुझे समझाते हैं न कि बाहर होशियार रहना चाहिए। इसलिए मैंने किसी को भी यह जाहिर नहीं होने दिया कि मैं रास्ता भटक गई हूँ। मैं उसी रास्ते पर वैन का इंतजार करती रही। मंदिर के बाहर खाना खा लेती थी और वहीं सो जाती थी। आज सुबह जब मुझे पुलिस की वैन नज़र आई तो मैंने इन पुलिस वाले अंकल को सारी बात बताई।"

सलोनी के यह बोलने पर संतोष कुमार बोला, "हमारी यूपी-100 की गाड़ी प्रतिदिन शहर में गश्त लगाती है। कई बार समय अलग हो जाता है, इसीलिए सलोनी हमें चौथे दिन मिल पाई। आपकी बेटी कम उम्र में ही बहुत समझदार है। इसकी समझदारी के कारण ही आज यह सकुशल आप तक पहुँच पाई है।"

यह सुनकर नीलम बोली, "साहब, मेरी बेटी की समझदारी के साथ-साथ आपकी मदद के कारण ही मुझे आज यह सही-सलामत हालत में मिली है। अगर आपकी गाड़ी वहाँ प्रतिदिन गश्त नहीं लगाती तो न जाने मेरी सलोनी का क्या होता?"

उमेश और नीलम ने यूपी-100 का बहुत बार धन्यवाद किया। कमांडर संतोष और विनय कुमार सलोनी को उसके माता-पिता की गोद में सौंपकर अपनी पी.आर.वी. में बैठकर आगे चल पड़े एक नई गश्त पर ताकि शहर में होने वाले अपराधियों को पकड़ा जा सके। अब लखनऊ शहर को केवल नवाबों के शहर से नहीं बल्कि यूपी-100 की एक अलग और नई पहचान के बल पर भी जाना जाने लगा है।

□

आग से बचाया

"तुम कभी भी खाना समय पर बनाकर नहीं देती हो। ठेकेदार हमेशा मुझे पाँच-दस मिनट लेट पहुँचने के कारण उलटा-सीधा बोलता है।" रामू चिल्लाकर बोला।

"इतनी तेज चिल्लाकर बात क्यों कर रहे हो? छोटी सी बात है। आज मेरी तबीयत ठीक नहीं है। शरीर में सुबह से ही हरारत महसूस हो रही है, इसलिए धीरे-धीरे काम हो रहा है। अब मुझे तो घर में काम करने के बाद घरों में भी काम करने जाना है। यहाँ हरारत को देखकर आराम करना मेरे नसीब में कहाँ? तुम्हारे बस की तो मेरा खाना-कपड़ा भी लाना नहीं है, इसलिए मैं घरों में काम करके अपना और तुम्हारा दोनों का पेट पालती हूँ।"

"अच्छा तो क्या मैं कुछ नहीं कमाता?"

"क्या कमाते हो, जरा बताओ न! जो भी कुछ कमाते हो उसकी हर रोज शराब पी जाते हो। आज तक तुमने अपनी कमाई से सब्जी भी खरीदकर लाकर दी है कभी। या कभी मेरे ही हाथ में सौ-दौ सौ रुपए रखे हैं। आटे-दाल तक का भाव तुम्हें नहीं पता। न जाने मेरे माँ-बाप ने क्या सोचकर तुम जैसे शराबी और कँगले के साथ मेरा ब्याह कर दिया!"

"एक तो मुझे पहले ही देर हो रही है और ऊपर से तुम इस बहस को बढ़ा रही हो।"

"तुम्हें ये सब बहस लगती होगी। पेट पालने के लिए कठिन श्रम करना पड़ता है। तुम तो ठेकेदार की उलटी-सीधी बातों से डर गए। कभी मेरे बारे में सोचा है कि मैं किस तरह इस घर को चलाती हूँ?"

"तुम चलाती हो इस घर को।"

"हाँ, मैं ही चलाती हूँ, तुम्हें तो शराब पीने और गालियाँ बकने से ही फुरसत नहीं होती। घर क्या खाक चलाओगे!"

इस तरह बात बहस से बढ़ते-बढ़ते हाथापाई पर उतर आई। रामू ने आवेश में लवलेशा पर हाथ उठा दिया।

इससे लवलेशा का गुस्सा भी सातवें आसमान पर चला गया।

इसके बाद रामू तो झोंपड़ी से बाहर निकल गया लेकिन लवलेशा वहीं बैठी अपनी किस्मत पर आँसू बहाती रही।

रोते-रोते उसे नींद आ गई। नींद में उसने बुरे-बुरे सपने देखे। उस दिन उसकी आँख 2 बजे के आसपास खुली।

कुछ घरों में वह काम करके लौटी तो देखा कि रामू उसे चिढ़ाने के लिए शराब की बोतल साथ लाया था। एक प्लेट में भुनी हुई मूँगफली रखी थी। वह शराब के घूँट के साथ भुनी मूँगफली खाता और लवलेशा पर एक नज़र डालता।

यह देखकर लवलेशा बेहद तनावग्रस्त हो गई। सुबह से ही वह उधेड़बुन में लगी हुई थी कि ऐसे जीवन का क्या लाभ जिसमें रोज मार-पिटाई हो और दो वक्त की रोटी के लिए इतना संघर्ष करना पड़े। अब उसने आव देखा न ताव। तुरंत स्टोव जलाया और खुद को आग लगा ली। रामू ने इसकी कल्पना भी न की थी। घर में आग लगी देखकर शराब का गिलास उसके हाथ से दूर जा गिरा। जब तक वह सँभलता झोंपड़ी में आग फैल चुकी थी। उसने लवलेशा पर एक फटा सा कंबल डाला। बाहर लोग जमा हो गए थे और उन्हें बचाने के लिए चिल्ला रहे थे। किसी ने जल्दी से यूपी-100 को फोन कर बता दिया। यूपी-100 फायर ब्रिगेड से पहले वहाँ पहुँच गई। पी.आर.वी. में से कमांडर कवीश और आरक्षी सरजू व नरेंद्र बाहर निकले। वे जल्दी से आग से बचते-बचाते झोंपड़ी की ओर बढ़े। झोंपड़ी के अदर से रामू और लवलेशा की दर्दनाक चीखें सुनाई दे रही थीं। उनकी चीखों से पूरी बस्ती दहल उठी थी। कमांडर कवीश ने कंबल में लिपटी लवलेशा को चीखते हुए झोंपड़ी में इधर से उधर भागते हुए देखा। उसने जल्दी से लवलेशा को खींचा और बाहर की ओर धकेला।

अब सरजू व नरेंद्र भी झोंपड़ी के अंदर आ गए थे। रामू की दर्दनाक चीखें भी वातावरण को हिला रही थीं। कवीश ने सरजू व नरेंद्र की सहायता से रामू को बाहर निकालने की कोशिश की। वे जैसे ही जली हुई अवस्था में रामू को कंधे पर लादकर बाहर की ओर लेकर जा रहे थे कि झोंपड़ी के खप्पर से एक जलती हुई लकड़ी कमांडर कवीश की बाँह पर गिर गई। कवीश ने तुरंत ही सरजू व नरेंद्र को रामू को बाहर ले जाने के लिए कहा। कवीश की बाजू जल गई थी। उन्होंने हिम्मत न हारते हुए खप्पर से गिरी जलती हुई बल्ली को साहस से अपने पास से दूर फेंक दिया।

तुरंत वे झोंपड़ी से बाहर निकले। अब तक फायर ब्रिगेड की गाड़ी भी आ चुकी थी। फायर ब्रिगेड ने अपना काम करना शुरू कर दिया था। मामले की गंभीरता को देखते हुए कवीश ने तुरंत ही एंबुलेंस 108 को भी फोन कर दिया था। एंबुलेंस के आते ही कवीश, सरजू और नरेंद्र ने जल्दी से रामू व लवलेशा को प्राथमिक चिकित्सा देने के लिए कहा। 108 की एंबुलेंस ने तुरंत ही जली हुई अवस्था में लवलेशा और रामू को चिकित्सा प्रदान की। दोनों ही गंभीर रूप से जल गए थे और बुरी तरह कराह रहे थे। तीव्र जलन की पीड़ा से रामू और लवलेशा तड़प रहे थे। जल्दी से प्राथमिक चिकित्सा प्रदान करने के बाद उन्हें एंबुलेंस से अस्पताल में भर्ती कराया गया।

उन दोनों की गंभीर हालत देखकर और साथ में यूपी-100 व एंबुलेंस 108 को देखकर डॉक्टरों ने उन दोनों को तुरंत ही इमरजेंसी वार्ड में भेज दिया।

समय पर अस्पताल पहुँचाने के कारण दोनों की जान बच गई। अस्पताल से घर लौटने पर दोनों आपस में प्रेम से रहने लगे। रामू ने शराब पीनी छोड़ दी और घर-गृहस्थी में लवलेशा का हाथ बँटाने लगा।

□

जुए का खेल

"भगत, आज कौन सा माल लाया है जुए में लगाने के लिए?"

"आज तो मेरे पास कुछ नहीं था। ये चोरी किए हुए तीन मोबाइल हैं। यही लाया हूँ।" किशन बोला।

"चल बढ़िया है। मुझे एक अदद मोबाइल की जरूरत थी। आज वो भी मेरे हाथ लग जाएगा।"

"कह तो तू ऐसे रहा है जैसे कि जीत तेरी ही होगी। अरे, तू शेर है तो हम सवा शेर हैं। तुझे जीतने कौन देगा? भगत से तो लगानेवाला माल पूछ लिया, तू तो बता दे। कल तू भी हारा था। आज क्या लाया है?

"अरे, मेरे पास रुपयों की कौन सी कमी है? मैं तो रुपए ही लाया हूँ।"

चल, "अच्छी बात है। आज तो सभी बढ़िया-बढ़िया माल लाए हैं। आज खेलने का मजा दोगुना हो जाएगा।" सुक्कू बोला।

सुक्कू को बोलते देखकर भगत व्यंग्य करते हुए बोला, "अरे, खेलने का मजा बाद में लियो, पहले तू जरा अपने इस सूखे से शरीर का तो ध्यान रखा कर। हवा या आँधी आई नहीं कि तू उड़ा नहीं।"

भगत की इस बात पर सभी जोर-जोर से हँस पड़े। सुक्कू बोला, "मेरा मजाक तो तुम सब ऐसे उड़ा रहे हो जैसे कि तुममें सुरखाब के पर लगे हुए हैं। अरे, तू ही कौन सा हीरो है! बाईस साल में ही बूढ़ा-सा लगता है। शराब, सिगरेट, पान और गुटके की गंदी आदत ने तुझे कहीं का नहीं छोड़ा।"

तभी कहीं से एक बॉल आई और भगत के सिर पर लगी। एक तेईस-चौबीस साल का लड़का वहाँ पर बॉल लेने के लिए आया और भगत से बोला, "सॉरी अंकल! गलती से बॉल आपको लग गई।"

जब वह बॉल लेकर चला गया तो सुक्कू बोला, "अरे! कुछ तो शरम कर। तेरे से बड़े लड़के तुझे अंकल बोल जाते हैं।"

सुक्कू की इस बात पर किशन की हँसी बंद होने का नाम ही नहीं ले रही थी। अब भगत का गुस्सा किशन पर निकला। वह बोला, "अबे चुप कर! तूने कभी अपनी शक्ल देखी है। बस जुआ खेलने चला आता है। सेठ जैसा पेट और बौना सा कद। दूसरे पर तभी हँस जब खुद में हीरे लगे हों।"

उन सबको आपस में झगड़ते देख पुन्नू बोला, "अरे, तुम ऐसे ही लड़ोगे न तो हमारा तमाशा बन जाएगा। चलो न पत्ते बाँटते हैं और अपने-अपने माल की कीमत लगाते हैं।"

पुन्नू की बातें सुनकर सभी चुप होकर चटाई पर बैठ गए। पुन्नू ने उन्हें पत्ते बाँटने शुरू कर दिए। हेमंत वहीं कुछ दूरी पर फलों का ठेला लगाता था और पत्राचार से बी.ए. कर रहा था। उसे उन जुआरियों की बातों से बेहद घृणा होती थी। वे बात-बात में गाली-गलौज करते थे और एक-दूसरे पर हाथ भी उठाते थे। उस दिन भी जब वे आपस में लड़-झगड़कर बातें कर रहे थे तो हेमंत को लगा कि आखिर इस बारे में पुलिस को ज्ञात होना चाहिए। उसने चुपके से यूपी-100 को फोन कर दिया। फोन पर हेमंत ने उन चारों जुआरियों का व्यक्तित्व बयाँ कर दिया। इसके साथ ही हेमंत ने अपने मोबाइल से उन चारों की तस्वीरें लीं और उन्हें टैग कर यूपी-100 की सोशल मीडिया वेबसाइट पर डाल दिया।

उधर यूपी-100 से पी.आर.वी. को घटनास्थल की ओर भेजा गया। पी.आर.वी. के हॉर्न की आवाज सुनते ही जुआरियों में अफरा-तफरा मच गई। मौके पर मौजूद सब-कमांडर अभय ने उन चारों को अपनी गिरफ्त में ले लिया।

उन चारों की तलाशी ली गई। तलाशी में उन सभी के पास से बारह मोबाइल, 8 कलाई घड़ियाँ, 3 सोने की चेन और 4 अँगूठियाँ निकलीं। कमांडर अभय ने सारे सामान को अपने कब्जे में ले लिया। फिर वह उन चारों से बोले, "मुझे तुम सभी यह बताओ कि ये सामान तुमने कहाँ-कहाँ से चोरी किया है। तुमने सही-सही नहीं बताया तो रँगे हाथों जुआ खेलते हुए पकड़े जाने की सजा तो मिलेगी ही, इसके साथ ही चोरी के इल्जाम में भी तुम पर केस चलेगा।"

"ईमानदारी से मुझे बताओ, यह सामान कहाँ से एकत्र किया।" कमांडर अभय की बात सुनकर भगत, किशन, पुन्नू और सुक्कू ने उस सामान को अलग किया जो उन्होंने चोरी किया था। इसके बाद उन्होंने सामान के साथ उस स्थान और व्यक्ति का हुलिया बताया जिससे उन्होंने मोबाइल, चेन, अँगूठी और घड़ियों की चोरी की थी।

कमांडर अभय सारी बातों को ध्यान से नोट करते गए। उन्होंने चारों जुआरियों

को पकड़कर पुलिस थाने में भिजवा दिया। इसके बाद उन्होंने खोए सामान की लिस्ट के साथ ही यह सूचना उन स्थानों पर लगवा दी जहाँ से सामान चोरी किया गया था। इतना ही नहीं, अभय ने हेमंत की मदद से चोरी सामान की फोटो लेकर सोशल मीडिया में भी वायरल कर दी। इस तरह कमांडर अभय की समझदारी ने काम किया। बारह मोबाइल में से सात मोबाइल के मालिकों ने अपने-अपने फोन को पहचानकर ले लिया। दो महिलाओं ने अपनी चेन की पहचान कर ली। एक महिला ने सोने की अँगूठी का सुबूत दिखाकर अपनी अँगूठी ले ली और चार कलाई घड़ी के असली मालिक भी सामने आ गए। अपना खोया हुआ सामान पाकर वे सभी हैरान थे।

उनमें से एक महिला बोली, "मेरी चेन को खोए तो दो महीने होने को आए थे। यह चेन पंद्रह हजार रुपए की थी। भला खोई चीज वह भी सोने की आसानी से कहाँ मिलती है?"

उसकी इस बात पर एक युवक, जिसका खोया हुआ मोबाइल आज यहीं से मिला था, मुस्कराते हुए बोला, "बहनजी, जब और जहाँ यूपी-100 साथ रहती है, वहाँ सब चीज आसानी से मिल जाती है।"

युवक की बात सुनकर वहाँ उपस्थित सभी व्यक्ति मुस्कराकर बोले, "बिल्कुल सही बात कही है तुमने। भई, हम तो इस बात को मान गए कि शहर या देहात, दिन हो या रात यूपी-100 है सबके साथ।"

उन लोगों की ये बातें सुनकर अभय मुस्कराकर बोले, "बस आपका ये विश्वास बना रहे, इसलिए हम सब करते हैं दिन-रात आपके लिए काम ताकि रहे यूपी की जनता को हर पल आराम।"

□

लैपटॉप की बरामदगी

"ऋषि, यार तेरा लैपटॉप तो बहुत अच्छा है। अब तुझे काम करने में आसानी हो जाएगी। तेरा इंजीनियर दिमाग हमेशा कुछ-न-कुछ खोजता रहता है। ऐसे में लैपटॉप न होने के कारण तुझे बड़ी दिक्कत होती थी।"

"हाँ पुलकित, मेरे मन में विचार आते रहते थे कि इस प्रोजेक्ट पर काम करना है लेकिन घर जाते ही दिमाग से निकल जाता था। अब मैं कहीं भी रहूँ, लेकिन मेरा काम हमेशा मेरे साथ-साथ चलेगा।"

नया लैपटॉप लेने की खुशी में पार्टी तो दे दो आज। पुलकित और सम्राट दोनों बोले, "चलो यार! आज पार्टी तो बनती है। आखिर मेरी मेहनत रंग लाई और अब और रंग लाएगी।" यह कहकर ऋषि हँसता हुआ उन्हें लेकर ऑफिस की कैंटीन की ओर बढ़ गया।

"बोलो, क्या खाओगे?"

"मुझे तो राजकचौड़ी खानी है। बहुत पसंद है मुझे।" पुलकित बोला।

"सम्राट तू बता, क्या खाएगा तू?"

"यार, मुझे तो दही-भल्लों की एक प्लेट चाहिए। दही-भल्ले मेरे फेवरेट हैं। तुम सबको पता तो है ही।"

यह सुनकर ऋषि और पुलकित दोनों मुस्कराते हुए बोले, "हमें पता है तुझे दही-भल्ले बहुत फेवरेट हैं।"

सम्राट उनका मुस्कराना समझ गया और बोला, "मैं तुम दोनों का इशारा समझ गया। तुम दोनों यह कहना चाह रहे हो न कि दही-भल्ले, चाट-पकौड़ी लड़कियों को पसंद होते हैं। अरे, तो क्या हुआ? क्या लड़कों को पसंद नहीं हो सकते! तुम्हें जो सोचना है सोचो, भई, मैं तो दही-भल्ले ही लूँगा।"

हँसते गाते हुए तीनों ने पार्टी खाई।

ऑफिस से छूटने के बाद तीनों अपने-अपने घरों को चल दिए। आज ऋषि अपनी मोटरसाइकिल नहीं लाया था।

ऋषि ने शौक-शौक में आज लैपटॉप पर बहुत काम किया था। उसे बेहद थकान महसूस हो रही थी। उसने बस के बजाय ऑटोरिक्शा लेना ही उचित समझा। ऑटोरिक्शा में बैठते ही उसे नींद आ गई। उसने लैपटॉप को ऑटोरिक्शा के पीछे वाली जगह पर रख दिया और सिर पर हाथ रखकर सो गया।

ऑटोरिक्शा उसके घर के सामने रुक गया। ऋषि की आँखें खुलीं। उसने अपना ऑफिस का बैग लिया और ऑटोरिक्शा वाले का हिसाब करके घर के अंदर चला गया। कुछ देर बाद उसके पिता गणपत सिंह उसके पास आकर बोले, "ऋषि, अपना लैपटॉप हमें भी तो दिखाओ।" लैपटॉप का ध्यान आते ही ऋषि की आँखें आश्चर्य से चौड़ी हो गईं। यह देखकर गणपत सिंह भी समझ गए कि कुछ गड़बड़ है। ऋषि चिल्लाकर बोला, "ओह, लैपटॉप तो ऑटोरिक्शा में ही छूट गया! अब तो वह ऑटोरिक्शा न जाने कहाँ चला गया होगा!"

"ओह!" यह बोलकर ऋषि अपने सिर पर हाथ रखकर बैठ गया। गणपत सिंह उसके समीप आए और बोले, "बेटा, ऐसे हिम्मत हारने से तो काम नहीं चलेगा। अगर प्रयास किए जाएँ तो लैपटॉप मिलना मुश्किल नहीं है।"

"कैसे मुश्किल नहीं है पापा? मुझे बस ऑटोरिक्शा का नंबर ध्यान है। चालक का नाम आदि कुछ नहीं पता।"

"तुम चिंता मत करो। ऑटोरिक्शा का नंबर पता होना ही काफी है।"

इसके बाद गणपत सिंह ने यूपी-100 को फोन कर सारी सूचना से अवगत कराया। ऋषि ने ऑटोरिक्शा का नंबर बताया। तुरंत ही पी.आर.वी. ऑटोस्टैंड पर पहुँची। रात के समय अधिकतर ऑटोरिक्शा अपने-अपने घरों को चले गए थे। पी.आर.वी. के कमांडर रूपेश ने ऑटोरिक्शा वालों से उस ऑटोरिक्शा के बारे में पूछा जिसमें ऋषि का लैपटॉप रखा था।

दो-तीन ऑटोरिक्शा वालों ने तो असहमति जताई। तभी यूसुफ नाम का ऑटोरिक्शा चालक वहाँ आया। वह बोला, "यह रिक्शा तो तौफीक का है। तौफीक तो जल्दी ही घर चला जाता है।"

इस पर ऋषि बेसब्री से बोला, "तौफीक का घर कहाँ है?"

यूसुफ बोला, "साहब, आप घबराइए मत, जब यूपी-100 आपके साथ है तो आपका लैपटॉप मिल जाएगा। वैसे भी तौफीक भला आदमी है। उसका घर···।"

तभी कमांडर रूपेश बोले, “घर का पता बाद में बताना, पहले यह बताओ कि क्या तुम्हारे पास उसका मोबाइल नंबर है।”

“हाँ साहब, बिल्कुल है। यह बात तो मेरे दिमाग में आई ही नहीं। मैं तौफीक का नंबर आपको देता हूँ।”

कमांडर रूपेश ने तौफीक से बात की और कहा कि क्या कोई लैपटॉप उसके ऑटोरिक्शा में रखा है।

तौफीक बोला, “हाँ साहब, आज एक लड़का मेरे ऑटोरिक्शा में आया था। वह थका होने के कारण सो गया था। उसने अपना लैपटॉप पीछे रख दिया था और उतरते समय उसे उतारना भूल गया।”

कमांडर रूपेश बोले, “तुम लैपटॉप लेकर अभी ऑटोरिक्शा स्टैंड पर आ जाओ।”

कुछ ही देर में तौफीक लैपटॉप लेकर वहाँ पहुँच गया। कमांडर रूपेश ने सही-सलामत अवस्था में ऋषि के लैपटॉप को लौटाते हुए कहा, ‘‘आगे से अपनी वस्तुओं का ध्यान रखा करो।”

ऋषि अपना नया लैपटॉप मिलने से बेहद खुश था। उसकी आँखें खुशी से नम भी हो गई थीं। उसने कमांडर रूपेश के साथ ही तौफीक और यूसुफ का धन्यवाद किया और अपने लैपटॉप के साथ घर लौट आया।

□

अजगर का डर

गुलरिहा एरिया के ठाकुरपुर नंबर एक, सेवई टोला में बच्चे अपने खेल में मगन थे। बड़े-बूढ़े अपनी बातों में मशगूल थे। महिलाएँ एक-दूसरे से घर-गृहस्थी की बातें कर रही थीं। किसी को इस बात का अनुमान तक न था कि उनके आसपास एक भयंकर अजगर घूम रहा है। जब तक किसी बात की भनक नहीं होती तो लोग निश्चिंतता से बेफिक्र होकर अपने-अपने कामों में लगे रहते हैं।

डबलू, टिक्की, चिक्की और पप्पू छुपम-छुपाई खेल रहे थे। टिक्की ने डबलू को छू लिया और बोली, "अब तुम हमें ढूँढ़ोगे। हम छिपते हैं।" इसके बाद डबलू एक-दो-तीन गिनती करने लगा और सभी बच्चे इधर-उधर छिपने लगे। अचानक एक जोर की चीख चिक्की की आई तो बच्चों के साथ-साथ वहाँ उपस्थित लोगों का ध्यान भी उस ओर गया। चिक्की भय के मारे कुछ बोल नहीं पा रही थी। उसकी आँखें आश्चर्य से चौड़ी हो गई थीं, जबान से शब्द नहीं निकल रहे थे और वह थर-थर काँप रही थी। यह देखकर बड़े-बुजुर्ग भी वहाँ दौड़े आए।

सब बोले, "अरे, अच्छी-भली बच्ची हँसते-गाते खेल रही थी। क्या हो गया जो अचानक इसकी ऐसी हालत हो गई।"

सबने बड़े प्यार से उससे पूछा। चिक्की का घर पास ही था।

खबर पाते ही उसकी माँ रमा दौड़ी आई। रमा चिक्की को अपने से चिपटाते हुए बोली, "क्या हुआ बेटा? क्या हुआ मेरी बच्ची को? किसी ने उसे मारा है क्या?" चिक्की की आँखें और मुँह अभी भी भय से सफेद था।

रमा बेटी की हालत देखकर बेहद घबरा गई। वहाँ खड़ी एक युवती बोली, "बच्ची को बातें करके और मत डराइए। एक बार उस ओर देखिए न जहाँ जाकर बच्ची की यह हालत हुई है। क्या पता वहाँ कोई चोर-डाकू छिपा हो, जिसे देखकर चिक्की घबरा गई हो!"

युवती की बातों से सभी ने सहमति जताई। दो-चार नौजवान डरते-डरते उस दिशा में बढ़े जहाँ से चिक्की डरते हुए निकली थी। वहाँ कोई न था। एक नौजवान बोला, "यहाँ तो कोई नज़र नहीं आ रहा। लगता है, शोरगुल सुनकर बदमाश को भागने का मौका मिल गया।"

दूसरा युवक बोला, "हाँ, मुझे भी ऐसा ही कुछ लगता है।" तभी तीसरे नौजवान रमन की निगाह एक अँधेरी-सी दीवार की ओट में गई तो उसकी चीख गले में ही अटक गई। उसकी घुटी सी चीख से बाकी युवकों ने उसकी ओर देखा तो रमन ने इशारे से अँधेरी-सी दीवार की ओर अंगुली घुमा दी। उसकी अंगुली की दिशा में सभी की निगाहें घूम गईं। अब उन नौजवानों की जबान भी हलक में अटक गई थी। वे जल्दी से भागकर वहाँ से बाहर निकले। एक नौजवान ने हिम्मत करके बताया कि बहुत बड़ा अजगर उस दीवार के पीछे बैठा है। हम सब तो किसी तरह उससे बचकर आ गए। शोरगुल सुनकर वह इधर-उधर भागेगा। हमें जल्दी से वन विभाग के कर्मचारियों को सूचित करना चाहिए। इसके बाद रमन ने वन विभाग को इस बारे में सूचना दी। सभी वहाँ इंतजार करने लगे। वहाँ खड़े सभी लोग आपस में विचार-विमर्श कर रहे थे कि किस तरह उस अजगर को पकड़ा जाए। पंद्रह मिनट बीत जाने पर भी वन विभाग से कोई कर्मचारी नहीं आया। यह देखकर युवती सोनी बोली, "अरे, पढ़े-लिखे होकर आप हाथ पर हाथ रखकर बैठे हैं। ऐसे तो वह अंजगर हमारे घरों में घुस जाएगा।"

सोनी की बात सुनकर एक वृद्ध बोला, "अब ऐसे वक्त में किसे बुलाएँ मदद के लिए? वन विभाग वालों को कहा, अभी तक नहीं आए।"

सोनी बोली, "आप चिंता मत कीजिए। जब यूपी-100 साथ है तो डर की क्या बात है?"

उसने यूपी-100 को फोन मिलाया और सारी जानकारी से अवगत कराया।

मामले की गंभीरता को समझते हुए यूपी-100 की पी.आर.वी. 0331 वहाँ पहुँच गई। अजगर अभी भी उसी कोने में छिपा हुआ था। पी.आर.वी. में कमांडर नलिन और आरक्षी मीरू और चमन थे। कमांडर नलिन बेहद चतुर और होशियार थे। वे लोगों से बोले, "इतने बड़े अजगर को पकड़ने के लिए कुछ-न-कुछ तो चाहिए। उसे हाथों से तो पकड़ना असंभव है। आप सभी लोगों से मेरा विनम्र निवेदन है कि जल्दी-से-जल्दी एक बड़ा-सा जाल ढूँढ़कर लाइए तब तक हम उस अजगर को खोजते हैं।"

कमांडर नलिन की बात सुनकर स्थानीय लोग जाल लेने के लिए चले गए।

कमांडर नलिन अपनी टीम के साथ सतर्कता से अजगर को ढूँढ़ने लगे। आखिर अजगर एक कोने में गोल-मोल अवस्था में पड़ा नज़र आया। वह पोखरे से निकला हुआ मालूम पड़ता था। उसका वजन लगभग सत्तर किलो के आसपास था और लंबाई सात फीट। कुछ स्थानीय लोग भी यूपी-100 की टीम के पीछे थे। इतने बड़े अजगर को देखकर कई लोगों के मुँह से भयमिश्रित चीख निकल गई। अजगर का ध्यान मनुष्यों को देखकर भटक गया। वह तेजी से उनकी ओर बढ़ने लगा। यह देखकर नलिन ने सभी लोगों को भागने के लिए कहा। तभी कुछ लोग जाल हाथ में लिये हुए आए। उन्होंने जाल को खोलकर नलिन को पकड़ाया।

नलिन ने अन्य लोगों की सहायता से अजगर के ऊपर जाल डाल दिया। जाल को अजगर के ऊपर डालने के बाद वहाँ के स्थानीय लोगों ने राहत की साँस ली। अब किसी को नुकसान पहुँचने का डर नहीं था।

इसके बाद नलिन ने वन कर्मचारियों को सूचित करते हुए कहा कि वे फिलहाल अजगर को चौकी में लेकर जा रहे हैं। वन कर्मचारी वहाँ शीघ्रातिशीघ्र पहुँचकर अजगर को ले जाएँ। वन कर्मचारी सूचना पाकर चौकी में पहुँचे। बड़े अजगर को स्थानीय जगह पर देखकर वे भी चौंक गए। इतना बड़ा अजगर निश्चित ही अनेक लोगों को अपनी चपेट में ले सकता था। कमांडर नलिन और आरक्षी मीरू व चमन की होशियारी से अजगर को जाल में ले लिया गया था।

वन कर्मचारियों ने पुलिस से अजगर को लिया और बोले, "इसे दूर के जंगल में छुड़वा दिया जाएगा। अब यह कभी निवास स्थानों की ओर नहीं लौटेगा।"

वन कर्मचारियों का यह आश्वासन पाकर कमांडर नलिन बोले, "ऐसा ही होना चाहिए। इतना बड़ा अजगर मनुष्यों को बहुत नुकसान पहुँचा सकता है।" इसके बाद वे अपनी टीम के साथ वहाँ से निकल गए।

□

लाठी से फूटा सिर

"जरा से रुपयों के लिए हरीकिशन ने तमाशा बना रखा है। रोज किसी न किसी बहाने लड़ने पहुँच जाता है।" रामवती अपने बेटे श्रवण से बोली।

"माँ, यह तो सरासर नाइनसाफी है। माना कि मैंने उससे रुपए उधार लिये हैं। मैं उसे आराम से बोल तो रहा हूँ कि धीरे-धीरे चुका दूँगा। पचास हजार लिये थे, अब केवल बीस हजार रुपए रह गए हैं। उस समय पिताजी हरखू के इलाज के लिए और कोई चारा भी तो न था। अब यह बात दूसरी है कि लाख प्रयत्नों के बावजूद पिताजी को बचाया नहीं जा सका।"

यह सुनकर रामवती की आँखें गीली हो गईं, "तू सही कहता है श्रवण! तेरे पिताजी की लगी-बँधी नौकरी तो थी। चाहे वह सरकारी नौकरी में चौकीदार ही थे।"

"हाँ माँ, अभी पिताजी की मौत को तीन महीने ही तो हुए हैं। पिताजी का फंड मिल जाता तो बीस हजार भी दे देते। पर अभी उसमें समय है। आज भी मैं पिताजी के ऑफिस गया था। वहाँ बाबू बोले—फाइल आगे भेजी हुई है। अभी थोड़ी प्रतीक्षा और कीजिए। अब ऐसे में हम इंतजार के अलावा कर भी क्या सकते हैं!"

"हाँ श्रवण, तू सही कहता है। बेटा, मेरी बात ध्यान से सुन। तेरे बाबा का जितना भी फंड मिलेगा, उसका समझदारी से प्रयोग करना। हरीकिशन के बाकी के रुपए चुकता करके उससे कोई काम-धंधा शुरू करने की सोचना जिससे हमारा गुजारा आराम से चल जाए।"

"हाँ माँ, मैं भी ऐसा ही सोच रहा हूँ।" बाईस साल का श्रवण बोला।

श्रवण ज्यादा पढ़ा-लिखा नहीं था। आठवीं पास था। पढ़ने में उसका मन लगता ही न था। उस पर पिता की बीमारी ऐसी थी कि वे नौकरी पर जा नहीं

पाते थे, अक्सर छुट्टी पर ही रहते थे। ऐसे में श्रवण सब्जी और फलों का ठेला लगाता था। रामवती कुछ घरों में काम करती थी। इससे किसी तरह उनके घर का गुजारा चल रहा था। कुछ दिनों से पिताजी की हालत बहुत गंभीर हो गई थी। ऐसे में तो उनके घर फाके पड़ने की नौबत आ गई थी, तब श्रवण कुमार ने अपने रिश्ते में लगनेवाले चाचा से पचास हजार रुपए उधार लिये थे। हरीकिशन ने रुपए दे तो दिए थे, लेकिन हरखू की मौत के दस रोज बाद से ही उसने श्रवण व रामवती को रुपए उगाहने के लिए परेशान करना शुरू कर दिया था। किसी तरह श्रवण ने तीस हजार रुपए चुका भी दिए थे लेकिन अब हरीकिशन को जैसे लगने लगा था कि डंडे के जोर के बिना श्रवण से रुपए निकलवाना नामुमकिन है। इसलिए वे हर रोज रामवती के दरवाजे पर पहुँच जाते थे और उसे परेशान करते थे।

अगले दिन श्रवण सुबह सब्जी खरीदने के लिए सब्जी मंडी गया हुआ था। रामवती खाना बनाकर घरों में काम पर जाने की तैयारी कर रही थी। तभी हरीकिशन अपने बेटे त्रिलोक के साथ लाठी लेकर सीधा घर में घुसने लगा। यह देखकर रामवती डरकर बोली, “अरे, हरीकिशन ये क्या कर रहा है? श्रवण के बाबूजी तेरे बड़े भाई जैसे थे। उनका थोड़ा तो लिहाज कर।”

यह सुनकर हरीकिशन कुटिलता से हँसते हुए बोला, “किस बात का लिहाज करूँ! अरे, तुमने वह कहावत सुनी है न कि बाप बड़ा न भैया सबसे बड़ा रुपया। एक तो मैंने मुसीबत के समय तुम्हारी मदद की। अब मैं तुमसे तुम्हारा कुछ थोड़े ही माँग रहा हूँ, अपने रुपए ही तो माँग रहा हूँ। उसमें भी तुम लोग इतने नखरे दिखा रहे हो!”

“पर तुझे मालूम तो है कि हमारे पास कहाँ रुपए हैं? श्रवण दिन-रात मेहनत कर चुका तो रहा है तुम्हारे रुपए।”

“अब मुझे आज इसी समय अपने पूरे बीस हजार रुपए चाहिए। यदि नहीं हैं तो घर में जो भी जेवर रखे हैं, वे मेरे हुए।” यह कहकर हरीकिशन घर में रखी एक टूटी-सी अलमारी की ओर बढ़ चला।

रामवती यह देखकर अलमारी की ओर बढ़ी। उसमें वैसे तो कुछ नहीं था बस उसके विवाह के चाँदी के कुछ गहने पड़े थे। रामवती को आगे बढ़ता देख हरीकिशन ने समझा कि अलमारी में बहुत माल है। उसने रामवती को अलमारी के पास से धक्का देकर गिरा दिया। रामवती रोती हुई गिरती-पड़ती तेजी से उठी और चिल्लाकर मदद के लिए पुकारने लगी। तभी हरीकिशन के बेटे त्रिलोक

ने लाठी का एक भरपूर वार रामवती के सिर पर कर दिया। लाठी लगने से रामवती के सिर से खून की धारा बह निकली। रामवती चीखकर बेहोश हो गई। संयोगवश, उसी समय श्रवण ने घर में प्रवेश किया। यह देखकर उसके तो होश ही उड़ गए। कुछ पल के लिए तो उसे समझ ही न आया कि क्या करे? फिर उसे ध्यान आया कि उसके मित्र पारस की बेटी घूमते-घूमते खो गई थी तो उसे यूपी-100 ने ही ढूँढ़ा था।

उसने तुरंत यूपी-100 को फोन किया और जल्दी-से-जल्दी वहाँ पहुँचने के लिए कहा। मामले की गंभीरता को देखकर यूपी-100 की पी.आर.वी. वहाँ पहुँच गई। पी.आर.वी. से कमांडर रामसेवक व मनोज कुमार तुरंत रामवती के घर पर पहुँचे। रामवती जख्मी अवस्था में वहाँ पड़ी हुई थी। रामसेवक व मनोज ने श्रवण के साथ जख्मी रामवती को उठाया और उसे अस्पताल के लिए रवाना किया। उन्होंने हरीकिशन व त्रिलोक को गिरफ्तार किया और पी.आर.वी. में ही अपने साथ थाने की ओर ले चले।

अस्पताल पहुँचते ही रामसेवक तेजी से डॉक्टर के पास गया और बोला, "डॉक्टर, पहले इस महिला की जान बचाओ।"

पुलिस रामसेवक और मनोज को देखकर डॉक्टर तेजी से रामवती के पास आए और उसका इलाज करना आरंभ किया।

डॉक्टर कमांडर रामसेवक से बोले, "सर, लाठी के प्रहार से काफी खून बह गया है। हम जाँच करते हैं। इन्हें बचाने का पूरा प्रयास किया जाएगा।"

रामसेवक बोले, "इन्हें बचाइए और यदि किसी बात की जरूरत हो तो हमें बताइएगा।"

डॉक्टर रामसेवक से बोले, "महिला का ब्लड ग्रुप ओ निगेटिव है। इस समय ओ निगेटिव ब्लड अस्पताल में उपलब्ध नहीं है। हमने अन्य अस्पतालों से मदद माँगी है।"

यह सुनकर रामसेवक बोले, "तब तक तो महिला की हालत बहुत बिगड़ जाएगी और उनकी जान पर बन आएगी।"

"सर, हम अपनी तरफ से पूरी कोशिश कर रहे हैं।" डॉक्टर बोले।

"आप मेरा रक्त लेकर महिला को चढ़ाकर पहले उनकी जान बचाइए। संयोगवश मेरा ब्लड ग्रुप ओ निगेटिव ही है।" यह सुनकर डॉक्टर ने जल्दी से रामसेवक को साथ लिया। समय पर रक्त व इलाज मिलने के कारण रामवती को बचा लिया गया। इसके बाद रामसेवक ने हरीकिशन व त्रिलोक को नजदीक

के पुलिस थाने पर छोड़ दिया और उनके विरुद्ध आवश्यक कार्रवाई करने के लिए कहा।

इस प्रकार कमांडर रामेसवक के कुशल प्रयासों और रक्तदान के कारण रामवती की जान बच गई और हरीकिशन व त्रिलोक को अपने किए की सजा मिली।

□

बच्ची को घर पहुँचाया

पी.आर.वी. 1308 थाना वजीरगंज के आसपास खड़ी हुई थी। इस समय इसमें बेहद कर्मठ कमांडर पंकज मौर्य और सब-कमांडर दयाराम ड्यूटी पर थे। लंच का समय हो गया था। पंकज बेहद सतर्कता से वजीरगंज के चारों ओर अपनी निगाहें दौड़ा रहा था कि सब ठीक है। 1 बजने वाला था।

सब-कमांडर दयाराम बोला, "सर, भूख सी लग आई है। आज सुबह नाश्ता सही से नहीं किया था। चलिए लंच करते हैं।"

यह सुनकर पंकज बोले, "दयाराम, भूख तो मुझे भी लग रही है पर मैं आज घर से खाना नहीं लाया हूँ। तुम भोजन कर लो। इसके बाद तुम बाहर निकलकर हर ओर ध्यान रखना तब तक मैं भी आसपास कहीं भोजन करके आ जाऊँगा।"

यह सुनकर दयाराम बोला, "साहब, अभी कुछ देर रुकता हूँ, तब भोजन करूँगा।"

"ठीक है जैसी तुम्हारी इच्छा!" इसके बाद पंकज ने समाचार-पत्र हाथ में उठाया। एक खबर को देखकर उसकी नज़र वहाँ जम गई और चेहरे पर मुस्कराहट भी आ गई। यह बात दयाराम से छिपी न रह सकी।

दयाराम बोला, "साहब, अखबार में आपने ऐसा क्या देख लिया जो आप बेहद खुश हो गए।"

दयाराम की बात सुनकर पंकज ने अखबार नज़रों से हटाया और दयाराम की ओर देखते हुए बोले, "दयाराम, मेरे चेहरे पर मुस्कराहट इस बात से आ गई कि यूपी-100 बहुत अच्छा काम कर रही है। हमें बेहद गर्व होना चाहिए कि हम यूपी-100 से जुड़े हुए हैं। पता है 12 मार्च, 2017 को यूपी-100 ने 24 घंटे में सबसे ज्यादा यानी कि 14,888 इवेंट दर्ज किए। तुम्हें पता ही है कि हमारे वरिष्ठ अधिकारियों ने यूपी-100 के प्रोजेक्ट को जल्दी से पूरा करवाने में बेहद मेहनत

और भाग-दौड़ की थी। उन्हीं के प्रयासों के कारण यूपी-100 का भवन तेजी से बनकर तैयार हो पाया और 19 नवंबर, 2016 से यूपी-100 दिन-रात अपना काम करती आ रही है।"

"साहब, यह तो आप सौ प्रतिशत सही कह रहे हैं। यदि हमारे वरिष्ठ अधिकारी बेहद कर्मठ और साहसी न होते तो यूपी-100 कभी इतनी प्रगति नहीं कर पाती जितनी कि आज कर पाई है और देखिए न, आज केवल यूपी के ही नहीं बल्कि भारत के सभी राज्यों में पुलिस की एक अलग, साफ-सुथरी छवि नज़र भी आ रही है।"

"बिल्कुल दयाराम और निश्चित रूप से पुलिस की छवि को बेहतर बनाने में यूपी-100 का बहुत बड़ा हाथ है।"

"वह तो है साहब।" इसके बाद दयाराम ने एक नज़र घड़ी की ओर डाली। डेढ़ बज चुका था। दयाराम समय देखकर पंकज से बोला, "साहब, अब आप भोजन करके आ जाइए, मैं तब तक यहाँ होशियारी से हर ओर ध्यान रखूँगा कि कहीं कोई समस्या तो नहीं है, या किसी नागरिक को किसी परेशानी का सामना तो नहीं करना पड़ रहा।"

यह सुनकर पंकज मुस्कराकर बोला, "शाबाश! बहुत अच्छी बात है। पर पहले तुम आराम से खाना खा लो। खाना खाने के बाद तुम्हारे अंदर ऊर्जा एवं जोश का संचार हो जाएगा, इस तरह तुम और अधिक तन्मयता से अपनी सेवाएँ कर पाओगे।"

पंकज की बात सुनकर दयाराम ने अपना लंच का टिफिन खोला और खाना खाने लगा। भोजन करने के बाद दयाराम ने पंकज से कहा, "सर, अब आप भी भोजन कर आइए।"

दयाराम के भोजन करने के बाद पंकज ने दयाराम को निर्देश दिए कि हर संदिग्ध सी लगनेवाली वस्तुओं और लोगों पर नज़र रखे। फिर वह भोजन करने के लिए भोजनालय की ओर चल पड़े। अभी पंकज ने मात्र तीस कदम की दूरी ही तय की थी कि तभी उन्होंने देखा कि एक तीन साल की बच्ची रोडवेज बस के अंदर से निकली और इधर-उधर देखकर रोने लगी। वह हर आने-जाने वाले व्यक्ति को ध्यान से देख रही थी। बच्ची के कंधे पर मिकी माउस का नन्हा सा बस्ता टँगा हुआ था। पंकज यह देखकर ठिठक गया। वह वहीं रुक गया। उसने देखा कि बच्ची के साथ कोई नहीं है। अब पंकज को यह समझते देर न लगी कि यह बच्ची अपने माता-पिता से बिछुड़ गई है। यह देखकर पंकज भूख-प्यास सब भूल गए। वह उस

बच्ची के पास पहुँचे। बच्ची पुलिस की यूनिफॉर्म में पंकज को देखकर घबरा गई। पंकज उसके लिए अनजान था। बच्ची को देखकर पंकज ने प्यार से उसे अपनी गोद में उठाया। बच्ची गोद से उतरने की जिद करने लगी। यह देखकर पंकज पास ही खड़ी पी.आर.वी. की ओर गए। वहाँ दयाराम अपनी ड्यूटी पूरी तन्मयता से निभा रहा था। पंकज की गोद में बच्ची को देखकर दयाराम घबराकर बोला, "क्या हुआ साहब? सब ठीक तो है। यह बच्ची किसकी है?"

पंकज बोले, "दयाराम, यह तो मुझे भी नहीं पता कि यह बच्ची किसकी है। पर यह अपने परिवार से बिछुड़ गई है। इसलिए हमें सबसे पहले इस बच्ची को सकुशल इसके माता-पिता के पास पहुँचाना है।"

बच्ची रो रही थी। पंकज ने दयाराम को पास की दुकान से दो चॉकलेट लाने के लिए कहा। बच्ची अभी भी रो रही थी। पंकज ने बच्ची के कंधे पर टँगा बैग उतारा। उसे खोला। उसमें एक कॉपी, किताब और ज्यामेट्री बॉक्स रखा हुआ था। पंकज ने पूरी कॉपी, किताब छान मारी लेकिन उसमें बच्ची के नाम शिवानी के अलावा कुछ और महत्त्वपूर्ण सूचना नहीं मिल पाई। अब तक दयाराम दुकान से चॉकलेट ले आया था।

पंकज ने बड़े प्यार से शिवानी को चॉकलेट देते हुए कहा, "बेटे, आपके माता-पिता का क्या नाम है?" इस पर शिवानी केवल शिवानी···शिवानी बोलती रही। माँ का नाम पूछने पर वह अं···जू···अंजू बोलने लगी।

पंकज दयाराम से बोले, "हमें वजीरगंज के हर घर में जाना होगा। बच्ची आसपास की ही है लेकिन भटक गई है और अपने परिजनों से बिछुड़ गई है। वे भी इसके लिए परेशान हो रहे होंगे।"

दयाराम बोला, "साहब, आप सही कहते हैं। हमें जल्दी ही बच्ची को इसके माता-पिता को सौंपना चाहिए।"

पायलट संजीव ने पी.आर.वी. गाड़ी को स्टार्ट किया। इसके बाद पी.आर.वी. वजीरगंज कॉलोनी के पास पहुँच गई। वहाँ कमांडर पंकज ने शिवानी के बारे में पूछा। लेकिन सबने शिवानी को पहचानने से इनकार कर दिया। अब बड़ी विकट समस्या उत्पन्न हो गई। इसी बीच 4 बज गए थे। 4 बजे तक पंकज भूखे-प्यासे शिवानी के माता-पिता की खोज में लगे थे। शिवानी रोकर सो गई थी। पंकज ने एक घर के पास भारी भीड़ देखी। पंकज शिवानी को पी.आर.वी. में ही छोड़कर वहाँ पहुँचे तो देखा कि एक महिला और पुरुष रो रहे थे और अपनी तीन साल की बच्ची के गुम होने की बात कर रहे थे। तभी भीड़ में खड़े एक व्यक्ति से पंकज ने

रोती हुई महिला का नाम पूछा तो पता लगा कि महिला का नाम अंजू है। अंजू नाम सुनकर पंकज के चेहरे पर मुस्कराहट आ गई। पंकज ने अंजू से बच्ची का नाम पूछा तो वह हैरानी से पुलिस को देखकर बोली, "साहब मेरी शिवानी ठीक है न! आप···आप···यहाँ तक कैसे पहुँचे?" किसी बुरी आशंका से अंजू भयभीत हो गई।

यह देखकर पंकज ने उसे सांत्वना दी और बोले, "बहनजी, आप चिंता मत कीजिए, शिवानी बिल्कुल ठीक है।" इसके बाद पंकज ने हैंडसेट से दयाराम को सूचित करके बच्ची को लाने के लिए कहा। अब तक शिवानी उठ गई थी। दयाराम शिवानी को गोद में लिये हुए आया। बच्ची अपनी माँ को देखकर रोकर उसकी गोद में जाने के लिए बेचैन हो उठी। अंजू ने अपनी बच्ची शिवानी को गले से लगा लिया और पंकज व दयाराम का बार-बार धन्यवाद किया। बच्ची को सकुशल उसके माता-पिता को सौंपने के बाद पंकज दयाराम के साथ पी.आर.वी. की ओर चल पड़ा।

दयाराम बोला, "साहब, आपने तो खाना भी नहीं खाया। भूखे-प्यासे आप बच्ची के परिजनों की तलाश में लगे रहे।"

उसकी बात पर पंकज मुस्कराकर बोले, "दयाराम, हमारी कर्तव्यनिष्ठा और कर्मठता के कारण ही तो यूपी-100 की एक नई पहचान बनी है जो जन-जन की एक आस बनी है। हमें इसे बनाए रखना है और पुलिस पथ को ऐसे ही प्रशस्त करना है।"

पुलिस अधीक्षक ने पंकज और दयाराम को बढ़िया कार्य के लिए सम्मानित भी किया।

इस तरह यूपी-100 हर मामले को बेहद शांति, ईमानदारी और मेहनत से सुलझाने में लगी हुई है। कम समय में ही इस सेवा ने अपने कार्यों और चुस्ती से जन-जन को प्रभावित कर दिया है और उन्हें एकता व भाईचारे के सूत्र में पिरो दिया है।

□

आत्महत्या करने से बचाया

"माँ…माँ…माँ, भूख लगी है। खाने को कुछ दो न।" रिमी माँ अनीता से बोली। तभी टिन्नी वहाँ भागती हुई आई और बोली, "मम्मी, मिन्नी दीदी मुझे मार रही हैं।" मुझे इससे बचाओ।

रिमी का रोटी माँगना और टिन्नी-मिन्नी के झगड़े से अनीता भन्ना गई। उसने टिन्नी और मिन्नी दोनों को एक-एक झापड़ मारा और नन्ही रिमी के पास सूखी रोटी रखकर सिर पर हाथ रखकर बैठ गई। वह इस जिंदगी से परेशान हो गई थी। उसका विवाह उत्तम के साथ पाँच साल पहले हुआ था। उत्तम एक प्राइवेट कंपनी में चपरासी के पद पर कार्यरत था। वह अधिक पढ़ा-लिखा नहीं था। मात्र दस हजार रुपए तनख्वाह थी। मिन्नी और टिन्नी का स्कूल में नाम लिखवा दिया गया था। वे दोनों जुड़वाँ थीं। बेटे की आस में रिमी का जन्म हुआ था। रिमी अभी ड़ेढ साल की थी।

तीनों बच्चों का पालन-पोषण, खाने और मकान के किराए का जुगाड़ उत्तम और अनीता दोनों को ही परेशान किए रखता था। दोनों में अक्सर झगड़ा होता रहता था। उस समय तो दोनों की हालत बेहद दयनीय हो जाती थी जब वे किसी पार्टी या समारोह में जाते और लोग उनकी तीनों बेटियों को देखकर उन पर बेचारगी के भाव दर्शाते

एक दिन उत्तम बोला, "आज ऑफिस के सहकर्मी अतुल का विवाह है। तैयार रहना हम सभी चलेंगे।"

अनीता चहककर बोली, "हाँ, जरूर चलेंगे, वैसे भी बहुत दिनों से मैं बाहर निकली ही नहीं हूँ। इसी बहाने घूमना-फिरना भी हो जाएगा।"

रात को अनीता ने तीनों बेटियों को तैयार किया और खुद भी तैयार होकर उत्तम से बोली, "चलिए, हम सब तैयार हैं।" उत्तम को विवाह के समय स्कूटर मिला था। उसी स्कूटर पर अनीता ने तीनों बेटियों को लिया और वे विवाह समारोह की ओर चल दिए।

समारोह में पहुँचने पर उत्तम अपने सहकर्मियों और उनकी पत्नियों से अनीता

को मिलाने लगा। एक सहकर्मी अरुण की पत्नी बोली, "अनीता जी, तीन-तीन बेटियों की क्या जरूरत थी! आज के समय में तो एक बच्चा ही बहुत होता है। बेटी हो या बेटा उनमें कोई फर्क नहीं होता।"

यह बात अनीता को चुभ गई। दोनों जुड़वाँ बेटियों के बाद अनीता ने उत्तम से यह बात कही थी लेकिन उत्तम कहता था कि बेटा होने से ही परिवार पूरा होता है। इस चक्कर में रिमी का जन्म हो गया था।

उस समय अनीता कुछ नहीं बोल पाई।

लेकिन घर लौटने पर उसका दिमाग सातवें आसमान पर था। वह उत्तम से बोली, "तुम हमेशा अपनी मनमानी करते हो। घर की सारी जिम्मेदारियाँ मेरे ऊपर छोड़कर ऑफिस निकल जाते हो। तुम्हें तो यह भी पता नहीं चलता कि घर खर्च कैसे चलता है?"

"अच्छा, मुझे यह नहीं पता चलता तो फिर कमाकर क्या तुम लाती हो? मैं तो बस मौज-मस्ती करता हूँ न!"

"कितना कमाते हो आप जो इतनी धौंस दिखा रहे हो? बच्चों को और मुझे कभी भी भरपेट भोजन नहीं मिलता। यह कमाना भी कोई कमाना हुआ! ऊपर से हर कोई तीनों बेटियों को देखकर मेरा मजाक सा उड़ाता है। हम अपनी बच्चियों का क्या भविष्य बनाएँगे, कभी सोचा है तुमने इस ओर? मेरा तो दिमाग इन सब बातों को सोच-सोचकर खराब होता रहता है।"

अनीता को बोलते हुए देखकर उत्तम उस पर हाथ उठाने ही वाला था कि अनीता उसका हाथ पकड़ते हुए बोली, "यह गलती मत करना उत्तम। मैं उन महिलाओं में से नहीं हूँ जो अपने पति के अत्याचारों को सहकर भी उसे परमेश्वर का दर्जा देती हैं। मैं तो हम दोनों को बराबर मानती हूँ, जो मेरे लिए गलत है वही तुम्हारे लिए भी गलत है। अगर तुम्हें लगता है कि मैं ज्यादा बोल रही हूँ तो लो पालो आज से बच्चियों को और चलाओ इस घर को। मैं अब तुम्हारे साथ नहीं रह सकती।"

यह कहकर अनीता उसी समय तीनों बच्चियों को छोड़कर वहाँ से अपने मायके चली गई। आवेश में उत्तम हक्का-बक्का सा अनीता को जाते हुए देखता रहा।

एक-दो दिन तो वह भी अहंकार में भरा रहा। लेकिन पाँचवें दिन उसने अपने ससुराल फोन कर अनीता की माँ से उसे घर लौट आने के लिए कहा। अनीता स्वाभिमानी थी। वह बोली, "अगर उत्तम में हिम्मत है तो खुद मेरे पास आए और वादा करे कि कभी भी मेरे साथ दुर्व्यवहार नहीं करेगा।" यह सुनकर उत्तम का पुरुषोचित्त अहं जाग उठा। वह भी अहंवश अनीता के पास नहीं गया। उनके बीच की तकरार

बढ़ती गई। ऑफिस के साथ तीनों बच्चियों की देखभाल करते-करते उत्तम बेहद तनावग्रस्त हो गया। अब उसे समझ आया कि अनीता अपनी जगह बिल्कुल सही थी। तीन-तीन बच्चियों का पालन-पोषण कम आय में वास्तव में बेहद कठिन है।

तनावग्रस्त उत्तम को कुछ नहीं सूझा तो वह तीनों बच्चियों को कमरे में अकेला छोड़कर शारदा नहर की ओर बढ़ गया। उसने उसमें छलाँग लगा दी। उसे छलाँग लगाते देख एक व्यक्ति ने जल्दी से यूपी-100 को फोन कर दिया।

समीप ही खड़ी पी.आर.वी. दो मिनट में वहाँ आ खड़ी हुई। उसमें से कमांडर मनन दवे और सब-कमांडर कर्मपाल उतरे। उत्तम नदी में हाथ-पैर मार रहा था। कमांडर मनन ने जल्दी से इधर-उधर नज़र दौड़ाई। किसी ने बताया कि शारदा नहर की देखभाल करनेवाला कर्मचारी प्रीतपाल पीछे की ओर बने घर में ही रहता है। कमांडर मनन ने सब-कमांडर कर्मपाल को कर्मचारी को लाने के लिए भेजा और स्वयं अन्य लोगों की सहायता से उत्तम को बचाने में लग गया। खबर पाते ही शारदा नहर का कर्मचारी प्रीतपाल दौड़ा-दौड़ा आया। मनन और प्रीतपाल दोनों नदी में कूद गए। प्रीतपाल ने जल्दी से उत्तम को पकड़ लिया। मनन ने भी उत्तम को किनारे पर लाने में मदद की। जल्दी से उत्तम को बाहर निकाला गया। अब तक शारदा नहर के पास भीड़ बढ़ गई थी। उत्तम को किनारे पर लाने के बाद सब-कमांडर कर्मपाल ने उसके पेट में भरा पानी निकाला। कुछ ही देर में उत्तम को होश आ गया। उसने कमांडर मनन को सारी बात बताई। कमांडर मनन ने अनीता को फोन करके सारी बात बताई। यह खबर सुनते ही अनीता दौड़ती-भागती शारदा नदी के पास पहुँची। उत्तम ने अनीता को देखते ही उसके सामने हाथ जोड़ दिए और बोला, "अपने घर लौट आओ अनीता।"

यह देखकर अनीता भी भावुक हो गई। उसने उत्तम के हाथों को अपने हाथों में लेते हुए कहा, "अब मैं तुम्हें और अपनी बच्चियों को छोड़कर कहीं नहीं जाऊँगी। आखिर हमें अपनी बेटियों का भविष्य उज्ज्वल बनाना है और उन्हें कामयाब बनाना है।"

अनीता के ये शब्द सुनकर कमांडर मनन बोला, "बहनजी, आपकी सोच बहुत अच्छी है। आप अवश्य अपनी बेटियों के सपने पूरे कर पाएँगी और उन्हें उनके हिस्से का आसमान दे पाएँगी।"

अनीता बोली, "सर, अभी तो आपने उत्तम की जान बचाकर मुझे मेरे हिस्से का आसमान लौटा दिया है। मैं आपका बहुत-बहुत धन्यवाद करती हूँ।" मामले को सुलझाने के बाद मनन मुस्कराते हुए अपनी टीम के साथ वापस लौट गए।

□

साक्षात्कार की तैयारी

"पूजा, तूने तो कमाल कर दिया। इस बार बी.ए. में तू अव्वल आई है।" सोनी बोली।

"हाँ सोनी, अब मैं एम.ए. की पढ़ाई पत्राचार से करने की सोच रही हूँ।"

"क्यों, तुझे तो नियमित कॉलेज में आराम से प्रवेश मिल जाएगा। एम.ए. भी नियमित रूप से कर न।"

"वह तो ठीक है। पर इस समय माता-पिता दोनों को मेरे सहारे की जरूरत है। सोच रही हूँ कि कहीं पर नौकरी कर लूँ और पढ़ाई भी करती रहूँ। इससे मेरा पढ़ाई का खर्च निकल जाएगा और माता-पिता को भी थोड़ी मदद मिल जाएगी। पिताजी सफेदी करने का काम करते हैं। इस काम में मेहनत ज्यादा है और रुपए कम। वह बीमार और कमजोर हो गए हैं। माँ भी सब्जी की दुकान लगाती हैं। मैं बेहद सौभाग्यशाली हूँ कि उन्होंने मुझे आर्थिक अभावों के बाद भी पढ़ने दिया। अभी भी वे मुझे यही कहते हैं कि बेटी, तुझे जितना पढ़ना है पढ़। हम तुझे किसी बात के लिए परेशान नहीं करेंगे।"

"अच्छी बात है पूजा। तू सचमुच भाग्यवान है जो तुझे ऐसे माता-पिता मिले हैं और तू कौन सा कम अच्छी है। सबसे पहले अपने माता-पिता का ध्यान रखती है फिर किसी और बात के बारे में सोचती है।"

"सोनी, मेरे लिए कोई ऐसी नौकरी ढूँढ़ न जहाँ मैं काम भी कर पाऊँ और पढ़ाई भी हो पाए। आजकल आने-जाने में किराया और समय दोनों ही बहुत लग जाता है। मैं एम.ए. के साथ नौकरी करते हुए प्रतियोगी परीक्षाओं की तैयारी भी करूँगी।"

सोनी पूजा की बहुत गहरी दोस्त थी। वह एम.बी.बी.एस. के तृतीय वर्ष में थी। दोनों की आर्थिक स्थिति में जमीन-आसमान का अंतर था लेकिन दोस्ती भला

अमीर-गरीब का फर्क कहाँ देखती है? वह तो केवल व्यवहार और चरित्र को पहचानकर अपने आप ही हो जाती है।

सोनी बोली, "यह तो तूने बहुत अच्छी बात कही और बड़े समय पर कही। तुझे पता है न कि हमारे प्रदेश में यूपी-100 की सेवा प्रारंभ हुई है। वहाँ पर संवाद अधिकारी के लिए स्नातक पास योग्य नवयुवक व युवतियों की आवश्यकता है।"

यह सुनकर पूजा के चेहरे पर पहले चमक आई लेकिन फिर एकदम बुझ गई।

यह देखकर सोनी बोली, "क्या हुआ?"

"कुछ नहीं। पुलिस की नौकरी तो बेकार है। माता-पिता वहाँ नौकरी करने की अनुमति नहीं देंगे।"

"अरे, यार तू भी इतना पढ़-लिखकर लल्लू की लल्लू रही! तुझे यूपी-100 और डायल-100 में अंतर नहीं पता? इन दोनों में जमीन-आसमान का अंतर है। यूपी-100 की सेवाएँ हाल ही में 16 नवंबर, 2016 से प्रारंभ हुई हैं। इनमें कुछ स्टॉफ निजी कंपनियों के माध्यम से भर्ती किया जाता है। मैं तुम्हें संवाद अधिकारी के पद के लिए साक्षात्कार देने के लिए कह रही हूँ। यह पुलिस सेवाओं से मुक्त है। तुम्हें तनख्वाह कंपनी के माध्यम से प्राप्त होगी।"

"अच्छा! अगर ऐसा है तो मैं साक्षात्कार के लिए आवेदन दे देती हूँ। पर मुझे साक्षात्कार की तैयारी करनी पड़ेगी।"

"वह सब मैं करवा दूँगी।"

पूजा ने संवाद अधिकारी के लिए आवेदन कर दिया। साक्षात्कार की तिथि भी उसके पास आ गई थी। वह सोनी से बोली, "अब मुझे कुछ मुख्य बातें तो बता दे।"

"हाँ, देख पूजा, सामान्य जानकारी तो तू खुद दे देगी। वह तुझसे यह अवश्य पूछ सकते हैं कि यूपी-100 और डायल-100 में क्या अंतर है?"

"क्या अंतर है?" पूजा जिज्ञासा से बोली।

"यही कि यूपी-100 राज्य स्तर की सेवा है और डायल-100 जिला स्तर की। इसके साथ ही यूपी-100 एक संपर्क केंद्र है। तुझे यह बात अच्छे से जाननी चाहिए कि यहाँ पर नागरिकों के द्वारा किसी भी रूप से संदेश प्रेषित किया जा सकता है। फोन या मोबाइल कॉल, सोशल मीडिया-फेसबुक, ट्विटर, इ-मेल, व्हाट्सऐप, एस.एम.एस., वेब एप आदि। जबकि डायल-100 में केवल फोन कॉल के माध्यम से ही सूचना दी जा सकती है।"

"यह तो बहुत महत्त्वपूर्ण जानकारी है सोनी।"

"हाँ, आगे सुन! यूपी-100 राज्य के सभी शहरी एवं ग्रामीण क्षेत्रों तक

सहायता प्रदान करता है जबकि डायल-100 की प्रणाली केवल दस जनपद के शहरी या ग्रामीण क्षेत्र से ही आपात सहायता हेतु फोन प्राप्त करती है।"

अब पूजा की उत्सुकता चरम पर थी। वह बोली, "वाकई यूपी-100 तो मुझे हमारे प्रदेश की क्या बल्कि सभी प्रदेशों की सेवा से बहुत आगे लग रही है।"

"अरे, लग क्या रही है, बल्कि है ही। तुझे पता है कि यूपी-100 में 24 घंटे कॉल प्राप्त करने के लिए पर्याप्त तकनीकी एवं मानव संसाधन उपलब्ध कराए गए हैं। इसके विपरीत डॉयल-100 में कई जगहों पर हर समय कॉल का उत्तर देने के लिए आवश्यक संसाधनों की कमी है। इसके साथ-साथ यूपी-100 शहर हो या गाँव हर जगह पर समान सेवाएँ उपलब्ध कराती है जबकि डायल-100 में सेवाएँ स्थानीय नेतृत्व, प्रतिबद्धता एवं स्वामित्व के आधार पर दी जाती हैं।"

"सोनी, अब तो मेरा मन कर रहा है कि मैं जल्दी से यहाँ साक्षात्कार दूँ और चुन ली जाऊँ।"

"तू साक्षात्कार में चुन ली जाएगी। बस दो और महत्त्वपूर्ण बातें रह गईं। वे भी जान ले। पहली कि यूपी-100 तकनीकी दृष्टि से बेहद विकसित है। यहाँ पर सभी गतिविधियों का एक विस्तृत कंप्यूटरीकृत अभिलेखीकरण होता है जिसके द्वारा सभी स्तरों पर उत्तरदायित्व का निर्धारण किया जाता है वहीं डायल-100 में आमतौर पर अभी भी हाथ से ही लिखकर उत्तरदायित्व निभाया जाता है। दूसरी बात कि यूपी-100 में नियुक्त कर्मी पुलिस थाने के कर्मियों से स्वतंत्र होते हुए आपात सहायता के लिए यूपी-100 के सीधे परिचालनिक नियंत्रण में होते हैं लेकिन डायल-100 प्रणाली जनपद की पुलिस द्वारा संचालित की जाती है और इसमें नियुक्त कर्मी स्थानीय थाने के होते हैं। बस ये सब बातें तुझे पता होनी चाहिए।"

"अरे मैडम, पता क्या होनी चाहिए, रट गईं समझो।"

"फिर तो आपकी यूपी-100 की नौकरी भी पक्की समझो।"

यह सुनकर दोनों खिलखिलाकर हँसने लगीं और पूजा साक्षात्कार के लिए पहने जानेवाले कपड़ों का चुनाव करने लगी।

□

रेत में फँसी गाड़ी

"टिकुली-टिकुली, रुको, कपड़े पहनो सही से। फिर गाड़ी में बैठना।" टिकुली की माँ विंपी बोली।

"माँ, टीकू भैया तो गाड़ी में बैठ गए हैं। मैं भी जल्दी से बैठूँगी।" आठ साल की टिकुली नटखट अंदाज में बोली।

विंपी ने जल्दी से टिकुली को नए कपड़े पहनाए, उसके बाल बनाए। अब वह डॉल-सी लग रही थी। विंपी बोली, "जा, अब बैठकर तुम दोनों भाई-बहन खेल लो। मैं घर का ताला लगाकर आती हूँ।"

वीरेंद्र गाड़ी साफ कर रहे थे। विंपी तैयार होकर अच्छे से घर को बंद करके आई और गाड़ी में बैठ गई। वीरेंद्र गाड़ी चलाने लगे।

विंपी बोली, "बच्चों की छुट्टियाँ हो गई हैं। कछला घाट पर स्नान करने के बाद एक-दो जगह और घूम आएँगे। घूमना रोज-रोज तो होता नहीं है।"

माँ की बात सुनकर टीकू बोला, "माँ, पहले हम लोग ताजमहल और फतेहपुर सीकरी घूमते तो बहुत आनंद आता।"

टिकुली ताली बजाकर बोली, "मैं तो ताजमहल के सामने अपनी अच्छी-अच्छी फोटो खिंचवाऊँगी और फिर अपनी सभी सहेलियों को दिखाऊँगी।"

वीरेंद्र बोला, "अभी तो हम कछला घाट पर ही चलते हैं। वहाँ स्नान करने के बाद योजना बनाएँगे कि कहाँ-कहाँ घूमने जाएँ।"

सभी पिता की बात से सहमत हो गए।

हँसते-गाते गाड़ी कछला घाट की ओर चल पड़ी।

रास्ते में टिकुली बोली, "पापा, भूख लगी है। कुछ खाते हैं न!"

टीकू भी अपने पेट पर हाथ फेरते हुए बोला, "हाँ पापा, मुझे भी भूख लगी है। गरमी भी बहुत हो रही है। पहले कुछ खाते हैं।"

बच्चों की बात सुनकर विंपी बोली, "आप भी बहुत देर से गाड़ी चला रहे हैं। चाय आदि पी लीजिए, नींद नहीं आएगी। बच्चे भी अपनी पसंद का कुछ खा-पी लेंगे।"

उन्होंने गाड़ी को एक ओर लगाया और कृष्णा ढाबा पर आ गए। वहाँ पर वीरेंद्र ने चाय पी। बच्चों ने इडली और डोसा का आनंद उठाया। विंपी ने भी अपनी पसंद का खाना खाया और फिर वापस गाड़ी में आ बैठे। हँसते-गाते उनका सफर अच्छी तरह से कट गया। कछला घाट पर पहुँचकर वीरेंद्र ने गाड़ी पार्क की और विंपी बच्चों के व अपने कपड़े लेकर घाट के निकट आ पहुँची। दूर विशाल बहती गंगा को देखकर बच्चे रोमांचित हो उठे।

टीकू बोला, "पानी दूर तक फैला हुआ है।"

टिकुली बोली, "माँ, यहाँ नहाने में बहुत आनंद आएगा।" विंपी ने दोनों का कसकर हाथ पकड़ लिया। वह उन्हें समझाते हुए बोली, "बच्चो, हम दोनों के साथ-साथ रहना। पानी से दूरी बनाकर रखना। अनेक श्रद्धालु माँ गंगे के जयकारे लगा रहे थे। वीरेंद्र ने माँ गंगा को समर्पित करने के लिए दूध व पुष्प खरीदे। वीरेंद्र व विंपी ने दोनों बच्चों को अपने साथ-साथ रखा। उन्होंने गंगा के पवित्र जल में डुबकी लगाई और माँ गंगा को नमन करते हुए दूध चढ़ाया। दोनों का ध्यान बच्चों की ओर था। पवित्र जल में स्नान करने के बाद सभी ने कपड़े बदले। अब भूख लग आई थी। गरमी में गंगा जल में स्नान करके सभी को राहत महसूस हो रही थी। खाना खाने के बाद वे कुछ दूर घूमते रहे। रात के 8 बज गए।

वीरेंद्र बोले, "अब पहले गाड़ी में बैठते हैं। उसके बाद देखेंगे कि कहाँ जाना चाहिए।" बातें करते-करते वे अपनी गाड़ी के समीप आए। वीरेंद्र और बच्चे गाड़ी में बैठ गए। वीरेंद्र ने जैसे ही गाड़ी का दरवाजा खोलने की कोशिश की, वह नीचे की ओर धँसती गई। यह देखकर वीरेंद्र का ध्यान नीचे गया तो उन्होंने पाया कि गाड़ी रेत में अंदर धँस गई थी। पहले तो उन्हें लगा कि यह मामूली सी बात है। उन्होंने अपने प्रयासों से गाड़ी को निकालने का प्रयत्न किया लेकिन गाड़ी नहीं निकल पाई। आसपास के लोगों ने भी उनकी मदद करने का प्रयास किया लेकिन विफल रहे। फिर किसी ने यूपी-100 को फोन कर दिया। कुछ ही देर में इनोवा की दोनों तरफ की नारंगी लाइट जलती देख और हूटर बजता देख लोग समझ गए कि पी.आर.वी. आ गई है। अब समस्या सुलझ जाएगी। पी.आर.वी. में प्रभारी अधिकारी अनिरुद्ध थे। अनिरुद्ध ने देखा कि गाड़ी बहुत नीचे तक जा चुकी है। उन्होंने स्थानीय लोगों को बुलाया और मदद करने को कहा। इस समय रात बहुत

हो चुकी थी 11 बज रहे थे। बच्चे बुरी तरह थक चुके थे और नींद से बेहाल हो रहे थे।

यह देखकर अनिरुद्ध वहाँ खड़े लोगों से बोले, "इस समय कहीं से ट्रैक्टर की व्यवस्था हो सकती है क्या? ट्रैक्टर के द्वारा ही इस गाड़ी को निकाला जा सकता है। बच्चे छोटे हैं। ऐसे में सुबह का इंतजार नहीं किया जा सकता। कुछ लोगों ने अनिरुद्ध को ट्रैक्टर चालक का फोन नंबर दिया। अनिरुद्ध ने चालक से बात करके उसे कछला घाट पर ट्रैक्टर और रस्सी लाने के लिए कहा। ट्रैक्टर चालक ने दस मिनट का समय माँगा। सवा ग्यारह तक चालक रस्सी और ट्रैक्टर दोनों लेकर आ गया। अनेक लोग अधिक रात के कारण चले गए थे। केवल दो-तीन लोग ही इस समय घटनास्थल पर मौजूद थे। अनिरुद्ध ने उनकी सहायता से ट्रैक्टर के द्वारा होंडा सिटी को बाहर निकाला। बहुत प्रयास करना पड़ा रेत में धँसी गाड़ी को निकालने के लिए। गाड़ी सही-सलामत बाहर आ गई। यह देखकर वीरेंद्र और विंपी अनिरुद्ध से बोले, "सर, आज यदि आप हमारी मदद के लिए नहीं आते तो हमें बहुत मुश्किलों का सामना करना पड़ता। आपकी मदद के कारण हमें प्रतीत ही नहीं हुआ कि हम मुश्किल में हैं। अब हमें पूरा यकीन हो गया है कि पुलिस लोगों के लिए जीवन की एक ऐसी धारा बनती जा रही है जो उनके जीवन में आनेवाली समस्याओं को अपने बल पर दूर कर रही है।"

उनकी बात सुनकर अनिरुद्ध मुस्करा दिया और बोला, "सभी के प्रयासों से जीवन की धारा चलती है।"

इसके बाद पी.आर.वी. वहाँ से चली गई। वीरेंद्र और विंपी ने बच्चों को गाड़ी में बिठाया और प्रसन्न मन से वहाँ से चल दिए।

□

संवाद अधिकारी

"ईशा, तू लेट हो गई। मैं बहुत देर से तेरी राह देख रही थी।"

"दिव्या, क्या करूँ, यह बस का इंतजार सारा समय खा लेता है। आधे घंटे तक स्टैंड पर खड़ी रही तब कहीं जाकर बस मिली। अभी तो घर जाकर खाना भी बनाना है। तुझे तो पता ही है कि माँ को टी.बी. हो गई है। पिताजी शराब पीकर बाहर पड़े रहते हैं। कार्तिक अभी बारहवीं में है। ऐसे में मुझे ही घर सँभालना है।"

"मुझे पता है तेरे ऊपर बहुत जिम्मेदारियाँ हैं। अभी जहाँ तू काम कर रही है, वहाँ कितनी तनख्वाह है तेरी।"

"अरे, क्या तनख्वाह है! सिर्फ साढ़े आठ हजार रुपए मिलते हैं। उनमें से किराया अलग है। पर फिलहाल यह भी बहुत लगते हैं।"

"कह तो तू सही रही है। मेरी एक सहेली निशा यूपी-100 में संवाद अधिकारी है। वह अपनी ड्यूटी की बहुत तारीफ कर रही थी। बोल रही थी कि वह निजी कंपनी के माध्यम से वहाँ कार्यरत है लेकिन फिर भी उसे निजी कार्यालय जैसा वहाँ बिल्कुल महसूस नहीं होता। वह लोगों की समस्याएँ और परेशानियाँ सुनते-सुनते बहुत आत्मविश्वासी व बहादुर बन गई है। उसे गाड़ी लेने और छोड़ने आती है। न किराए का झंझट न बस स्टैंड पर इंतजार करने का। मुझे लगता है कि यदि तेरा चयन संवाद अधिकारी के लिए हो जाता है तो तेरे साथ-साथ तेरे घर की दशा भी सुधर जाएगी।"

दिव्या की बातें सुनकर ईशा की आँखों में चमक आ गई। वह बोली, "तू मुझे निशा से मिलवा दे। मैं उससे बात करके वहाँ पर आवेदन फॉर्म भर देती हूँ।"

निशा से मिलकर दिव्या ने आवेदन फॉर्म भर दिया और साक्षात्कार की तैयारी करने लगी। साक्षात्कार में उससे उसकी पारिवारिक स्थिति के अलावा

यूपी-100 के साथ ही सामान्य ज्ञान के प्रश्न पूछे गए थे जिनका जवाब उसने सहजता से दे दिया था। ईशा का चयन संवाद अधिकारी के लिए हो गया। उसकी तनख्खाह दस हजार से ऊपर थी और आने-जाने के लिए उसे गाड़ी की सुविधा प्रदान की गई थी। कुछ महीनों तक उसे संवाद अधिकारी के लिए प्रशिक्षण प्रदान किया गया।

प्रशिक्षण के दौरान ईशा ने महसूस किया कि उसके घर की समस्याएँ तो यहाँ पर आनेवाली कॉल के सामने बहुत छोटी हैं। लोगों की बेबसी और अभाव ने ईशा को मानवीय संवेदनाओं के साथ ही तर्क-वितर्क में चतुर और कुशल बना दिया था। प्रशिक्षण में उसे यह बताया गया कि कठिन से कठिन परिस्थिति में भी धैर्य नहीं खोना है और फोन करनेवाले व्यक्ति की पीड़ा को सुनकर उसे जल्दी-से-जल्दी मदद प्रदान करने के लिए कार्रवाई करनी है।

प्रशिक्षण समाप्त होने के बाद ईशा ने संवाद अधिकारी का कार्य सँभाल लिया। एक बहुत बड़े कक्ष में अनेक संवाद अधिकारी थे। सामने बोर्ड पर एक कंप्यूटर लगा हुआ था। ईशा के पास एक फोन आया। उसने फोन उठाया तो फोन के आसपास के क्षेत्र की जानकारी तुरंत बड़ी स्क्रीन पर लगे कंप्यूटर पर उभर आई।

ईशा ने कहा, "नमस्ते, यूपी-100 से मैं आपकी क्या सहायता कर सकती हूँ?"

वहाँ से एक महिला का दर्द भरा स्वर उभरा, "प्लीज, मेरी मदद कीजिए! मेरा पति शराब पीकर आया है और आते ही मुझसे रुपयों की माँग कर रहा है। मैं इस समय बीमार हूँ, डॉक्टर ने मुझे टी.बी बताई है और अच्छी खुराक खाने के लिए कहा है। मेरा दो साल का छोटा बच्चा है। रुपए न मिलने पर मेरा पति उस मासूम पर अपना गुस्सा निकाल रहा है।"

ईशा महिला को सांत्वना देते हुए बोली, "आप चिंता मत कीजिए, कुछ ही समय में आपके पास सहायता पहुँच जाएगी। आप अपने घर का पता बताइए।"

महिला ने घर का पता बताया। इसके बाद ईशा ने उस जानकारी को आगे पहुँचा दिया। पहले दिन ईशा ने बीस कॉल अटैंड की। सबकी परेशानियाँ अलग-अलग और कठिन थीं।

छुट्टी होने पर ईशा कैब से घर आ गई। रात में वह सोचने लगी कि मैं पिताजी के शराब पीने से और अपनी गरीबी के कारण दिन-रात परेशान रहती थी।

अब मुझे लगता है कि परेशानी जैसी कोई बात नहीं है। थोड़ा धैर्य और समझदारी से सारी परेशानी सुलझ जाएँगी।

एक महीना बीतने के बाद ईशा को जब पहली तनख्वाह मिली तो वह बहुत खुश हुई। उसने माँ के लिए फल लिये, पिता के लिए काजू का एक पैकेट लिया और कार्तिक के लिए पेन। इस समय माँ को फल की बेहद जरूरत थी। पिता रामप्रसाद को काजू बहुत पसंद थे लेकिन गरीबी के काजू तो मूँगफली ही होते हैं इसलिए वह मूँगफली से ही अपना मन बहलाता था। कार्तिक का बहुत मन था कि उसके पास भी एक अच्छा सा पेन हो। तीनों अपनी मनपसंद चीजें देखकर बहुत खुश हुए।

माँ रामकली खाँसते हुए बोली, "बेटी, अपने लिए क्या लाई हो?"

ईशा मुस्कराकर बोली, "माँ, इस एक महीने में मैं अपने साथ ढेर सारा आत्मविश्वास, धैर्य और बोलने की कला साथ लेकर आई हूँ। अब देखना धीरे-धीरे हमारे घर में परिवर्तन आएगा। मेरी नौकरी एक ऐसी जगह लगी है जहाँ मैं लोगों की जिंदगी में रोशनी भरने के साथ ही अपने जीवन में भी नए खूबसूरत रंगों को तलाश रही हूँ।"

बेटी की बुद्धिमत्ता भरी बातें कार्तिक को छोड़कर माता-पिता दोनों के सिर के ऊपर से गुजर गईं।

कार्तिक बोला, "दीदी, आप सही कहती हैं। मैं भी बारहवीं कक्षा में बहुत अच्छे अंक लाऊँगा और बड़ा होकर एक पुलिस अधिकारी बनूँगा।"

"बिल्कुल कार्तिक! तुम यूपी-100 में पुलिस अधिकारी ही बनना और माता-पिता के साथ ही अपने प्रदेश का नाम भी रोशन करना।"

ईशा की बातों से रामप्रसाद की आँखों में भी आँसू आ गए। वह सोचने लगा कि शराब के चक्कर में उसने कभी अपने बच्चों और पत्नी की जरूरतों पर ध्यान ही नहीं दिया था। आज बेटी ईशा की बड़ी-बड़ी बातों और आत्मविश्वास को देखकर लगता है कि ईश्वर ने मुझ पर अपनी असीम कृपा बनाए रखी है, जो उसकी नौकरी यूपी-100 में लग गई।

उधर माँ बेटी के द्वारा लाए लाल सेबों को देख रही थी। उन लाल सेबों की लालिमा के प्रकाश ने उसके घर को सुख और खुशियों से भर दिया था। जहाँ महीने भर पहले उनके घर में झगड़ा, चिड़चिड़ाहट और रोने-धोने की आवाजें आती थीं वहाँ से आज ईशा के आत्मविश्वासी स्वर गूँज रहे थे जो माता-पिता, भाई के साथ ही अन्य लोगों को भी आशा का दीपक दिखा रहे थे।

एक महीने में ही यूपी-100 में संवाद अधिकारी ईशा बहुत बदल गई थी। अब बदलने लगी थी उसके घर की एक-एक ईंट, एक-एक व्यक्ति का स्वभाव और पिता की बुरी आदत।

पिता की शराब पीने की आदत भी छूटती जा रही थी और उस घर में खुशियों व स्वास्थ्य की किलकारी गूँजने लगी थी।

□

अवसाद की पीड़ा

"सागर, आज तुम घर जाकर अपनी माँ से बात करना मेरे बारे में। कल मम्मी-पापा दोनों मेरे विवाह की बातचीत कर रहे थे। अगर मेरे बताने से पहले उन्होंने कहीं रिश्ता पक्का कर दिया तो अनर्थ हो जाएगा। जब तक तुम अपने घरवालों की सहमति नहीं ले लेते हो, तब तक मैं भी अपने घर में कोई बात नहीं कर सकती।"

अनु की बातें सुनकर सागर परेशान हो गया। उसके चेहरे पर गहन अवसाद के चिह्न उभर आए।

उसे खोया-खोया देखकर अनु ने उसके कंधे पर हाथ रखते हुए कहा, "क्या बात है सागर? तुम ठीक तो हो न! ये बुझा-बुझा चेहरा और तुम्हारी खामोशी मुझे डरा रहे हैं।"

एक गहरी आह भरते हुए सागर बोला, "अनु, मैंने अपनी जीवनसाथी के रूप में सिर्फ तुम्हें देखा है, मैं तुम्हारे अलावा किसी और के बारे में सोच भी नहीं सकता। मैंने माँ को तुम्हारे बारे में थोड़ा बताया तो है लेकिन उनका कड़ा रवैया देखकर मेरी हिम्मत नहीं हुई।"

"पर सागर, हिम्मत तो तुम्हें करनी होगी। मुझे समझ नहीं आता इसमें घबराने की क्या बात है? हम इक्कीसवीं सदी में हैं। पढ़े-लिखे हैं, बालिग हैं, अपना अच्छा-बुरा समझते हैं। मुझे नहीं लगता ऐसा कुछ होगा। तुम बस आंटी से आज बात करने की कोशिश करना और हिम्मत मत हारो। मैं तुम्हारे साथ हूँ न।"

"तुम मेरे साथ हो यही तो टेंशन है।"

"क्या···क्या कहा तुमने?" अनु नकली गुस्सा दिखाते हुए बोली।

"कुछ नहीं।" सागर फीकी हँसी हँसते हुए बोला।

"चलो, इसी बहाने तुम्हारे चेहरे पर मुसकान तो आई!"

घर पहुँचकर सागर निस्तेज हो चुका था। माँ को मनाना टेढ़ी खीर था। पर आज अनु से उसे बहुत हिम्मत मिली थी। वह मन में सोच रहा था कि अनु जैसी लड़की यदि जीवनसाथी बन जाए तो सचमुच जीवन से बहुत सी परेशानियों का अंत हो जाए और यदि परेशानियाँ हों भी तो अनु जैसी लड़की उनको चुटकियों में सुलझा देने का माद्दा रखती है।

घर पहुँचते ही सागर बोला, "माँ, मैं अनु से विवाह करना चाहता हूँ, वह मेरी दोस्त है और मैं उसे बेहद पसंद करता हूँ।"

एक ही साँस में सागर यह बोलकर चुप हो गया। माँ रजनी उसकी ऐसी हिम्मत देखकर चौंकते हुए बोली, "तुम होश में तो हो सागर! तुम्हें मालूम है न कि हमारे यहाँ शादी-ब्याह की बातें ऐसे नहीं होती हैं।"

"तो फिर कैसे होती हैं?" सागर झल्लाकर बोला।

"मैं कोई बच्चा तो हूँ नहीं। अपना अच्छा-बुरा सब समझता हूँ और यह भी समझता हूँ कि विवाह व्यक्ति को उसी से करना चाहिए जिसके साथ वह अपनी जिंदगी हँसी-खुशी से बिता सकता हो। मैं अपनी जाति की किसी अनजान लड़की के साथ विवाह करके खुश नहीं रह सकता और न ही मैं अनु के अलावा किसी और से विवाह करूँगा।"

"देखो सागर, पागलों जैसी बातें मत करो। मैंने और तुम्हारे पिताजी ने शादी से पहले एक-दूसरे को देखा तक नहीं था और तुम कहते हो कि लड़की को जाने बिना शादी नहीं कर सकते।"

"वह जमाना और था माँ, यह जमाना और है। मैं आपकी बात बिल्कुल नहीं मानूँगा।"

"तो तुम भी मेरी बात कान खोलकर सुन लो कि इस जन्म में अनु इस घर की बहू कदापि नहीं बन सकती।"

माँ-बेटे की तकरार बढ़ती गई और सागर बेहद तनावग्रस्त हो गया। वह ऊपर कमरे में चला गया। उसे अनु अपने से दूर होती दिखाई देने लगी। जितना ही वह इस बात को सोचता कि अनु उसके जीवन से दूर जाने वाली है, वह उतना ही अवसाद से पीड़ित हो जाता। अवसाद के कारण उसकी सोचने-समझने की शक्ति समाप्त हो गई।

वह स्वयं से बोला, 'अगर अनु मेरे जीवन में नहीं तो यह जीवन किस काम का?' उसने तुरंत ही एक बेहद घृणित और कायरतापूर्ण निर्णय लिया आत्महत्या का। कमरे में उठापटक की आवाज से रजनी का ध्यान भंग हुआ। उन्हें अचानक

महसूस हुआ कि युवा बेटे को आज कुछ अधिक तीखी बातें बोल दी हैं। वह तुरंत उसे देखने गईं तो अंदर से दरवाजा बंद देखकर उनके पैरों तले जमीन खिसक गई। रजनी ने हाल ही में यूपी-100 के बारे में सुना था। उन्होंने तुरंत यूपी-100 को फोन मिलाया और जल्दी-जल्दी सारी सूचनाओं से पुलिस को अवगत किया। नाजुक मामले को देखते हुए यूपी-100 की पी.आर.वी. मात्र पाँच मिनट में उनके घर के आगे खड़ी थी। पी.आर.वी. के पुलिसकर्मी घटनास्थल पर पहुँचे। रजनी का रो-रोकर बुरा हाल था। वह दरवाजा पीट रही थी। पुलिस के एक कार्मिक ने खिड़की से झाँका तो पाया कि युवक फाँसी का फंदा तैयार कर चुका था।

तीन पुलिसकर्मियों ने मिलकर जल्दी से दरवाजे को तोड़ा। पूरे कमरे में पानी भरा हुआ था। पुलिसकर्मी जैसे ही अंदर घुसने लगा तो पानी से संपर्क होते ही उसे जोर का झटका लगा। दूसरा पुलिसकर्मी समझ गया कि युवक ने स्वयं को मारने के लिए हर ओर से तैयार कर रखा है। उसने जल्दी से रजनी से बिजली का मेन स्विच पूछा। रजनी के इशारा करते ही पुलिसकर्मी मेन स्विच के पास पहुँचा और सावधानीपूर्वक मेन स्विच को बंद किया। पूरे घर की लाइट और करंट बंद हो गया। यह देखकर युवक तेजी से फंदे को अपने गले में डालने लगा। लेकिन पी.आर.वी. के कार्मिकों ने चुस्ती से उसे पकड़ा और नीचे उतारा। उसे पानी पिलाया गया। युवक पर अभी भी पागलपन सवार था। वह 'अनु-अनु' बोले जा रहा था।

यह देखकर एक पुलिसकर्मी बोला, "बहनजी, अगर संभव हो तो जल्दी से उस लड़की को यहाँ बुला लीजिए, हो सकता है उन्हें देखकर इनकी हालत सँभल जाए।"

रजनी ने तुरंत अनु को बुलवाया।

अनु खबर पाते ही वहाँ पहुँची और बोली, "सागर, यह क्या पागलपन है? मैंने कहा था कि न मैं तुम्हारे साथ हूँ। आंटी ने सिर्फ मना ही तो किया था, अभी तो बात पूरी तरह हुई भी नहीं और तुम इतनी सी बात पर हिम्मत हार गए। जीवन में तो बहुत बार मुश्किल पड़ाव आते हैं तो क्या तुम जरा सी बात पर ऐसे हिम्मत हारते रहोगे।"

अनु को अपने सामने बोलता देखकर सागर को राहत मिली। तभी पुलिस कमांडर अक्षय जो कि मनोवैज्ञानिक मामलों को देखता था, वह युवक की माता से बोला, "आप शायद नहीं जानतीं कि कभी भी किसी से आवेश में ऐसे कड़वे शब्द नहीं बोलने चाहिए कि व्यक्ति बुरी तरह आहत हो जाए। आत्महत्या का विचार पीड़ा और उससे लड़ने के साधन के बीच के असंतुलन का परिणाम होता है। अमेरिका

की संस्था यूथ सुसाइड नेशनल सेंटर की निदेशक शरलोट रॉस कहती हैं कि 'आत्महत्या मृत्यु का एक ऐसा कारण है जिसे रोका जा सकता है।' वैज्ञानिक शोध भी यही दर्शाते हैं कि लगभग 90 प्रतिशत आत्महत्या करनेवाले व्यक्ति मानसिक तौर से बेहद परेशान होते हैं। उनकी परेशानी का कारण तनाव और अवसाद ही है, जिसे आत्मविश्वास और आत्मशक्ति से कम अवश्य किया जा सकता है। यदि आज थोड़ी भी देर हो जाती तो आपका बेटा यह दुनिया छोड़कर जा चुका होता।"

कमांडर अक्षय की बातें सुनकर महिला अपनी आँखें पोंछते हुए बोली, "मुझे अपनी गलती का बेहद पश्चात्ताप है।" फिर वह अनु की ओर देखते हुए बोली, "अनु को देखकर मुझे यह भी एहसास हो गया है कि इससे अच्छी और समझदार बहू मुझे नहीं मिल सकती।"

परिवार की समस्या का सुखद अंत होते देखकर पी.आर.वी. के कर्मी प्रसन्न मन से अपने गंतव्य की ओर बढ़ चले।

□

ट्रैफिक जाम में झगड़ा

"उफ्फ! वैसे ही इतनी देर हो रही है, ऊपर से यह स्विफ्ट सामने से नहीं हट रही।" अब पंकज का धैर्य जवाब देने लगा था। ऑफिस पहुँचने के लिए उसे देर हो रही थी। साढ़े नौ बज गए थे और ऑफिस का टाइम 9 बजे था। आज ऑफिस में एक जरूरी मीटिंग भी थी। वह लगातार अपनी गाड़ी का हॉर्न देता रहा। यह देखकर स्विफ्ट की सीट पर बैठा अनिमेष नीचे उतरकर आया। वह भी पंकज के लगातार हॉर्न देने से चिढ़ गया था। गाड़ी से उतरकर वह बोला, "आपको इतनी ही जल्दी है तो सड़क पर गाड़ी लेकर क्यों निकलते हैं? सीधा आसमान के रास्ते निकला करिए न। वहाँ न ट्रैफिक मिलेगा और न ही आप चिड़चिड़ाएँगे।"

अनिमेष की इस बात से पंकज भी भड़क गया। वह बोला, "आप मुझे सलाह बाद में दीजिएगा, पहले अपनी पंक्चर गाड़ी तो घर से सही अवस्था में लेकर निकला करिए। अपने साथ-साथ आपने दूसरों का भी समय बरबाद कर दिया।"

अनिमेष बोला, "समय की इतनी ही चिंता है तो और पहले निकला करिए न। घर से लेट निकलते हैं और गुस्सा बाहरवालों पर उतारते हैं।"

बहस कम होने का नाम ही नहीं ले रही थी। आते-जाते लोग तमाशबीन बनकर झगड़े को देखते रहे और ट्रैफिक जाम बढ़ता गया।

एक-दो लोग आगे भी आए तो किसी को पंकज चुप करा देता तो किसी को आगे बढ़ने से अनिमेष रोक देता। एक छोटी सी बात ने विकराल रूप धारण कर लिया था। दोनों में से कोई भी समझदारी दिखाकर पहले हटने को तैयार न था, हाँ, दूसरे को हटाने के लिए हर कोई जी-जान से अपनी ऊर्जा की बरबादी कर रहा था।

किसी ने यूपी-100 को इस संबंध में सूचित कर दिया। तीन मिनट में नजदीक खड़ी पी.आर.वी. वहाँ आ गई। पी.आर.वी. में दोनों तरफ नारंगी लाइट जलती देख और पुलिस हूटर बजते देख सभी लोग समझ गए कि अब यह मामला शांति से

निपट जाएगा। भीड़ वहाँ से तितर-बितर होने लगी। घटनास्थल पर अब केवल पंकज और अनिमेष रह गए थे। पी.आर.वी. के रुकते ही आधी नारंगी लाइट गाड़ी में जलने लगी और गाड़ी एक ओर खड़ी कर दी गई। ड्यूटी पर तैनात प्रभारी अधिकारी पवन पी.आर.वी. से निकलकर बाहर आए। उन्होंने उन दोनों को सड़क के एक ओर किया। पवन बोले, "मुझे तो आप दोनों बेहद पढ़े-लिखे और समझदार लगते हैं। ऐसे में आपको तो इस छोटे से मामले को अपने आप ही निपटा लेना चाहिए था। कहाँ आप एक-दो मिनट में ट्रैफिक में लेट होने के कारण परेशान थे और कहाँ आपने इस एक-दो मिनट को घंटे में बदल दिया। इससे आपके साथ-साथ यहाँ उपस्थित लोगों का भी बहुमूल्य समय बरबाद हुआ। क्या लड़ने से और एक-दूसरे को नीचा दिखाने से ट्रैफिक की समस्या दूर हो गई? आप खुद ही सोचिए कि यदि आप दोनों प्रेम और भाइचारे से एक-दूसरे को सहयोग करते तो न ही लोगों के बीच आपका तमाशा बनता, न ही लोगों की भीड़ यहाँ एकत्र होती और न ही यहाँ हमें आने के लिए मजबूर होना पड़ता।"

पवन की बातें इस समय उन दोनों को ही समझदारी भरी प्रतीत हो रही थीं। पंकज की नज़र घड़ी की ओर गई। उसने देखा घड़ी सवा दस बजा रही थी। इतनी देर में तो उसकी मीटिंग खत्म भी हो जाती और वह रिपोर्ट तैयार कर रहा होता। वाकई उसने एक-दो मिनट के चक्कर में अपना कीमती एक घंटा खराब कर दिया। सबसे पहले उसने अपना फोन निकालकर ऑफिस सूचना दी कि वह ऑफिस पहुँचने में लेट हो जाएगा।

फोन पर बात खत्म करने के बाद पंकज पवन से बोला, "सर, सचमुच पता नहीं जीवन की भागदौड़ में हम इतना ज्यादा खो जाते हैं कि कहीं भी समझौता करने में हमें छोटेपन का एहसास होने लगता है, जबकि यह एहसास और भावना बिल्कुल ही गलत है। यदि मैं चुपचाप अनिमेष की मदद कर देता। इसकी पंक्चर गाड़ी को किनारे लगवा देता तो इसका और मेरा दोनों का ही समय बच जाता।"

"बिल्कुल सही कहा पंकज तुमने। इसके साथ-साथ तुम एक अच्छा दोस्त भी पा लेते। क्या पता आगे आनेवाले जीवन में तुम दोनों को एक-दूसरे की मदद की आवश्यकता पड़ जाती और तुम दोनों एक-दूसरे के लिए बेहद मददगार सिद्ध होते।"

पवन और पंकज की बातों ने अनिमेष को भी लाइन पर ला दिया था। उसे भी अपनी गलती का एहसास हो गया था। वह भी पवन से बोला, "मेरी भी गलती थी सर। मुझे पंकज को बदतमीजी से जवाब नहीं देना चाहिए था। यदि मैं भी इससे

विनम्रतापूर्वक कह देता कि कुछ देर इंतजार कर लीजिए, मेरी गाड़ी में समस्या हो गई है तो शायद यह व्यर्थ का फसाद न खड़ा होता।"

"कोई बात नहीं। एक कहावत है न कि जब जागो तब ही सवेरा। तो आगे से इस बात का ध्यान रखना कि जब भी ट्रैफिक के समय ऐसी समस्या उत्पन्न हो तो सामने वाले से लड़ने के बजाय मदद की ओर हाथ बढ़ाना। ऐसा करने से आप एक अच्छे दोस्त को अपने जीवन में पा लोगे।"

इस पर पंकज और अनिमेष के मुँह से स्वत: ही निकल पड़ा, "बिल्कुल जैसे कि यूपी-100 हमारी दोस्त बनकर साथ आ खड़ी है और इस झगड़े को बढ़ने से पहले मिटा चुकी है।"

इसके बाद पंकज और अनिमेष एक-दूसरे के गले लग गए। दोनों ने एक दूसरे से अपने मोबाइल नंबर भी लिये और अपने-अपने गंतव्य की ओर चल दिए। प्रभारी अधिकारी पवन भी पी.आर.वी. में बैठकर वापस चल पड़े। इस समय पी.आर.वी. में आधी नारंगी एवं आधी नीली लाइट जल रही थी जो मानो विजय और शांति दोनों की सीटी बजा रही थी।

□

भाषा की समस्या

वी. अरुणा ट्रेन से लखनऊ उतरी। उसकी छोटी बहन टी. वीना का विवाह हाल ही में हुआ था। टी. वीना की लखनऊ में ससुराल थी। आज पहली बार बेहद खुशी मन से वी. अरुणा केरल से अपनी बहन टी. वीना के पास आ रही थी। टी. वीना का जन्मदिन भी आने वाला था। यह सोचकर वी. अरुणा केरल से ही उसके लिए हीरे की अँगूठी उपहारस्वरूप देने के लिए लाई थी।

गरमियों का मौसम था। स्टेशन पर उतरते ही यात्रियों के पसीने की बदबू और भीड़भाड़ से वी. अरुणा को उबकाई सी आ गई। लंबे सफर में अक्सर उसे उलटी की शिकायत हो जाती थी। वह एक स्थान पर कुछ देर के लिए रुकी। समीप ही एक बेंच पड़ी हुई थी। बेंच पर अपने साथ लाए बैग को उसने एक ओर रखा और पानी की बोतल को मुँह से लगाया। अभी वह पानी पूरी तरह पी भी नहीं पाई थी कि तभी एक मध्यम कद का युवक तेजी से वहाँ पर आया और वी. अरुणा का बैग लेकर भागने लगा। यह देखकर वी. अरुणा की पानी से भरी बोतल एक ओर गिर पड़ी। वह तेजी से दौड़कर उसका पीछा करने लगी। जब उसमें और अरुणा में कम फासला था तो अरुणा युवक के व्यक्तित्व को भाँपती रही। युवक ने पीछे मुड़कर देखा कि अरुणा उससे कितनी दूर है। अभी तक उन दोनों में बेहद कम फासला था। जैसे ही वह मुड़ा अरुणा ने देखा कि उसकी गरदन पर चोट का निशान था और होंठ के पास कट लगा हुआ था। उसकी नज़र उसके बाएँ हाथ पर पड़ी, उसके बाएँ हाथ में चार अंगुलियाँ थीं। उसने अरुणा का बैग दाहिने हाथ में पकड़ा हुआ था।

धीरे-धीरे युवक की रफ्तार तेज होती गई और अरुणा बहुत पीछे रह गई। अब उसकी रुलाई फूट पड़ी। उसे रोते हुए देखकर कई लोग वहाँ इकट्ठे हो गए। इसी बीच एक युवक ने यूपी-100 को फोन मिला दिया। अरुणा अभी भी रोए जा रही थी। यूपी-100 के फोन मिलाने पर वहाँ से आवाज आई कि बताइए, हम आपकी

क्या सहायता कर सकते हैं? युवक हिंदी में अरुणा से बोला, "मैडम, प्लीज बोलिए न क्या समस्या है? अपनी परेशानी का कारण बताइए।"

युवक की बात सुनकर अरुणा रोते-रोते हाथों से इशारा करते हुए बोली, "येनेक हिंदी तेरीयाद मलयालम तान तेरीम।"

वहाँ उपस्थित लोगों को कुछ समझ नहीं आया। पर युवक अरुणा के संकेतों और दक्षिण भारतीय भाषा सुनकर समझ गया कि युवती को हिंदी अथवा अंग्रेजी नहीं आती है।

युवक ने फोन पर कहा, "मैडम, इन्हें शायद मलयालम के अलावा कोई और भाषा नहीं आती। वह हिंदी और अंग्रेजी नहीं समझ पा रही हैं।"

यह सुनकर यूपी-100 की संवाद अधिकारी बोली, "आप फोन होल्ड करिए। इस समस्या का समाधान हो जाएगा। बस थोड़ा सा समय दीजिए।"

इसके बाद संवाद अधिकारी ने जल्दी से देखा कि उस समय मलयालम के वोलंटियर कहाँ-कहाँ पर हैं और उनमें से कौन उस समय उपलब्ध है? उसे एक मलयाली युवक पी श्रीनिवासन उस समय उपलब्ध मिले। वह मलयालम के साथ-साथ हिंदी भी बहुत अच्छी जानते थे। इसके बाद संवाद अधिकारी ने पी श्रीनिवासन को सारी स्थिति बताई और वी. अरुणा की लाइन को पी. श्रीनिवासन के फोन से जोड़ दिया। पी. श्रीनिवासन ने मलयालम में वी. अरुणा से बात की। अरुणा ने जल्दी-जल्दी मलयालम भाषा में अपने बैग के चोरी हो जाने की बात बताई। साथ ही चोर का हुलिया भी बयाँ किया। सारी बातें जानने के बाद पी. श्रीनिवासन ने संवाद अधिकारी को वी. अरुणा की सारी बातें हिंदी में बताईं।

इस समय वी. अरुणा अपनी बहन के घर जाने को भी तैयार न थी। यह देखकर संवाद अधिकारी ने डिस्पैच सेक्शन को सारी घटना की जानकारी दी। मात्र दो-तीन मिनट में यूपी-100 की नजदीक खड़ी पी.आर.वी. वहाँ पहुँच गईं। अन्य पी.आर.वी. को चोर के हुलिए की सारी जानकारी दी गई। आधे घंटे के अंदर चोर वी. अरुणा के बैग समेत हिरासत में ले लिया गया।

वी. अरुणा ने अपना बैग खोलकर देखा तो उसमें सभी सामान सही-सलामत पाया। यह देखकर उसकी आँखों से खुशी के आँसू निकल आए। वह मलयालम में धन्यवाद बोली।

दोबारा से वी. अरुणा के द्वारा कही जानेवाली बातों को जानने के लिए पी. श्रीनिवासन को फोन से जोड़ा गया। वी. अरुणा ने यूपी-100 का अनेकशः धन्यवाद देते हुए कहा कि हिंदी और अंग्रेजी न जानते हुए भी उन्होंने जिस तरह से

उसकी मदद की है, वह उसे जीवन भर नहीं भूलेगी। उसने पी. श्रीनिवासन का भी बहुत-बहुत धन्यवाद किया।

अब तक उसकी बहन टी. वीना को भी सूचित कर दिया गया था। वह वहाँ आई और मलयालम में अपनी बहन से बोली, "आपने मुझसे बात क्यों नहीं की?"

वी. अरुणा बोली, "उस समय मुझे कुछ ध्यान ही नहीं रहा, बस बैग में रखे कीमती सामान पर ध्यान था। वह तो शुक्र है कि पुलिस ने जल्दी से चोर का पीछा कर उसे पकड़ लिया और मेरी पूरी मदद की।"

वी. अरुणा की बात सुनकर टी. वीना यूपी-100 के पुलिस अधिकारी को अनेकशः धन्यवाद देते हुए बोली, "सर, मुझे मलयालम के साथ-साथ हिंदी और अंग्रेजी भी बहुत अच्छे से आती है। मेरी बहन की एक अनजान वोलंटियर ने मदद की है। ऐसे में यदि मैं तीन भाषाएँ आते हुए यूपी-100 की वोलंटियर नहीं बनी तो मुझे बहुत दुःख होगा।"

यूपी-100 के अधिकारी बोले, "नेकी और पूछ-पूछ हमें तो भई आप जैसे वोलंटियर चाहिए। जब पूरा देश हमारे साथ होगा तो फिर यूपी तो क्या देश में कहीं कोई अपराध नहीं होगा।" इसके बाद सभी खिलखिलाकर हँस पड़े। वी. अरुणा यूपी-100 की भाषा वोलंटियर बनकर अपनी बहन के साथ घर की ओर निकल पड़ी।

□

आधुनिक मोबाइल एप्प

"क्या हुआ प्राची? तुम उदास लग रही हो! सब ठीक है न! आज कॉलेज आने में लेट कैसे हो गई?"

"रिचा, यार तीन दिन से दो लड़के लगातार मेरा पीछा कर रहे हैं। पहले दिन तो मैंने ज्यादा ध्यान नहीं दिया। कल आते समय मुझे लगा कि दो लड़के मेरे साथ-साथ चल रहे हैं। आज तो मुझे पक्का यकीन हो गया। इसलिए मैं रुकते-रुकते, डरते-डरते कॉलेज पहुँची। कहीं वे मेरा पीछा करते-करते यहाँ तक न पहुँच जाएँ!"

"यार, तू भी न इक्कीसवीं सदी में अनपढ़ लड़कियों की तरह बात कर रही है। एम.एस-सी. कर रही है और विचार इतने पुराने!"

"अरे, इतने पुराने विचार क्या करेंगे? सुनती नहीं तू, कि आजकल का समय कितना खराब है? दिन-दहाड़े लड़कियों के साथ बदतमीजी हो जाती है और कोई कुछ बोलता नहीं।"

"कोई कुछ क्यों बोले? वह लड़की ही क्यों न बोले, जिसके साथ बदतमीजी हो रही है। वह क्या गाय है जो बोलना या हाथ उठाना नहीं जानती!"

"अरे, बाप रे! मैं तो भूल गई थी कि मैं झाँसी की रानी से बात कर रही हूँ जो हर वक्त लड़कियों को बचाने के लिए तलवार लेकर खड़ी रहती है।"

"यह मजाक उड़ाने का वक्त नहीं है। आज तो मैं झाँसी की रानी की तलवार तुझे भी दूँगी।"

"अच्छा! दे दे मेरी माँ। पर एक म्यान में दो तलवारें कैसे रहेंगी? तेरे पास भी झाँसी की रानी की तलवार और मेरे पास भी। हम दोनों उन तलवारों को रखेंगी कहाँ?" यह बोलकर प्राची खिलखिलाकर हँस पड़ी।

उसकी बात सुनकर रिचा मुस्कराते हुए बोली, "बहुत आसान है मेरी बहन! हम दोनों उन तलवारों को अपने-अपने मोबाइल में रखेंगी।"

उसकी बात सुनकर प्राची फटी-फटी आँखों से उसे देखकर बोली "तू न जरा कम पढ़ा कर। किताबें पढ़-पढ़कर, साहित्य में घुस-घुसकर तू पगल गई है। इन दिनों तू साहित्य में पी-एच.डी. कर रही है न तो इसलिए तेरे दिमाग में पागलपन का कीड़ा घुस गया है। जब देखो किताबों में डूबी रहती है। इसलिए तो सभी मुझसे कहते हैं कि प्राची जा अपनी पगली सहेली को सँभाल। हर वक्त बहस करने के मूड में रहती है। हर मामले में अपनी टाँग अड़ाती है।"

"ओ मेरी माँ, पूरी बात सुने बिना अपनी राय मत दे। समझी! वैसे भी जो लोग मुझे पागल कहते हैं न, तू उन सबसे बोल दिया कर न कि रिचा तुम सबको पागल बनाकर पागलों की नेता बनेगी। इतनी जल्दी वह पागल नहीं बननेवाली।"

"वह तो मैं बोल ही देती हूँ। बेस्ट फ्रेंड हूँ न तेरी।"

"शाबाश! अच्छा करती है तू यह बोलकर। अब जरा अपना मोबाइल फोन निकाल, तुझे झाँसी की रानी की तलवार देनी है।"

रिचा की बात सुनकर प्राची ने अपना मोबाइल निकाल दिया। रिचा ने उसका मोबाइल लिया और यूपी-100 मोबाइल एप्प निकाला। फिर वह फोन प्राची के हाथ में पकड़ाते हुए बोली, "अब देख, इस एप्प में जरूरी सूचनाएँ भरती जा।"

प्राची ने फोन लिया। उसमें मोबाइल फोन का प्रयोग करनेवाले के बारे में सूचनाएँ भरी जानी थीं। प्राची ने फोन में पढ़ा वहाँ लिंग, ब्लड ग्रुप, जन्मतिथि और राष्ट्रीयता के कॉलम बने हुए थे। प्राची ने उन सबमें अपनी सूचनाएँ भर दीं। इसके बाद उसने रिचा से कहा, "देख, मैंने सही सूचनाएँ भरी हैं न!"

रिचा ने मोबाइल लिया और पढ़कर बोली, "सब सूचनाएँ बिल्कुल सही हैं। अब आगे 'माइ इमरजेंसी कॉन्टेक्ट' में 05 ऐसे कॉन्टेक्ट नंबर और नाम भर दे जो तेरे बिल्कुल करीब हैं, जैसे—माता, पिता, भाई और चाहे तो एक ऑप्शन में मेरा भी नाम भर सकती है।"

रिचा की बात सुनकर प्राची ने मुस्कराते हुए माता, पिता, भाई, मौसी और रिचा का नाम एवं फोन नंबर उसमें भर दिया। इसके बाद अगले ऑप्शन 'माय लोकेशन' में इन पाँचों नंबरों के घर के पते वहाँ भर दिए और अपने नंबर को यूपी-100 में रजिस्टर करा दिया।

सारी सूचनाएँ भरने के बाद प्राची बोली, "यूपी-100 की सारी सूचनाएँ मैंने भर दीं और फोन नंबर भी रजिस्टर हो गया। पर झाँसी की रानी की तलवार तो अभी आई ही नहीं।"

उसकी बात सुनकर रिचा अपने माथे पर हाथ मारते हुए बोली, "उफ्फ, तेरा

दिमाग काम क्यों नहीं करता? क्या करूँ मैं तेरा? अक्ल से बिल्कुल पैदल रहती है हरदम। अरे यूपी-100 में तेरा नंबर रजिस्टर होने के बाद अब जब भी तू मुसीबत में होगी तो तेरे फोन से इन पाँच लोगों को यह खबर मिल जाएगी कि तू परेशानी में है और इस तरह तुझे बचाने के लिए कोई न कोई आ जाएगा। इसके साथ-साथ मुसीबत में पड़ते ही तुम्हें बस मोबाइल एप्प का लाल बटन दबाने की जरूरत है। लाल बटन दबाते ही यूपी-100 तक यह सूचना पहुँच जाएगी कि तू खतरे में है। इससे यूपी-100 सदा तेरे साथ रहेगी। यह यूपी-100 ही हर लड़की के लिए झाँसी की रानी की तलवार है और यकीन मान प्राची, जब से यूपी-100 शुरू हुई है तो लड़कियाँ बिल्कुल निडर हो गई हैं। अब वे बेखौफ अपने काम कर सकती हैं। हाँ, पर अभी भी कई लड़कियाँ तेरी तरह इस मोबाइल एप्प से परिचित नहीं हैं। अब तू और दस लड़कियों को इस मोबाइल एप्प के बारे में बताएगी, इससे तेरा ही ज्ञानवर्द्धन होगा।"

प्राची मुस्कराते हुए बोली, "हाँ जरूर, रिचा। वाकई यह मोबाइल एप्प तो बहुत काम का है और केवल लड़कियों के लिए ही क्यों बल्कि सभी के लिए उपयोगी है। इस एप्प को हर यूपी निवासी को अपने मोबाइल में डाउनलोड कर लेना चाहिए। इससे यूपी-100 हमेशा और हर पल उनके साथ रहेगी।"

"यूपी-100 नहीं प्राची झाँसी की रानी की तलवार समझी!"

"हाँ-हाँ समझी। वाकई यूपी-100 का साथ झाँसी की रानी की तलवार ही है जो दुश्मनों के सिर को धड़ से काटकर विजय रथ पर बढ़ती चलती है।"

यह कहकर प्राची खिलखिलाकर हँस पड़ी और रिचा भी मुस्कराने लगी।

□

पी.आर.वी. ने लाइट का किया काम

मिर्जापुर से कंडक्टर आवाज लगाता हुआ बोला, "सोनभद्र जानेवाले यात्री आ जाएँ। सोनभद्र…सोनभद्र। यह गाड़ी सोनभद्र जाएगी। सभी यात्री अपनी सीट पक्की कर लें।"

यह सुनकर सोनभद्र की ओर जानेवाली रोडवेज बस में अनेक यात्री चढ़कर बैठ गए और जल्दी से सीटें हथिया लीं। बस पूरी भर गई थी। अनेक यात्री खड़े भी हुए थे। रात का समय था। सभी को जल्दी थी कि किसी तरह अपने गंतव्य तक जल्दी से पहुँच जाएँ और फिर आराम करें।

बस में अनेक यात्री अपने मोबाइल में लगे हुए थे, कुछ ईयर फोन लगाकर गाने सुनने में मशगूल थे तो कुछ आँखें बंद कर लेटे हुए थे। रेड लाइट पर गाड़ी रुकी तो चालक को प्यास लग आई। पास रखा पानी गरम हो गया था। उसने गाड़ी को एक ओर खड़ा किया और पास ही दुकान से ठंडे पानी की बोतल लेने चला गया।

कंडक्टर सभी यात्रियों से बोला, "भई, सभी अपने-अपने टिकट ले लीजिए। टिकट चेकिंग करने के लिए कभी भी टीम आ सकती है। आप यह मत सोचिएगा कि रात होती आ रही है तो आपकी टिकट की चेकिंग नहीं होगी। ईमानदारी से टिकट लीजिए और भारी जुर्माने से बचिए।"

कंडक्टर की बात पर एक यात्री मुस्कराते हुए बोला, "चाचा, यह आपने सही बात कही। लोग अक्सर यही सोचते हैं कि अरे रात का वक्त है, अब तो बिना टिकट के ही काम चल जाएगा और अक्सर टिकट नहीं लेते हैं। इस गरमी में बिना टिकट के यात्रा करना उन्हें और परेशान कर देगा।"

यात्री ने अपनी बात खत्म ही की थी कि तभी चालक पानी की बोतल साथ लेकर आ गया। वह यात्रियों से बोला, "आज तो बहुत गरमी है। बस जल्दी से सोनभद्र पहुँच जाएँ।"

फिर उसने गाड़ी चलानी आरंभ कर दी। गाड़ी अपनी रफ्तार से बढ़ती रही। जैसे ही बस मड़िहान के बेला जंगल की ओर बढ़ी, वैसे ही अचानक बस की लाइट खराब हो गई। लाइट खराब होने से बस के अंदर अँधेरा हो गया। जंगल की ओर तो रात्रि के समय अंधकार था ही।

यह देखकर अनेक यात्री डर गए। बस अटक गई। बिना लाइट के बस कैसे आगे बढ़े? वह भी जंगल के मार्ग में। हाथ को हाथ नहीं सूझ रहा था। यात्रियों की घबराहट बढ़ती जा रही थी। जंगल में जंगली जानवर या लुटेरे आ गए तो कैसे निबटेंगे? अनेक यात्री कंडक्टर व चालक से बोले, "जल्दी से कोई उपाय सोचिए। ऐसे तो रात गहराती जाएगी और हम यही अटक जाएँगे।"

चालक बोला, "अरे, क्या तुम्हें ही अपनी जान का डर है। डर तो हमें भी है न। हम सबको मिलकर कुछ सोचना पड़ेगा।"

कुछ यात्रियों ने अपनी मोबाइल की लाइट जला ली थी, लेकिन उससे क्या फर्क पड़ना था। गाड़ी चलने के लिए तो पूरी रोशनी की आवश्यकता होती है।

कुछ लोग बोले, "रात यहीं पास के किसी घर में काट लेते हैं। अब रात में बिना लाइट की गाड़ी से जाना तो खतरनाक है।"

इस पर दूसरा यात्री बोला, "यहाँ जंगल में तुम्हारे लिए ही तो महल बनाकर रखा गया है कि तुम आओगे और यहाँ ठहरोगे?"

यह सुनकर सभी यात्री हँस पड़े। तभी एक वृद्ध सज्जन बोले, "अरे भई, जब यूपी-100 साथ है तो डर की क्या बात है? यूपी-100 को फोन मिलाकर बुला लीजिए न। सारी समस्या पल में दूर हो जाएगी।"

इसके बाद एक यात्री ने यूपी-100 को फोन मिलाकर समस्या से अवगत कराया। इस समय बस में 56 यात्री सवार थे। यात्री ने उस स्थान की जानकारी दी जहाँ पर बस यात्रियों के साथ रुकी हुई खड़ी थी। कुछ ही देर में यूपी-100 की पी.आर.वी. वहाँ आ पहुँची। पी.आर.वी. को देखकर हलक में अटकी यात्रियों की साँस में साँस आई। पी.आर.वी. 1106 से प्रभारी त्रिलोकी पांडेय, आरक्षी मनवीर और रणवीर उतरे। तीनों ही बस के आसपास आए।

आरक्षी मनवीर ने लाइट का मुआयना किया। उसने अपनी ओर से भरसक प्रयत्न किए कि लाइट जल जाए, लेकिन लाख प्रयत्नों के बाद भी लाइट नहीं जल पाई। यह देखकर प्रभारी त्रिलोकी पांडेय बस के अंदर आए। वे यात्रियों से बोले, "आपको घबराने की आवश्यकता नहीं है। यूपी-100 की पुलिस आपके पास पहुँच चुकी है। आप सभी सुरक्षित हैं। इसके बाद प्रभारी त्रिलोकी पांडेय अपनी

पी.आर.वी. में बैठ गए और उसकी लाइट जलाकर बस के चालक को अपने पीछे-पीछे चलने का इशारा किया। पी.आर.वी. में जलनेवाली लाइटों की सहायता से धीरे-धीरे बस आगे बढ़ने लगी। हालाँकि बस चालक को बस की लाइटों के बिना बेहद दिक्कत हो रही थी लेकिन त्रिलोकी पांडेय, मनवीर और रणवीर के हौसले व मदद से बस धीरे-धीरे आगे बढ़ती रही। इसी तरह जंगल पार हो गया। जंगल पार होते ही सबने राहत की साँस ली।

अब रोड पर अन्य बसें भी नज़र आ रही थीं। पी.आर.वी. से उतरकर त्रिलोकी पांडेय बस स्टैंड पर जाकर खड़े हो गए। उन्होंने एक अन्य बस को रुकवाया और सभी यात्रियों को उसमें बैठाया गया। दूसरी बस में बैठने के बाद सभी यात्री त्रिलोकी पांडेय का धन्यवाद करते हुए बोले, "सर, समय पर यूपी-100 की मदद मिलने से हम सकुशल अपने-अपने घर पहुँच जाएँगे। कुछ दिन पहले उसी स्थान पर लूटपाट की घटना हुई थी। इस बात से हम सभी बेहद घबरा गए थे। लेकिन आपने वक्त पर सहायता कर हम सभी में आत्मविश्वास का संचार कर दिया। वाकई यूपी-100 डूबते लोगों का तारणहार बनती जा रही है।"

यह कहकर यात्रियों से भरी बस वहाँ से चल पड़ी। सोनभद्र की ओर रवाना होते यात्रियों ने हाथ हिलाकर पी.आर.वी. का शुक्रिया अदा किया और बस उन्हें लेकर गंतव्य की ओर बढ़ चली।

□

खदान में डूबने से बचाया

"मुसकान, तुम पढ़ती-लिखती हो नहीं, सारा दिन पिता के मोबाइल में लगी रहती हो। कभी फेसबुक, कभी व्हाट्सएप। दसवीं कक्षा की बोर्ड की परीक्षाएँ हैं तुम्हारी। अगर यही हाल रहा न तो तुम दसवीं में फेल हो जाओगी। मत मानो मेरा कहना। मैं तो अठारह साल की होते ही तुम्हारा विवाह कर दूँगी। जब पढ़ोगी-लिखोगी नहीं तो चूल्हा-चौका ही सँभालोगी। बातें इतनी बड़ी-बड़ी करती हो और उसके लिए काम कुछ नहीं करती। काम ये कि टी.वी. देख लिया, मोबाइल खेल लिया, ऊटपटाँग खा लिया और घूम-फिर लिया।"

विद्या की बातें सुनकर मुसकान गुस्से से भर गई। वह बोली, "क्या माँ! आप हमेशा मुझे डाँटती ही रहती हो। अरे, थोड़ी देर ही तो फोन लिया है। मैंने मोबाइल हाथ में क्या उठाया, आपने तो आसमान सिर पर उठा लिया! अरे, क्या हो गया कुछ देर मोबाइल देख लिया तो? आप बस यही देखती रहती हैं कि मैं क्या कर रही हूँ, क्या नहीं। थोड़ा ध्यान अपने पर भी दिया करिए न। हर वक्त मेरी निगरानी करती रहती हो।"

ऐसा बोलते देख विद्या को बेहद गुस्सा आ गया। वह बोली, "तुम्हारे अंदर थोड़ी-बहुत शर्म है! तुम्हें अपनी माँ से बात करने की जरा तमीज नहीं है। कोई अपनी माँ से ऐसे बात करता है क्या? तुम अपनी सहेलियों पूजा, काजल, अंजू से पूछना कि क्या वे भी अपनी माँ को ऐसे ही परेशान करती हैं, माँ का कहना नहीं मानतीं और यदि माँ कुछ कहती है तो ऐसे ही खाने को दौड़ती हैं, जैसे कि तुम दौड़ रही हो?"

माँ विद्या की बातें सुनकर मुसकान कुछ नहीं बोली और पैर पटकते हुए घर से बाहर निकल गई।

माँ से बहस के कारण उसका दिमाग खराब हो गया था। हालाँकि मुसकान

यह समझ रही थी कि आज हुए सारे प्रकरण में पूरा दोष उसका था। माँ उसके भले के लिए ही तो कह रही थी। वाकई आज वह माँ के साथ बहुत बदतमीजी से बोली थी। कुछ दिनों बाद बोर्ड की परीक्षाएँ होंगी। उसने पूरी तरह अपनी तैयारी भी नहीं की है। ऐसे में वह कैसे पास हो पाएगी?

यह ध्यान करते ही उसे बेहद चिंता हो गई लेकिन फिर उसने स्वयं को सँभाला और स्वयं से बोली, 'अरे, तो क्या हुआ? परीक्षाएँ भी हो जाएँगी। यदि उसने थोड़ी देर मोबाइल देख लिया तो इसका यह अर्थ तो नहीं है कि वह दुनिया की सबसे खराब लड़की हो गई। उलटी-सीधी बातें सोचते हुए मुसकान आगे बढ़ती रही। क्रेशर से बने खदान को देखकर वह रुक गई। कुछ देर वह वहीं खड़ी रही। उसे कुछ समझ ही नहीं आ रहा था कि वह क्या करे? किशोर मन आनन-फानन में उलझ गया। उसे सिर में भारीपन सा महसूस होने लगा। आँखें बंद होने लगीं। उसने जल्दी से स्वयं को खदान से दूर करने का प्रयास किया लेकिन वह अपना संतुलन सँभाल नहीं पाई और क्रेशर से बने खदान में गिर गई। खदान में पानी भरा हुआ था। जैसे ही मुसकान का संपर्क पानी से हुआ, उसकी चीख निकल गई। उसे तैरना भी नहीं आता था। उसकी चीखों से स्थानीय लोगों का ध्यान खदान की ओर गया। सभी वहाँ दौड़ पड़े। मुसकान चिल्लाकर हाथ-पैर मार रही थी, "मुझे बचाओ, मुझे बचाओ।" एक व्यक्ति ने तुरंत यूपी-100 को फोन कर दिया और जल्दी से घटनास्थल पर पहुँचने का निवेदन किया। मात्र दो मिनट में करीब खड़ी पी.आर.वी. वहाँ पहुँच गई। पी.आर.वी. में कमांडर प्रशांत, आरक्षी चरण और कमल मौजूद थे। वे मामले की गंभीरता को देखते हुए जल्दी से पी.आर.वी. से उतरे। कमांडर प्रशांत ने खदान की ओर देखा। मुसकान हाथ-पैर मार रही थी। उसने अभी खदान के बीच में आए एक भारी पत्थर को कसकर पकड़ा हुआ था लेकिन धीरे-धीरे पकड़ छूटती जा रही थी। प्रशांत ने एक मिनट भी व्यर्थ न गँवाते हुए वहाँ के स्थानीय लोगों से मदद की अपील की। इसके बाद जल्दी से वहीं एक मोटी रस्सी मँगाई गई। उस मोटी रस्सी को खदान में डाला गया। इस कार्य में कमांडर प्रशांत की दोनों आरक्षी के साथ ही वहाँ उपस्थित लोगों ने मदद की। पूरा जोर लगाकर मोटे रस्से को खदान के बीच में डाला गया। इसके बाद प्रशांत उस रस्से की सहायता से खदान के बीच में गया। लोगों ने रस्से को पकड़ा हुआ था। सभी के प्रयासों और मेहनत से प्रशांत बेहोश मुसकान के पास पहुँच गए। उन्होंने मुसकान को उठाया। उसे अपने कंधे पर लादा। अब तक वहाँ पर कुछ तैराक भी पहुँच गए थे। वे कमांडर प्रशांत के पास पहुँचे। उन्होंने मुसकान को लिया और किनारे की ओर आने लगे। किनारे पर

आने के बाद मुसकान को नीचे उलटा करके लिटाया गया और कमांडर व आरक्षी ने स्थानीय लोगों की मदद से उसके पेट में भरा पानी निकाला। इसके बाद बेहोश मुसकान को जल्दी से नजदीक के अस्पताल में ले जाया गया।

वहाँ तुरंत उसकी जाँच की गई। उसे आवश्यक चिकित्सा प्रदान की गई। एक घंटे बाद मुसकान को होश आया। उसे होश में देखकर प्रशांत ने राहत की साँस ली। अब तक मुसकान की माँ विद्या भी वहाँ पहुँच चुकी थी। अपनी बेटी की ऐसी हालत देखकर वह स्वयं को दोष दे रही थी कि उसने उसे डाँटा ही क्यों?

मुसकान की नज़र जब अपनी रोती हुई माँ पर गई तो वह सबके सामने उनसे माफी माँगते हुए बोली, "माँ, मुझे माफ कर दीजिए। मैंने आपका बहुत दिल दु:खाया है। इसलिए मुझे मेरे किए की सजा मिली है। मैं आगे से कभी भी बदतमीजी नहीं करूँगी और एक अच्छी बेटी बनकर आपका व अपने परिवार का नाम रोशन करूँगी।"

मुसकान की बातें सुनकर प्रशांत बोले, "आजकल पता नहीं तुम बच्चों को क्या होता जा रहा है? माता-पिता जरा सा डाँट क्या देते हैं, तुम उन्हें अपना दुश्मन ही समझने लगते हो और चल देते हो आत्महत्या करने?"

यह सुनकर मुसकान भरे हुए गले से बोली, "सर, मुझे आज अपनी गलती का एहसास हो गया था कि मैंने बेवजह माँ का अपमान किया है। मैं यही सब बातें सोचते हुए बढ़ रही थी कि अचानक संतुलन बिगड़ने से मैं खदान में जा गिरी।"

कमांडर प्रशांत बोले, "अब आगे से तुम कभी ऐसा कुछ नहीं करोगी। तुम्हें बहुत जल्दी अपनी गलती का एहसास हो गया। यह सही भी है बेटे, जब जागो तभी सवेरा। हमें उम्मीद है कि अब तुम अपनी माँ का ध्यान रखोगी और अपने लक्ष्य पर ध्यान दोगी।" इसके बाद कमांडर प्रशांत अपनी टीम के साथ पी.आर.वी. में बैठ कर वहाँ से चल पड़े।

□

भोला को ढूँढ़ निकाला

"भोला-भोला, कहाँ गया मेरा राजा बेटा?"

रामरती उसे ढूँढ़ती हुई उसके करीब आई।

18 साल का भोला घर के पास ही बने एक पेड़ पर चढ़ा उसकी डाल पर झूल रहा था।

"बेटा, नीचे आ जाओ, बहुत झूल लिये। चलो, अब खाना खाओ और फिर आराम करना।"

"मैं नहीं आऊँगा माँ, तू मूझे डाँटेगी और झूला नहीं झूलने देगी।"

"नीचे आ भोला!"

"मैं नहीं आऊँगा···मैं नहीं आऊँगा···" यह कहकर भोला रामरती को दाँत दिखाते हुए और ऊपर चढ़ने लगा।

रामरती घबरा गई कि कहीं भोला गिर न पड़े। प्यार से उसने उसे नीचे उतरने के लिए कहा। माँ का प्रेम भरा रूप देखकर भोला आराम से उतर आया और माँ के साथ चल पड़ा।

घर आकर रामरती ने चैन की साँस ली। विधवा रामरती का एकमात्र सहारा भोला ही था। हालाँकि उसका क्या बल्कि बूढ़ी रामरती ही उसका सहारा थी। एक एक्सीडेंट में भोला के दिमाग पर चोट आई थी और बस तभी से उसके दिमाग में गड़बड़ हो गई थी। वह ऊटपटाँग हरकतें करता था, बच्चों की तरह भागता था। भोला की ऐसी हालत देखकर कई बार रामरती की आँखें भर आतीं। वह ईश्वर से शिकायत भी करती लेकिन फिर जब लोगों के बड़े-बड़े दुःखों को देखती तो चुप हो जाती।

रामरती भोला की परछाईं बनकर रहती थी। उसे पता था कि भोला उसकी नज़रों से ओझल हुआ तो बहुत मुश्किल हो जाएगी। एक दिन रामरती सब्जी लेने बाजार जा रही थी।

भोला बोला, "मैं भी साथ चलूँगा। मुझे आइसक्रीम खानी है।"

रामरती बोली, "मैं तेरे लिए आइसक्रीम यहीं ले आऊँगी। तू बस घर के अंदर रहना।"

रामरती जब भी कहीं जाती तो भोला को घर के अंदर बंद कर जाती थी क्योंकि घर के अंदर वह सुरक्षित रहता था। पर उस दिन भोला ने जिद पकड़ ली कि वह रामरती के साथ जाएगा और जाएगा···बस उसे आगे कुछ नहीं सुनना है।

भोला की जिद देखकर रामरती सोचने लगी, 'बेचारे भोला का भी तो मन करता होगा बाहर घूमने-फिरने का। मैं तो उसे हर वक्त अपनी नज़रों के सामने और घर में ही बंद रखती हूँ कि कहीं यह खो न जाए। कुछ भी तो नहीं जानता। इसे देख-देखकर तो मैं फिर भी अपना जीवन गुजार दूँगी पर भोला से दूर होकर मैं कहाँ जी पाऊँगी?' यह सोचकर उसने अपनी आँखों की कोरों से निकलनेवाले आँसुओं को पोंछा और बोली, "ठीक है, मैं तुझे लेकर चलूँगी पर तू मेरा हाथ पकड़कर रखेगा और मुझे छोड़कर कहीं नहीं जाएगा।"

भोला चहककर बोला, "हाँ माँ, मैं तेरे साथ रहूँगा और कहीं भी नहीं जाऊँगा। पक्का माँ, नहीं जाऊँगा तुझे छोड़कर। तेरे साथ रहूँगा हमेशा-हमेशा···।"

भोला की बात सुनकर रामरती ने घर को बंद किया और उसे साथ लेकर बाजार की ओर चल पड़ी। बार-बार वह देखती कि भोला साथ ही है। एक जगह लाल-लाल सेब देखकर भोला बोला, "माँ, मुझे सेब खाने हैं।"

भोला की इच्छा देखकर रामरती सेबवाले के ठेले की ओर बढ़ चली। उसने लाल-लाल सेब तुलवाए और कीमत देकर भोला की ओर मुड़ी तो यह देखकर दंग रह गई कि भोला वहाँ न था। उसके हाथ से सेब के साथ ही सब्जियों का थैला नीचे गिर पड़ा। खरीदी गई सब्जी के साथ ही फल भी जमीन पर बिखर गए। रामरती माथे पर हाथ रखकर बुरी तरह रोने लगी और बोली, "मैंने भोला को कितना समझाया था, पर उसने मेरी एक नहीं सुनी। कहाँ चला गया? मैं कहाँ ढूँढूँ उसे।" उसका रुदन सुनकर कई लोग वहाँ इकट्ठे हो गए।

वहीं सब्जी मंडी के पास ही यूपी-100 की पी.आर.वी. ट्रैफिक नियंत्रित करने में लगी हुई थी। सब्जी मंडी के पास भारी भीड़ थी और ऐसे में यूपी-100 के कमांडर मुकेश और आरक्षी राणा व हरीश वहाँ ट्रैफिक नियंत्रित कर रहे थे। एक व्यक्ति ने कमांडर मुकेश को जाकर इस सूचना से अवगत किया कि एक वृद्धा का मानसिक रूप से कमजोर अठारह वर्ष का नवयुवक बेटा खो गया है। यह सूचना मिलते ही कमांडर मुकेश ने राणा को ट्रैफिक नियंत्रित करने को कहा और हरीश को अपने साथ लेकर घटनास्थल की ओर दौड़े आए।

कमांडर मुकेश रामरती से बोला, "अम्माँ चिंता न करो, भोला मिल जाएगा, थोड़ी हिम्मत रखो।"

रामरती रोते हुए मुकेश से बोली, "कैसे हिम्मत रखूँ, वह तो अपना नाम भी सही से नहीं बता पाता। मेरे अलावा किसी को नहीं पहचानता। ऐसे में उसका मिलना मुश्किल है।"

पुलिसकर्मी ने कहा, "मुश्किल कुछ नहीं होता, बस आप खुद को सँभालिए। अब हम हैं न। सब ठीक हो जाएगा।"

इसके बाद मुकेश और हरीश भोला की खोज में लग गए। धीरे-धीरे शाम हुई और अब शाम का धुँधलका रात में परिवर्तित होने लगा था। भोला का कहीं पता न था"'पर अभी तक रामरती सब्जी मंडी में ही इस आस से बैठी थी कि भोला वहीं आ जाएगा। जब भोला न आया तो दो-तीन महिलाओं ने रामरती को उठाया और उसे घर की ओर ले चली। रामरती का तो जैसे सबकुछ खो गया था। रामरती के साथ आई महिला ने घर का दरवाजा खोला और रामरती को अंदर लेकर आई। रामरती अँधेरे में ही घर के कोने में बैठ गई।

दूसरी महिला ने घर की बत्ती जलाई और रामरती को पानी देते हुए बोली, "सब ठीक हो जाएगा बहन, भोला लौट आएगा। ऐसे हिम्मत हारोगी तो कैसे चलेगा?

तभी एक पड़ोसन चाय ले आई। रामरती का न ही पानी पीने का मन कर रहा था और न ही चाय पीने का।

उधर रात गहराती देख हरीश बोला, "साहब! बहुत देर हो गई। अभी तक तो भोला का कुछ पता नहीं लगा।"

"कोई बात नहीं। हमें हिम्मत नहीं हारनी है। यह सोचो न कि जब इतनी देर से नहीं मिला तो अब उसके मिलने में देर नहीं है। वह ज्यादा दूर नहीं गया होगा। कहीं इधर उधर होगा।"

पास ही एक नाला बह रहा था। नाले के पास अचानक कमांडर मुकेश ने देखा कि एक व्यक्ति वहाँ पड़ा हुआ है। वहाँ अँधेरा था। टॉर्च की सहायता से मुकेश और हरीश आगे बढ़े। वृद्धा ने अपने मोबाइल से भोला की फोटो दिखाई थी जिसे मुकेश ने 'शेयर इट' की सहायता से अपने फोन में ले लिया था। उसने मोबाइल में भोला की तस्वीर से युवक की तस्वीर मिलाई। हरीश उछलकर बोला, "सर, भोला ही है।"

मुकेश खुशी से सिर हिलाकर पसीना पोंछते हुए बोला, "हाँ।" इसके बाद

दोनों ने भोला को उठाया और पी.आर.वी. में डाला। वह डर के कारण बेहोश हो गया था। भोला को तुरंत नजदीक के अस्पताल ले जाया गया। होश में आने पर मुकेश और हरीश उसे पी.आर.वी. में बैठाकर घर की ओर ले चले।

उधर घर में महिलाओं का जमघट लग गया था। शोर बढ़ता गया और रामरती अपने माथे पर हाथ रखकर आँखें बंद किए जमीन पर बैठी रही। तभी उसके कानों में स्वर सुनाई दिया, "माँ, मैं आ गया···मैं आ गया···मैं कह रहा था न कि तुझे छोड़कर कहीं नहीं जाऊँगा।" ये बातें सुनकर रामरती ने अपनी आँखें खोलीं और माथे पर से हाथ हटाया तो सामने भोला को पाकर उसके मुँह से शब्द ही न निकले। भोला के साथ ही मुकेश और हरीश खड़े हुए।

मुकेश रामरती से बोला, "माताजी, भोला एक नाले के करीब चला गया था। किस्मत अच्छी थी कि यह गिरा नहीं। पर यह डरकर बेहोश हो गया था। अभी अस्पताल में दिखाकर इसको हम सीधा यहीं लेकर आ रहे हैं।

भोला को सही-सलामत पाकर रामरती ने मुकेश और हरीश का धन्यवाद किया। वह बोली, "आपने मुझ पर बेहद उपकार किया है। मैं आपका यह अहसान जीवन भर नहीं भूलूँगी।"

मुकेश मुस्कराकर बोला, "माताजी, हमने कोई अहसान नहीं किया, सिर्फ अपनी जिम्मेदारी को निभाया है। अब आप भोला का ध्यान रखिए। आगे भी कोई परेशानी या समस्या हो तो केवल हमें फोन कीजिएगा, हम तुरंत पहुँच जाएँगे।" इसके बाद मुकेश मुस्कराकर वहाँ से निकल गया।

□

पाठशाला का ताला

"चिप्पू, आज तो हमने दो-तीन लाख रुपए का कैश लूट लिया। पर यह समझ नहीं आ रहा कि इतना सारा रुपया लेकर हम कहाँ जाएँ? यदि किसी को शक हो गया तो पुलिस हमें पकड़कर ले जाएगी और फिर पूरी जिंदगी जेल की चक्की पीसनी पड़ेगी।" यह बोलकर कलवा कुछ सोचने लगा।

"क्यों रे कलवा, क्या सोच रहा है? कहीं इतना सारा रुपया देखकर तेरे मन में खोट तो नहीं आ गई और तू इसे अकेले ही हजम करने के सपने देख रहा हो। ऐसा सोचना भी मत।"

"अरे नहीं! तू तो हमेशा उलटा सोचता है। कभी अच्छा भी सोच लिया कर। माना कि हम दोनों चोर हैं। लेकिन कम-से-कम हम दोनों को एक-दूसरे के साथ तो ईमानदारी से पेश आना चाहिए।"

"कलवा, मैं तो ईमानदार हूँ, बस मुझे तो तुझ पर शक पर है।"

"तेरा यह शक बेबुनियाद है। अब ये बेकार की बात छोड़ और इस ओर दिमाग लगा कि आज जिस घर से हमने चोरी की है, वहाँ पुलिस पहुँच जाएगी और फिर छानबीन करने में लग जाएगी। ऐसे में हमारे फँसने का खतरा है। यदि अभी हम इन रुपयों को कहीं छिपा दें और कुछ दिनों बाद निकालें तो हम दोनों ही खतरे से बाहर हो जाएँगे।"

कलवा की बात सुनकर चिप्पू बोला, "वाह उस्ताद! आपने अपने दिमाग के घोड़े बड़ी सही जगह बिठाए हैं। मेरे दिमाग में तो यह खयाल आया ही नहीं।"

"आएगा भी कैसे? जिसके दिमाग में उलटे विचार आते हों, वहाँ कभी सीधे विचार नहीं आ सकते।"

"अरे, तो तेरे विचार ही कौन सा सीधे हैं! कौन सा शराफत और मेहनत का काम तूने किया है, चोरी के रुपयों को ठिकाने लगाना कोई बड़ी बात नहीं है।"

"अब तू फिर उलटी बात पर आ गया। अपना मुँह बंद कर और मुझे कोई तरकीब सोचने दे।"

दोनों आगे बढ़ते रहे। कुछ दूर चलते-चलते अचानक कलवा की नज़र प्राथमिक पाठशाला पर पड़ी। वह पाठशाला की ओर ध्यान गड़ाकर बोला, "कल्लू, यह पाठशाला ठीक रहेगी रुपए छिपाने के लिए। यहाँ किसी को शक भी नहीं होगा। हम यहाँ किसी ऐसे कोने में इन रुपयों को छिपा देते हैं जहाँ महीनों तक सफाई आदि न होती हो। जब मामला थोड़ा शांत हो जाएगा तो रुपए यहाँ से निकालकर ले जाएँगे और दोनों आधा-आधा हिस्सा बाँट लेंगे।"

"वाह, तेरी बात में दम तो है उस्ताद! ठीक है, हम ऐसा ही करते हैं।"

इसके बाद दोनों चुपके से नज़र बचाकर स्कूल के अंदर घुस गए। उस समय प्राथमिक पाठशाला में बच्चों की कक्षा चल रही थी। उन्होंने पूरी पाठशाला में घूम-घूमकर रुपयों को छिपाने के लिए स्थान ढूँढ़ने की कोशिश की। काफी तलाशने पर भी उन्हें कोई गुप्त स्थान नज़र नहीं आया।

तभी पाठशाला के बगीचे की एक खाली जगह पर चिप्पू का ध्यान गया। वह जगह खोखली थी। सरकारी स्कूल में महीनों में दीवारों की सफाई की जाती है। पाठशाला के बगीचे की दीवार को खोखला कर कलवा और चिप्पू ने उन रुपयों को वहाँ छिपा दिया। इसके बाद वे होशियारी से उस दीवार को बंद कर पाठशाला से बाहर निकल आए।

"चिप्पू, हमने रुपयों को यहाँ छिपा तो दिया है लेकिन ये सुरक्षित तो रहेंगे न।" तभी स्कूल की घंटी बज गई। जल्दी से दोनों स्कूल से बाहर निकल गए।

इस बात को कई दिन बीत गए। चोरी हुए रुपयों व चोरों के बारे में कोई जानकारी नहीं मिल पाई। बात पुरानी हो गई। कुछ दिन बाद गरमी की छुट्टियों में स्कूल बंद होने पर चिप्पू व कलवा ने पाठशाला के अंदर जाकर अपने रुपयों को निकालने की योजना बनाई। लोगों की नज़र बचाकर वे पाठशाला पहुँचे। उस समय गेट पर ताला लगा हुआ था। दोनों ने रात के समय वहाँ जाने की योजना बनाई। रात को पाठशाला के गेट पर आकर दोनों ताले को तोड़ने लगे। तभी पाठशाला के करीब अशोक वहाँ से गुजरा। वह उस स्कूल में शिक्षक था। अशोक को संदेह हुआ। उसने तुरंत यूपी-100 को सूचित कर दिया। संयोगवश यूपी-100 की पी.आर.वी. वहीं पास ही खड़ी हुई थी। वह दो मिनट में ही वहाँ जा पहुँची। पी.आर.वी. की लाइट और हूटर को देखकर चिप्पू और कलवा जड़ होकर वहीं

खड़े रहे। पी.आर.वी. में से कमांडर रितेश और सब-कमांडर अंगद उतरे। कमांडर रितेश ने चिप्पू से कहा, "ताला क्यों तोड़ रहे थे?"

इस पर कलवा बोला, "साहब, कुछ नहीं! ऐसे ही बस यह देखने आए थे कि स्कूल में क्या जमा-पूँजी रखी है?"

कलवा की बात से रितेश को संदेह हुआ। वह कड़क आवाज में बोला, "स्कूल में किताबों और कॉपियों के अलावा क्या मिलेगा? स्कूल में सोना-चाँदी तो मिलने से रहा।" यह बोलते ही रितेश के मस्तिष्क में यह बात आ गई कि हो न हो इन दोनों ने चोरी का माल यहाँ छिपाया हो।

अब कमांडर रितेश ने होशियारी एवं चतुराई से काम लिया। वह बोला, "आराम से बता दो। नहीं तो तुम्हें कठोर सजा मिलेगी।"

कलवा अभी तक कई बार पुलिसवालों को चकमा दे चुका था। वह बोला, "साहब, कुछ नहीं। बस यही देखना चाह रहे थे। आप हमें माफ कर दीजिए। आगे से ऐसा नहीं करेंगे।"

कलवा की ऐसी बातें सुनकर रितेश का संदेह विश्वास में बदल गया। वह चुपचाप पी.आर.वी. में बैठकर वहाँ से चला गया। यह देखकर सब-कमांडर अंगद बोला, "साहब, आपको इन चोरों को ऐसे ही नहीं छोड़ना चाहिए। मुझे तो दाल में कुछ काला लग रहा है।"

अब रितेश बोला, "अरे, दाल क्या, मुझे तो पूरी दाल ही काली लग रही है। अब तुम देखो कि हम इन दोनों चोरों को कैसे पकड़ते हैं?"

पी.आर.वी. को खड़ा कर दोनों चुपके से कलवा और चिप्पू के पीछे लग लिये। इसी बीच रितेश ने अपने फोन का ऑडियो रिकॉर्डर चला दिया। अब ऑडियो रिकॉर्डर में कलवा और चिप्पू की आपसी बातें रिकॉर्ड होती रहीं। दोनों को लगा कि यूपी-100 पी.आर.वी. के साथ सचमुच वहाँ से चली गई है और दोनों चोरी किए गए रुपयों को बरामद करने के लिए नई-नई युक्तियाँ भिड़ाने लगे।

आखिर जब उनकी सारी बातचीत मोबाइल के ऑडियो रिकॉर्डर में रिकॉर्ड हो गई तो रितेश ने उन्हें रँगे हाथों पकड़ लिया। अपनी बातचीत को वातावरण में गूँजते देख दोनों चौंककर इधर-उधर देखने लगे। सामने रितेश के मोबाइल में अपनी बातचीत सुनकर दोनों के ही होश उड़ गए। इस तरह रितेश की चतुराई से चोरी किए रुपयों को चोरों के साथ बरामद कर लिया गया।

□

मधुमक्खियों से बचाव

"आज तो सलेथू नहर का पानी बहुत साफ है। गरमी का मौसम है। इसी में हाथ-पैर डुबोकर बैठ जाते हैं कुछ देर। गरमी में ठंडक मिलेगी।" वृद्धा सावित्री नीता से बोली।

"हाँ अम्मा! यहाँ आकर बड़ा सुकून सा मिल रहा है। ठंडी-ठंडी हवा मन को बेहद अच्छी लग रही है।"

दोनों ही नहर के पास बैठ गईं और अपने पैर नदी में डाल दिए। नीता नदी में हाथ से पानी लेकर खेलने लगी।

कभी-कभी प्रकृति की गोद में बैठकर भी बहुत अच्छा लगता है। इस समय नीता और सावित्री सबकुछ भूलकर केवल नदी की खूबसूरती को निहार रही थीं। सामने ही पंद्रह-बीस तरह-तरह के बड़े पेड़ लगे हुए थे। इन पेड़ों की घनी छाँव ने नदी के साथ वहाँ के वातावरण को शीतल बना दिया था। अनेक लोग गरमी से राहत पाने के लिए वहाँ घूम रहे थे।

नीता ने अब नहर का पानी उछालना बंद कर दिया और पास ही पड़े छोटे-मोटे पत्थर लेकर उन्हें ऊपर-नीचे उछालने लगी।

तभी एक बड़ा-सा पत्थर नीता के हाथ में आया। उसने उस पत्थर को उठाया और उत्सुकतावश उसे ऊपर की ओर उछाल दिया। दुर्भाग्यवश वह पत्थर एक पेड़ के छत्ते पर जाकर लग गया। वहाँ मधुमक्खियों का बड़ा-सा छत्ता था। छत्ते में पत्थर लगते ही मधुमक्खियाँ वहाँ फैल गईं और सावित्री व नीता से जा चिपटीं। पास खड़े लोग तो वहाँ से भाग खड़े हुए। नीता और सावित्री की चीखों ने उस प्रकृति के नम वातावरण को गरम कर दिया।

मयंक भी वहाँ घूम रहा था। वह एक कॉलेज में बी.एस-सी. बॉटनी का छात्र था। मधुमक्खियों के खतरे को देखकर उसने तुरंत समझदारी से काम लेते हुए यूपी-100 को फोन कर दिया।

यूपी-100 में संवाद अधिकारी ने जब यह जाना कि पेड़ के छत्ते से मधुमक्खियाँ निकलकर वृद्धा व युवती से चिपट गई हैं तो उसने तुरंत इस खबर को आगे भेज दिया। इस खबर को पाते ही पी.आर.वी. के उन ड्यूटी कमांडर को सूचित किया गया जो ऐसे हादसों को होशियारी से नियंत्रित करना जानते थे।

पी.आर.वी. के कमांडर यह सूचना पाकर तुरंत सतर्क हुए और पी.आर.वी. सलेथू नदी की ओर बढ़ चली। वहाँ स्थिति गंभीर हो गई थी। लोगों को कुछ समझ ही नहीं आ रहा था। छत्ते में से मधुमक्खियाँ एक के पीछे एक निकलकर चली आ रही थीं और सावित्री व नीता को अपना शिकार बना रही थीं। नीता यदि एक मधुमक्खी को हटाती तो दूसरी उससे आ चिपटती। यही हालत वृद्धा सावित्री की थी। उनका हाल तो और भी बुरा था। वह जैसे ही मधुमक्खियों से बचने के लिए भागने की कोशिश करतीं गिर पड़तीं। बुढ़ापे की कमजोरी और मधुमक्खियों के काटने से उनकी हालत बिगड़ती जा रही थी।

पी.आर.वी. के कमांडर बलजीत और पवन दोनों ही ऐसे हादसों को कुशलता से नियंत्रित करने के लिए मशहूर थे। बलजीत ने तुरंत नीम की पत्तियों को तोड़ा। स्थानीय नागरिक भी इस काम में कमांडर बलजीत की मदद कराने लगे। सब-कमांडर पवन नीता और सावित्री को मधुमक्खियों से बचाने का प्रयत्न कर रहे थे। सभी की मदद से जब काफी सारी नीम की पत्तियाँ इकट्ठी हो गईं तो कमांडर बलजीत ने उनमें आग लगा दी। कुछ ही देर में नीम की पत्तियों से धुआँ उठने लगा और पूरे वातावरण में फैल गया। नीम की पत्तियों से उठनेवाले धुएँ से मधुमक्खियाँ तितर-बितर होने लगीं। यह देखकर पवन ने जल्दी से सावित्री को उठाया। सावित्री जख्मी हो गई थी। उसने सावित्री को पी.आर.वी. में बिठाया। इसके बाद नीता भी पी.आर.वी. में बैठ गई। उनके पी.आर.वी. में बैठते ही उसका शीशा बंद कर दिया गया।

सावित्री के गिरने-पड़ने से कई जगह पर चोट लग गई थी और रक्त भी बह रहा था। यह देखकर पवन ने पी.आर.वी. में रखा प्राथमिक चिकित्सा बॉक्स निकाला। इसके बाद साफ पानी से रुई के द्वारा सावित्री के घावों को साफ किया और उन पर डिटॉल लगाकर उसे राहत प्रदान की।

सावित्री और नीता मधुमक्खियों के हमले से बहुत घबरा गई थीं। दोनों की जान में जान आई। प्राथमिक चिकित्सा मिलने से वृद्धा सावित्री को थोड़ी राहत मिली। वह कमांडर बलजीत और पवन दोनों को आशीर्वाद देती हुई बोली, "बेटा, काश! पुलिस में सभी पुलिसवाले तुम्हारे जैसे हों तो फिर तो हमें कहीं भी किसी भी बात का डर न रहे।"

इस पर बलजीत बोला, "माताजी, अब चिंता की कोई बात नहीं है। अब यूपी-100 के सभी पुलिसवाले हमारे जैसे ही मिलेंगे और आप लोगों को हर मुसीबत से बचाते रहेंगे।"

यह सुनकर सावित्री पीड़ा में भी मुस्करा उठी और बोली, "बेटा, बस हम लोगों को तो यही चाहिए कि पुलिस हमेशा मुसीबत में हमारा साथ दे। अब जब तुम साथ हो तो फिर डर की क्या बात है?"

"बिल्कुल माँ जी।" पवन और बलजीत एक स्वर में बोले। इसके बाद पी.आर.वी. उन्हें वहाँ से सुरक्षित स्थान की ओर ले चली।

□

आत्महत्या से रोका

"प्रार्थना, प्रार्थना क्या हो गया है तुम्हें? तुम मुझे अनदेखा कर रही हो। क्या बात है?"

"उज्ज्वल मेरा रास्ता छोड़ो। मुझे जाने दो। मुझे तुमसे कोई बात नहीं करनी है। तुम आजकल रोज एक ही बात करते हो और मेरा दिमाग खराब कर देते हो। तुम्हारी फालतू की बातों के लिए मेरे पास बिल्कुल समय नहीं है।"

"प्रार्थना, पर मेरा दोष तो बताओ। आखिर, तुम मुझे मेरी कौन सी गलती की सजा दे रही हो। मुझे ध्यान नहीं आ रहा कि मैंने तुम्हारे साथ क्या और कैसी गलती की है?"

"कोई गलती नहीं है तुम्हारी। दरअसल आई.ए.एस. की लिखित परीक्षा पास करने के बाद मैं साक्षात्कार की तैयारी में लग गई हूँ। बस यही बात है। अब मेरे पास तुमसे बात करने का समय नहीं है। मेरा कॅरियर मेरी पहली प्राथमिकता है। तुम्हें इस बात को समझना चाहिए।"

"मैं इस बात को बहुत अच्छी तरह से समझ रहा हूँ। लेकिन हाय-हैलो तो हो सकती है। पाँच मिनट बात करने से तो कोई इतना समय बरबाद नहीं होता।"

"नहीं उज्ज्वल, टाइम-टेबल बनाकर रखना होता है और अपना पूरा ध्यान सब बातों से हटाकर केवल लक्ष्य की ओर रखना होता है। लक्ष्य पाने के लिए श्रम और संघर्ष बहुत जरूरी हैं।"

"प्रार्थना, मुझे तुम्हारे व्यवहार से ऐसा महसूस हो रहा है कि मैं आई.ए.एस की मुख्य लिखित परीक्षा में अनुत्तीर्ण हो गया हूँ और तुम पास हो गई हो इसलिए अब तुम्हारी नज़र में मेरी कीमत शून्य रह गई है।"

"उफ्फ् उज्ज्वल! तुम परीक्षा में अनुत्तीर्ण होने का सदमा सहन नहीं कर पा रहे हो। तुम तनावग्रस्त हो। ऐसा कुछ नहीं है। कुछ भी नहीं। प्लीज, तुम परीक्षा

की तैयारी नए सिरे से करो न। एक बार ही तो असफल हुए हो। तुम यह समझने की कोशिश करो न कि कुछ दिन मुझे लगातार श्रम करना है। ऐसे में यदि मैं तुमसे बात करने या घूमने-फिरने के लिए समय निकालूँगी तो साक्षात्कार में उत्तीर्ण कैसे हो पाऊँगी? अब मुझे जाने दो और तुम भी ठंडे दिमाग से दोबारा से परीक्षा की तैयारी में जुट जाओ।" यह कहकर प्रार्थना वहाँ से चली गई। उज्ज्वल उसे देखता रहा।

उज्ज्चल प्रार्थना को बहुत पसंद करता था। दोनों कॉलेज में साथ पढ़ते थे। पढ़ने के साथ ही अन्य गतिविधियों में भी दोनों ही बहुत होशियार थे। एक डिबेट प्रतियोगिता में साथ जाने के बाद से ही दोनों करीब आ गए थे। प्रार्थना बहुत समझदार, होशियार और परिपक्व थी। कॉलेज के बाद से ही दोनों ने आई.ए.एस. की तैयारी करनी आरंभ कर दी थी। इस दौरान उज्ज्वल प्रार्थना के बेहद करीब आ गया था। वह उसमें अपना भविष्य देखने लगा था। जबकि प्रार्थना पहले अपना कॅरियर देखती थी और बाद में उज्ज्वल में भविष्य। यही बात उज्ज्वल को कचोटे जा रही थी। उसे ऐसा महसूस होने लगा था कि प्रार्थना उसके जीवन से बहुत दूर निकल गई है और अब कभी उसके जीवन में दोबारा लौटकर नहीं आएगी।

घर जाने पर भी उज्ज्वल का किसी भी काम में मन नहीं लगा। माँ रूपा और बहन हर्षिता ने उसकी उदासी का कारण जानना चाहा लेकिन वह कुछ न कहकर कमरे में जाकर चुपचाप लेट गया।

वास्तव में आई.ए.एस की लिखित परीक्षा में अनुत्तीर्ण होने से वह बेहद तनावग्रस्त हो गया था। इसलिए प्रार्थना के साथ भी वह अजीबो-गरीब व्यवहार करने लगा था।

अगले दिन वह प्रार्थना के घर पहुँचा। प्रार्थना साक्षात्कार की तैयारियों में जुटी थी। उसे देखकर प्रार्थना बोली, "क्या हुआ उज्ज्वल, सब ठीक है न! आज सुबह-सुबह तुम मेरे घर कैसे चले आए?"

"प्रार्थना, मैं तुम्हारे लिए आई.ए.एस बनकर दिखाऊँगा। प्लीज, मेरे साथ बातें करो न।"

वही बेतुकी बातें सुनकर प्रार्थना को भी क्रोध आ गया। पहले तो उसने उज्ज्वल को आराम से समझाने की कोशिश की लेकिन जब वह नहीं माना तो प्रार्थना बोली, "उज्ज्वल, प्लीज भगवान् के लिए मेरा पीछा करना छोड़ दो। मुझे शांति से साक्षात्कार की तैयारी करने दो। तुम अगर ऐसे ही करते रहे तो मैं साक्षात्कार की तैयारी कैसे करूँगी? अब मैं साक्षात्कार होने तक तुमसे बिल्कुल

नहीं मिलूँगी और तुम भी मुझसे मिलने की कोशिश मत करना वरना मैं पुलिस को सूचित कर दूँगी।"

यह सुनकर उज्ज्वल धैर्यहीन हो गया। प्रार्थना की बातें सोच-सोचकर उसका दिमाग बेहद तनावग्रस्त हो गया। वह प्रार्थना के घर से पैदल चलते-चलते काफी दूर आ गया। गोमती नदी हनुमान सेतु के पास आकर वह रुक गया। वह रुककर वहाँ कभी गोमती नदी के पुल को देखता तो कभी गोमती नदी को।

कभी आगे चलकर जाता तो कभी पीछे आ जाता। एक प्रौढ़ सज्जन बहुत देर से उज्ज्वल की ऊटपटाँग हरकतें देख रहे थे। वे उससे बोले, "बेटा, क्या बात है? कुछ परेशान हो।"

प्रौढ़ सज्जन की बात पर उज्ज्वल रौद्र स्वर में बोला, "तुम्हें क्या लेना-देना, जब जीवन में कुछ बाकी ही नहीं रहा तो जीकर क्या करूँगा। मैं इस नदी में गिरकर मरूँगा और कुछ जानना है आपको?"

उज्ज्वल की बातें सुनकर प्रौढ़ सज्जन समझ गए कि युवक तनावग्रस्त है। उन्होंने जल्दी से यूपी-100 को इस बारे में सूचित किया और जल्दी से गोमती नदी के पास पहुँचने के लिए कहा।

चार मिनट में नजदीक ही खड़ी पी.आर.वी. जलती हुई लाइटों के साथ और हूटर बजाती हुई वहाँ आ गई। उज्ज्वल गोमती नदी के किनारे से छलाँग लगाने ही वाला था कि तभी उसे कमांडर विनोद कुमार ने हाथ पकड़कर खींच लिया। सब-कमांडर मोनिश अली ने भी उज्ज्वल की मदद की। पुलिस को अपने सामने देखकर उज्ज्वल हक्का-बक्का रह गया। पहले उसे लगा कि शायद प्रार्थना ने पुलिस को वहाँ भेजा है।

कमांडर विनोद कुमार उससे बोले, "तुम नदी में छलाँग लगाने जा रहे थे। तुम इतने तनावग्रस्त थे कि तुम्हें ज्ञात ही नहीं था कि तुम क्या करने जा रहे हो?"

यह सुनकर उज्ज्वल ने गर्दन नीचे झुका ली। वह बोला, "सर, आप सही कह रहे हैं। आज मैं अपनी दोस्त की बातों से इतना आहत हो गया था कि मुझे अच्छा-बुरा कुछ सूझ ही नहीं रहा था। मैं कायर लोगों में से नहीं हूँ लेकिन पता नहीं मुझे क्या हो गया था? शायद अपनी दोस्त की बेरुखी मैं बर्दाश्त नहीं कर पाया।"

सारी बातें सुनने के बाद कमांडर विनोद बोले, "मुझे तो तुम्हारी दोस्त में कोई कमी नहीं लग रही, बल्कि कमी तुममें है। तुम अपनी कमी को दूर करो। अपने अंदर आत्मविश्वास जगाओ और अपनी दोस्त से तब तक मत मिलो जब

तक वह साक्षात्कार नहीं दे देती। इससे तुम दोनों का ही भला होगा। जिंदगी में कोई असफलता ऐसी नहीं होती जिसे कि सफलता में परिवर्तित न किया जा सके। हाँ, उसके लिए सकारात्मक व्यवहार के साथ ही आशा और आत्मविश्वास को जगाए रखना बहुत जरूरी है।"

कमांडर विनोद की बातों से उज्ज्वल को संबल मिला। उसने अपने व्यवहार की क्षमा माँगी और कमांडर विनोद से कहा, "सर, पुलिस के लोग बहुत अच्छे मार्गदर्शक भी होते हैं, यह मुझे आज पता चला है। मैं आपकी बातों को पूरी तरह से अपने जीवन में अपनाऊँगा और एक सफल व्यक्ति बनकर दिखाऊँगा।" इसके बाद वह मुस्कराते हुए अपने घर की ओर चल दिया।

□

अच्छे अंक का दबाव

"सिद्धांत, लो दूध पी लो! दूध पीने से दिमाग खुलता है। कल तुम्हारी गणित की परीक्षा है। तुम जानते ही हो न कि तुम्हारे बापू की सारी उम्मीदें केवल तुम पर टिकी हैं। अभी वह जहाँ मजदूरी करने जाते हैं, वही वे तुम्हें इंजीनियर देखना चाहते हैं।" सावित्री बोली।

सिद्धांत की बहन अनु बोली, "माँ, आपको मालूम नहीं कि कल की परीक्षा भैया के लिए ज्यादा महत्त्वपूर्ण है। इंजीनियर बनने के लिए गणित में अच्छे अंक आने बहुत जरूरी हैं। पर भैया का गणित तो ज्यादा अच्छा नहीं है। हाँ, मैं गणित में जरूर अच्छी हूँ। हमेशा पूरे अंक लाती हूँ। फिर भी आप हमेशा यही कहती हैं कि बापू की इंजीनियर बनने की उम्मीदें सिद्धांत भैया पर टिकी हैं, मुझ पर नहीं। अरे, मैं क्या इंजीनियर नहीं बन सकती? मुझे बहुत शौक है इंजीनियर बनने का। मैं तो इंजीनियर ही बनूँगी।"

अनु की बातें सुनकर सिद्धांत घबरा गया। पर वह अपनी घबराहट को दबाकर बोला, "चुप कर अनु की बच्ची! गणित में पूरे अंक क्या ले आई, मुझे चिढ़ा रही है। अब कुछ भी बोली न तो तेरे मुँह पर एक चपत जड़ दूँगा।"

सिद्धांत का रौद्र रूप देखकर उससे एक साल छोटी अनु चुप हो गई। उसने अपना ध्यान गणित के सवाल करने में लगा दिया। वह नौवीं कक्षा में पढ़ती थी।

अनु तो तन्मयता से अपने सवाल हल करने लगी लेकिन सिद्धांत की आँखों के आगे तारे घूमने लगे। वह गणित में बेहद कमजोर था, कल की गणित की परीक्षा का भय पहले से ही उसके दिमाग में था। उसके बाद सावित्री और अनु की बातों ने उसे और परेशान कर दिया था।

खैर, सुबह होने पर वह परीक्षा देने के लिए निकल रहा था कि तभी सावित्री उसके लिए दही और चीनी लेकर आई। वह बोली, "बेटा, मुँह खोलो। दही-चीनी खाने से परीक्षा अच्छी होती है।"

सिद्धांत दही-चीनी खाकर परीक्षा देने के लिए निकल गया। परीक्षा स्थल पर मित्रों की बातें सुनकर वह गणित के याद किए सूत्र भी भूल गया।

प्रश्न-पत्र देखकर उसके होश उड़ गए। उसे मुश्किल से दो-तीन सवाल आते थे। उसने उन सवालों को हल किया। लेकिन अभी परीक्षा छूटने में दो घंटे बाकी थे। ये दो घंटे सिद्धांत ने बड़ी मुश्किल से काटे। वह कभी दाएँ झाँकता तो कभी बाएँ। लेकिन उसे कहीं से किसी सवाल का हल नहीं मिला। बुझे मन से परीक्षा छूटने की घंटी बजने पर उसने अपना पेपर दिया।

आज अंतिम पेपर था। सिद्धांत को संदेह ही नहीं बल्कि यकीन था कि वह किसी भी सूरत में गणित में पास नहीं हो पाएगा। घर पर सावित्री व बापू शंकर बेसब्री से सिद्धांत का इंतजार कर रहे थे। अनु भी पास ही थी।

अनु सिद्धांत को देखते ही बोली, "भैया, कैसा रहा आज का पेपर?"

इस प्रश्न पर उसने घूरकर अनु को देखा। अनु सहमकर चुप हो गई। दिन इसी तरह बीतते रहे। आखिर वह दिन भी आ गया जब परीक्षा परिणाम आने वाला था। सिद्धांत के कई मित्रों के पास कंप्यूटर था। अनेक मित्रों ने एक-दूसरे के परिणाम कंप्यूटर पर ही देख लिये थे। सिद्धांत गणित में फेल हो गया था। उसके मित्र जय ने जब उसका परिणाम बताया तो वह बेहद चिंतित हो गया।

उसे चिंतित देखकर जय बोला, "क्या हुआ?"

सिद्धांत परेशान सा बोला, "यार! मैं घर कैसे जाऊँ? मेरे माँ-बापू तो बस दिन-रात मुझे इंजीनियर बनने के सपने लेकर घूमते रहते हैं। अब वे पढ़े-लिखे भी नहीं हैं। मैं उन्हें कैसे समझाऊँ कि मेरा मन गणित में नहीं बल्कि नृत्य में बसता है। मैं एक अच्छा डांसर बनना चाहता हूँ। तुम सबको तो पता ही है कि मैं हमेशा डांस में प्रथम आता हूँ। बल्कि इस बार तो मैं 'टेलंट हंट' में भी भाग लेने की सोच रहा था। अब ऐसे में मैं माँ-बापू को क्या मुँह दिखाऊँगा?"

जय बोला, "कोई बात नहीं! तेरे माता-पिता समझ जाएँगे। बस हिम्मत से उनका सामना कर।" जय ने समझा-बुझाकर सिद्धांत को घर के लिए रवाना किया।

लेकिन सिद्धांत घर न जाकर घने जंगलों की ओर मुड़ गया। गणित में फेल होने के कारण वह बेहद तनाव में था। उसे समझ ही नहीं आ रहा था कि माँ-बापू के साथ छोटी बहन अनु का सामना कैसे करेगा?

उधर शाम होते-होते सावित्री, शंकर और अनु तीनों ही परेशान से इधर-उधर घूम रहे थे। उसके दोस्तों के घर फोन किया गया तो जय अनु से बोला, "वह तो अपना परिणाम जानने के बाद ही यहाँ से घर जाने के लिए कहकर निकल गया

था।" उसने अनु को यह भी बताया कि गणित में वह फेल हो गया है। अनु छोटी थी पर बहुत समझदार थी। वह तुरंत भाई की परेशानी और तनाव का कारण समझ गई। उसने सिद्धांत का परिणाम घर में बताया और बोली, "माँ, आपको और बापू को दिन-रात यह नहीं कहना चाहिए था कि सिद्धांत बड़ा होकर इंजीनियर बनेगा। मुझे पता है कि भैया को गणित बिल्कुल नहीं पसंद, उसे डांस पसंद है। मैं आपको यह बात जब भी बताने की कोशिश करती थी तो आप मुझे चुप कर देते थे।"

अनु की बात सुनकर सावित्री बोली, "अरे, ये बातें बाद में हो जाएँगी, पहले तो सिद्धांत को खोजने चलो।"

माँ की बात पर अनु बोली, "माँ, हम भाई को कहाँ खोजेंगे?"

इस पर सावित्री चिंतित होकर बोली, "अरे, पड़ोसियों को साथ लेकर चलते हैं। पुलिस को सूचित करते हैं।" पुलिस का नाम ध्यान में आते ही अनु के सामने यूपी-100 की पी.आर.वी. घूम गई।

अभी कुछ दिन पहले जब वह अपनी सहेली के साथ स्कूल से लौट रही थी तो उसने देखा था कि यूपी-100 के कर्मी एक रोड एक्सीडेंट में लोगों की मदद कर रहे थे। यह ध्यान आते ही उसने शंकर से कहा, "बापू, अपना फोन दीजिए, मैं यूपी-100 को फोन करती हूँ।" अनु ने यूपी-100 को फोन कर संवाद अधिकारी को भाई सिद्धांत की गुमशुदगी के बारे में सूचित किया। संवाद अधिकारी ईशा ने अनु का पता और कुछ आवश्यक जानकारी पूछी। थोड़ी ही देर में काले रंग की पी.आर.वी. वहाँ खड़ी थी। शंकर ने सिद्धांत की फोटो कमांडर सुधीर मिश्रा को दी। सुधीर ने सिद्धांत की फोटो के साथ उससे संबंधित आवश्यक जानकारी नोट की और उसकी खोज में लग गए। रात भर वह सिद्धांत को खोजते रहे। आखिर सुबह 05:30 बजे के आसपास कवलझार जंगल में पुलिया के पास उन्हें एक किशोर लड़का सोया हुआ नज़र आया। कमांडर सुधीर मिश्रा ने उसे सिद्धांत की फोटो से मिलाया तो पाया कि वह सिद्धांत ही था। सिद्धांत को जगाकर उससे सारी बात पूछी गई। सिद्धांत ने भय से सारा सच कमांडर सुधीर को बता दिया।

सुधीर बोले, "बेटा, अंक कम आने पर घर से भागना या घर न जाना कोई समझदारी नहीं है। आप यह कैसे भूल गए कि आपके माता-पिता स्वयं मजदूरी कर आपको पढ़ा रहे हैं, अपनी तरफ से आपको अच्छा खिलाने की कोशिश कर रहे हैं और आप, जरा सी असफलता पर घर से भाग आए। आपने सोचा है कि आपके माता-पिता की क्या हालत हो रही है? वह तो आप ईश्वर का शुक्र मनाइए कि उन्होंने आपको अनु जैसी होनहार बहन दी है, जो माता-पिता को सँभाल रही है।"

सारी बातें सुनकर सिद्धांत को अपनी गलती का एहसास हो गया। वह पी.आर.वी. में बैठ गया। पी.आर.वी. में कमांडर सुधीर ने सिद्धांत को सुरक्षित उसके घर पहुँचा दिया। सिद्धांत को सुरक्षित देखकर सावित्री-शंकर और अनु तीनों की आँखों में खुशी के आँसू थे। शंकर सिद्धांत को सही-सलामत देखकर कमांडर सुधीर से बोला, "आज सिद्धांत की वापसी आपके और हमारी बेटी की समझदारी के कारण हुई है। अब मैं अनु को इंजीनियर और सिद्धांत को वह बनाऊँगा जो वह बनना चाहता है।"

यह सुनकर सिद्धांत अपने पिता के गले लग गया और हाथ जोड़कर अपनी गलती की माफी माँगने लगा। पूरे परिवार को मिलाकर पी.आर.वी. वहाँ से निकल पड़ी एक नए मोड़ की ओर।

□

पूर्णिमा की उम्मीदें

"पूर्णिमा, पूर्णिमा, कहाँ ध्यान है तुम्हारा? मैं और तुम्हारे पिता दिन-रात मजदूरी करते हैं, तब दो वक्त की रोटी जुटती है और तुम घर में रहकर घर का काम भी नहीं कर सकती। तुम्हें मैंने कहा कि साथ काम पर चला करो, तो उसे भी तुमने मना कर दिया। अब तुम चौदह साल से तो ऊपर की हो। सरकार ने चौदह साल के बच्चों को काम करने से मना किया है। तुम तो पंद्रह की हो। कुछ काम करोगी तो घर में दो पैसे आएँगे।"

विमला की बात सुनकर पूर्णिमा बोली, "माँ, मैंने खाना बनाकर रख दिया है। अब मैं थोड़ी पढ़ाई कर रही थी।"

"अरे, पढ़-लिखकर तो तेरी नौकरी बीस-इक्कीस साल की उम्र में लगेगी। तुझे पता नहीं क्यों हमारे साथ काम करते शर्म आती है।"

"माँ, मुझे यह मजदूरी नहीं करनी। मैं पढ़-लिखकर अच्छी और सम्मानजनक नौकरी करना चाहती हूँ। इसलिए स्कूल जाती हूँ। आपको तो मुझे प्रोत्साहित करना चाहिए लेकिन आप हर वक्त मुझे जली-कटी बातें सुनाती रहती हैं।"

पूर्णिमा की बात सुनकर विमला आगबबूला हो उठी। वह गुस्से से बोली, "जब पेट में दाना नहीं होता न तो पढ़ाई-लिखाई की सब बातें हवा हो जाती हैं और केवल पेट भरने की बात दिमाग में घूमती है।"

पूर्णिमा को पता था कि माँ के आगे उसकी चलने वाली नहीं है। वह चुप हो गई। माँ खाना खाने के बाद काम पर चली गई। पूर्णिमा की आँखों में आँसू थे। वह बहुत उदास हो गई थी। माँ बेटी की अच्छी और सच्ची दोस्त होती है, पर यहाँ तो माँ को अपनी बेटी की उम्मीदों और भविष्य से कोई लेना-देना नहीं था, वह बस पेट की क्षुधा बुझाने को ही सबसे बड़ा काम मानती थी। आज पंद्रह साल की पूर्णिमा बहुत परेशान थी। वह पढ़-लिखकर अपने पैरों पर खड़े होकर माँ-पिता को हमेशा के लिए मजदूरी से मुक्त करना चाहती थी। लेकिन अशिक्षित

माँ-पिता को इन बातों से कोई सरोकार न था। फिर पूर्णिमा ने सोचा कि आखिर माँ-पिता भी तो रोटी की खातिर ही दिन-रात परिश्रम करते हैं। वह कुछ सोचती रही और ढाई बजे के आसपास घर से निकल पड़ी। उसके पास कुछ रुपए थे। उसने बस ली। वह बस से उतरकर ऑफिस के नाम देखती रही। एक कंपनी का नाम देखकर वह अंदर पहुँची। वहाँ रिसेप्शन पर एक लड़की बैठी हुई थी।

पूर्णिमा वहाँ जाकर बोली, "मुझे भी इस कंपनी में नौकरी चाहिए। प्लीज, मुझे कंपनी के मालिक से मिला दीजिए।"

रिसेप्शनिस्ट अंकिता ने पूर्णिमा को इंतजार करने के लिए कहा। कुछ देर बाद उसने कंपनी के मैनेजर एस. के. पांडेय को बताया कि एक कम उम्र की लड़की कंपनी में बैठी हुई है। वह नौकरी करने की जिद कर रही है। सर, प्लीज एक बार आप उस लड़की से मिल लीजिए।

रिसेप्शनिस्ट की बात सुनकर एस.के. पांडेय ने पूर्णिमा को अपने केबिन में बुलाया।

पूर्णिमा वहाँ आते ही बोली, "सर, प्लीज, मुझे काम पर रख लीजिए। यदि आप मुझे काम पर रख लेंगे तो मेरी माँ मुझसे मजदूरी नहीं करवाएँगी। मुझे मजदूरी करना बिल्कुल भी पसंद नहीं है। मैं पढ़ना चाहती हूँ और पढ़-लिखकर नौकरी करना चाहती हूँ। लेकिन माँ कहती है कि मुझे अभी कमाना चाहिए ताकि मैं उनकी मदद कर सकूँ। इसलिए मैं उन्हें बिना बताए काम की तलाश में चली आई हूँ। प्लीज, मुझे काम पर रख लीजिए। यदि मैं नौकरी करूँगी तो मेरे माता-पिता को कठिन मेहनत नहीं करनी पड़ेगी।"

पूर्णिमा की बातें सुनकर एस. के. पांडेय भौचक्के रह गए। लेकिन उन्होंने अपने भावों पर संयम रखा। वह पूर्णिमा से बोले, "बेटा, आप बाहर जाकर इंतजार करिए। मैं आपके लिए कुछ-न-कुछ प्रबंध करता हूँ।"

यह सुनकर पूर्णिमा की आँखें खुशी से चमक उठीं। वह तुरंत उठकर बाहर चली गई। उसके बाहर जाने के बाद एस.के. पांडेय को समझ ही नहीं आया कि उसके माता-पिता को कैसे सूचित करें, दूसरा उन्हें सूचित करने का कोई विशेष प्रभाव भी नहीं पड़ना था क्योंकि उन्हीं के तानों के कारण किशोरी पूर्णिमा भागकर नौकरी करने के लिए विवश हुई थी।

एस. के. पांडेय दुविधा में थे तभी सहायक प्रबंधक आयुषी बोली, "सर, यूपी-100 को सूचित कर दीजिए न। यूपी-100 बहुत ही कुशल तरीके से इस मामले को सुलझा देगी।"

आयुषी की बात उन्हें पसंद आई। एस.के पांडेय ने तुरंत यूपी-100 को सूचित कर पूर्णिमा के बारे में बताया। कुछ ही देर में यूपी-100 की पी.आर.वी. जलती लाइटों और हूटर के साथ कंपनी के गेट पर आ लगी। पूर्णिमा पुलिस को देखते ही सहम गई।

एस.के.पांडेय पूर्णिमा को भयभीत होते देखकर बोले, "बेटा, घबराओ मत। हमने आपके हित को ध्यान में रखते हुए ही पुलिस को यहाँ बुलाया है। अभी तुम्हारी पढ़ने की उम्र है।"

यूपी-100 के कमांडर विनय आहूजा ने प्रेम से पूर्णिमा के घर का पता पूछा। पूर्णिमा ने सारी बातें कमांडर विनय को बताई। विनय ने पूर्णिमा को पी.आर.वी. में बिठाया और उसे उसके घर की ओर लेकर चल पड़े। उधर पूर्णिमा को घर में न पाकर माँ विमला और पिता विमल दोनों घबराए हुए थे। विमला को पूर्णिमा को डाँटने का मलाल हो रहा था। वह विमल से बोली, "मालिक का गुस्सा मैंने बेचारी पूर्णिमा पर उतार दिया था। अब उसे कहाँ ढूँढ़े?"

तभी कमांडर विनय के साथ पूर्णिमा को देखकर विमल और विमला दोनों हैरानी और घबराहट से उन्हें देखने लगे।

कमांडर विनय बोले, "आप घबराइए मत। पूर्णिमा सकुशल है। बस उसे आप लोगों के प्रेम और सहयोग की जरूरत है। आप लोगों को तो खुश होना चाहिए कि आपके घर में ऐसी बच्ची ने जन्म लिया है जो सुविधाएँ न होने पर भी पढ़-लिखकर कामयाब बनना चाहती है और वह इसके लिए प्रयास कर भी रही है, पर उसे आप लोगों का साथ नहीं मिल पा रहा है, इसलिए उसका कच्चा मन हताश हो गया है। उसका आत्मविश्वास क्षीण पड़ रहा है।"

कमांडर विनय की बातें सुनकर विमला बोली, "साहब, माफ कर दीजिए, मुझसे सचमुच बहुत बड़ी गलती हो गई। पर क्या करें, हम छोटे लोग हैं न, इसलिए बड़े-बड़े सपने नहीं देखते।"

यह सुनकर कमांडर विनय बोले, "बहनजी, ये छोटे लोग क्या होता है? आप कहीं से छोटे नहीं हैं। आपके घर में पूर्णिमा का चाँद अपनी प्रतिभा से चहुँओर रोशनी बिखेरने को तैयार है, लेकिन आप लोग इस बात को समझते ही नहीं हैं। आपको भी तन-मन से अपनी सोच को बड़ा बनाना होगा, तभी देश आत्मनिर्भर बन पाएगा और मजदूरों का शोषण बंद हो पाएगा।"

कमांडर विनय की बात सुनकर विमल और विमला दोनों हाथ जोड़कर बोले, "साहब, हम आज से ही अपनी सोच ऊँची बनाएँगे और पूर्णिमा को

पढ़ाएँगे-लिखाएँगे।" इसके बाद विमला ने पूर्णिमा को गले से लगा लिया। कमांडर विनय यह देखकर बहुत खुश हुए। आज सचमुच पूर्णिमा का चाँद विमल और विमला के घर उतर आया था जिसने उनकी खुशियों में भी चार चाँद लगा दिए थे।

□

हार्ट अटैक से उबारा

"ये झोला टाँगकर कहाँ चल दिए सोना के बाबू? बाहर तेज धूप है। ऐसे समय बाहर निकलना ठीक नहीं।"

"अमला, दया बाबू का फोन आया था। उन्होंने अपनी सोना के लिए एक बहुत अच्छा रिश्ता बताया है। लड़का सरकारी नौकरी करता है। बैंक में लेखा अधिकारी है। लगी-बँधी तनख्वाह आती रहेगी तो हमारी सोना सुखी रहेगी। यहाँ तो हम बेचारी को कोई लाड़-चाव नहीं करा पाए।"

"ऐसा क्यों कहते हो जी? अपनी हैसियत के अनुसार हमने अपनी सोना को हर खुशी दी है। मेरा तो बड़ा मन था कि सोना पढ़-लिखकर नौकरी करती। पर उसका ड्रेस डिजाइनिंग में कॅरियर बनाने का विचार है। ड्रेस डिजाइनिंग अच्छी कर लेती है। मुझे पूरा यकीन है कि सोना के पास हुनर है और हुनर से वह अपना जीवन अच्छी तरह से चला पाएगी।"

"तभी तो मेरा मन है कि मैं आज ही दया बाबू के पास जाकर लड़के को देख आऊँ। अगर सबकुछ ठीक-ठाक रहा तो सोना को भी लड़के से मिला देंगे। दोनों एक-दूसरे को पसंद कर लेंगे तो इसी साल सोना का ब्याह कर देंगे और हम दोनों बूढ़े-बुढ़िया गंगा नहा लेंगे।" तोताराम बोले।

"अच्छा, तो क्या आप खुद को अंभी से बूढ़ा मानने लगे हैं। अरे, पचपन साल की तो उम्र है। भला आज के समय में पचपन को भी कोई बूढ़ा मानता है क्या? अरे पचपन तो दरअसल बचपन होता है।"

अमला की बात सुनकर तोताराम खिलखिलाकर हँस पड़ा और बोला, "अमला, पढ़ी-लिखी पत्नी होने का यह लाभ होता है कि वो बातें बनाना जानती है और होशियारी से हर समस्या को सुलझा लेती है। अब तुम्हें ही लो न! मैं तुम्हारे जितना पढ़ा-लिखा नहीं हूँ और तुम बी.ए. पास हो। इसलिए आज तक समझदारी से घर चला रही हो।"

"बस, आपसे तो तारीफ करवा लो। अरे, भला आज के समय में बी.ए. भी कोई पढ़ाई होती है। आजकल बी.ए पास तो पानी भरते घूमते हैं। अब तो नई-नई डिग्रियाँ चल गई हैं जिनके बल पर नौकरी मिलती है। बी.ए, एम.ए. को आज कोई नहीं पूछता।"

"वह तो है। मैं चलता हूँ। तुम तो बातों में लगी रहोगी। इसी बची सोना घर आ जाएगी और फिर वह मुझे बिल्कुल नहीं जाने देगी। बस दो-तीन घंटे में मैं यह काम करके आता हूँ।"

"अरे···धूप सर पर है। कुछ देर रुक जाइए न!"

"अरे भई, इतना भी बूढ़ा नहीं हुआ हूँ कि जरा सी धूप बरदाश्त न कर सकूँ। अभी तो तुम कह रही थी कि पचपन की भी कोई उम्र है भला और अब बूढ़ा मानकर मुझे बाहर जाने से ही रोक रही हो!"

"अच्छा बाबा, जाइए···पर ध्यान रखिएगा और हाँ बी.पी. की गोली समय पर ले लीजिएगा।"

अमला की बात सुनकर तोताराम घर से बाहर निकल गया।

बाहर आने पर कुछ दूर चलते ही उसे थकान सी महसूस हुई। अमला सही कह रही थी। आज सूरज बिल्कुल सिर पर था। तोताराम एक जगह पर आराम करने के लिए बैठ गए। वहाँ से कुछ दूर चलते ही उन्हें सीने में तेज दर्द महसूस हुआ। उन्होंने अपनी छाती को सहलाया और इधर-उधर देखने लगे। एक व्यक्ति वहाँ से गुजर रहा था। तोताराम को सीने पर हाथ रखे देख उसने उन्हें सँभाला। वह उनकी मदद करने की कोशिश करने लगा। इसके साथ ही युवक ने यूपी-100 को भी फोन कर दिया और जल्दी से घटनास्थल पर पहुँचने के लिए कहा। चार मिनट में यूपी-100 की पी.आर.वी. वहाँ आ गई। कमांडर शिव कुमार और पायलट दलबीर जल्दी से तोताराम के पास आए। कमांडर शिव कुमार ने एंबुलेंस को भी फोन कर दिया था। एंबुलेंस जल्दी से वहाँ पहुँची। तोताराम सीने पर हाथ रखकर हाँफ रहे थे। युवक के साथ ही कमांडर शिव कुमार ने तोताराम को सँभाला। एंबुलेंस में से एक नर्स ने उन्हें प्राथमिक चिकित्सा प्रदान की। उसने तोताराम का ब्लड प्रेशर चेक किया। उनका बी.पी. इस समय बहुत ज्यादा था। शायद गरमी और थकान से ऐसा हो गया था। नर्स ने उन्हें बी.पी. की दवा दी। कुछ देर एंबुलेंस में लेटे रहने के कारण तोताराम को ठंडक महसूस हुई। तेज धूप से उनका सिर दर्द हो गया था।

कमांडर शिव कुमार तोताराम से बोले, "आप इस समय कहाँ जा रहे थे?

पहले अपने स्वास्थ्य का ध्यान रखना चाहिए। घर से चलते समय भी आपको कुछ महसूस हो रहा था क्या?"

तोताराम धीमे धीमे बोले, "नहीं...नहीं...बिल्कुल ठीक था। शायद गरमी से ही ऐसा हो गया था।"

नर्स ने तोताराम को पानी पिलाया। इसके बाद उन्हें अस्पताल छोड़ दिया। कमांडर शिव कुमार ने तोताराम से फोन नंबर माँगा तो तोताराम बोले, "अरे, मेरे घर में तो केवल मेरी पत्नी और बेटी सोना हैं। वे दोनों ये समाचार पाकर घबरा जाएँगी।"

कमांडर तोताराम को निश्चिंत करते हुए बोले, "घबराइए मत! हम उन्हें इस तरह सूचित करेंगे कि वे आपको लेने आ जाएँ। वैसे भी खतरे की कोई बात नहीं है। अब तो खतरा टल चुका है। बस आगे से आप अपनी दवाई और स्वास्थ्य का ध्यान रखिएगा।"

कमांडर शिव कुमार की बातें सुनकर तोताराम बोले, "बेटा,...मुझे बहुत अच्छा लग रहा है यह देखकर कि यूपी-100 हर कार्य को अपना फर्ज समझकर बहुत अच्छे से निभाती है। अगर आज तुम समय पर नहीं पहुँचते तो शायद मैं अब तक जीवित भी न होता।"

कमांडर शिव कुमार बोले, "ऐसा नहीं बोलते। हम तो हर पल साथ हैं ही, इसके साथ-साथ हर नागरिक को भी अपना ध्यान रखना चाहिए और सतर्क रहना चाहिए।"

तोताराम मुस्कराते हुए बोला, "मैं अवश्य अब से सतर्क रहूँगा और अपने स्वास्थ्य का ध्यान रखूँगा।"

कमांडर शिव कुमार बोले, "अब आप कुछ देर आराम करिए। मैं आपके घर सूचना दे देता हूँ।"

इसके बाद कमांडर शिव कुमार ने बड़े ही सामान्य तरीके से अमला को फोन किया। कुछ ही देर में सोना और अमला अस्पताल पहुँच गईं। तोताराम को स्वस्थ देखकर उन्होंने भी कमांडर शिव कुमार का धन्यवाद किया। अमला और सोना तोताराम को स्वस्थ देखकर उसे अपने साथ लेकर घर की ओर चल पड़ीं।

□

कलयुगी बेटा

"आ गया आवारागर्दी करके नवाबजादा!"

"बापू, तू मेरे आते ही मुझे ताना क्यों देने लगता है? तू मेरे साथ ऐसा व्यवहार करता है जैसे कि मैं सौतेला हूँ।"

"अरे, अगर तेरी जगह कोई सौतेला भी होता तो बहुत अच्छा होता। तू तो मर जाए न तो मैं गंगा नहाऊँ!"

"कैसा बाप है तू? तू पहला ऐसा बाप होगा जो अपने बेटे की मौत की कामना करता होगा।"

"और तू भी पहला ऐसा बेटा होगा, जिसने बचपन से लेकर आज तक मुझे केवल दु:ख ही दु:ख दिए हैं। पहले स्कूल से शिकायतें लेकर आता था। स्कूल से भागकर नशा करता था। इन्हीं कारणों से तू पढ़-लिख नहीं पाया। लोगों के कहने पर तुझे परचून की दुकान खुलवाकर दी, तूने उसका भी सत्यानास कर दिया। वहाँ भी तू बेवड़ों को लेकर बैठा रहने लगा। ऐसे में ग्राहक वहाँ कैसे आते? तेरे कारण मेरे ऊपर कर्जा हो गया है। इतना ही नहीं, बहू तक का जीवन हमने तेरे जैसे निखट्टू से विवाह करके बरबाद कर डाला।" मोंटी अपने पिता रामजीलाल की सारी बातें सुनता रहा। उसने शराब के साथ ही नशीले पदार्थों का सेवन भी किया हुआ था। उसके पूरे शरीर से बदबू आ रही थी।

उसकी पत्नी तारा ने जैसे ही उसे कमरे की ओर आते देखा, वैसे ही दरवाजा बंद कर दिया। यह देखकर मोंटी अपमान से तिलमिला उठा। वह रामजीलाल की ओर देखते हुए बोला, "बाप तो बाप, पत्नी भी मेरी इज्जत नहीं करती।"

रामजीलाल बोले, "तू इन्सान बन जा। सब तेरी इज्जत करने लगेंगे।"

नशे में चूर मोंटी रामजीलाल के पास आकर अपनी लाल लाल आँखें दिखाता हुआ बोला, "बहुत देर से बक-बक कर रहा है बुड्ढे। अभी तक तेरा लिहाज कर

रहा था। तूने मुझे सब जगह बदनाम करके रख दिया है। तू और तारा दोनों ही मुझे रुपए-पैसे नहीं देते। आज मैं तुम दोनों का काम तमाम कर दूँगा।"

यह कहकर उसने रामजीलाल के गले की ओर अपने हाथ बढ़ाए। रामजीलाल को अपने बेटे से ऐसे कुकृत्य की उम्मीद न थी।

शोर-शराबा सुनकर तारा कमरे से बाहर निकलकर आई। उसने मोंटी को पकड़कर खींचा और बोली, "इस घर में तुम्हारे जैसे जानवर के लिए कोई जगह नहीं है। तुम्हें तो बाप-दादा का लिहाज भी नहीं रहा। अरे, अपने जन्मदाता को ही मारने चले हो।"

अब मोंटी की आँखों में खून उतर आया था। वह तारा की ओर झपटते हुए बोला, "हाँ, नहीं रहा किसी का लिहाज। आज मैं तुझे भी जिंदा नहीं छोड़ूँगा।" यह कहकर उसने तारा के बाल खींच लिये। तारा जोर से चीखते हुए उससे अपने बाल छुड़ाने लगी। नशेड़ी मोंटी की पकड़ मजबूत थी। तारा ने अपने दाँतों से मोंटी के हाथ में काट लिया। मोंटी चिल्ला पड़ा। उसकी तारा पर से पकड़ ढीली हो गई। तारा तेजी से वहाँ से भागी।

रामजीलाल तारा से बोला, "बेटी, आज इस पर खून सवार है। जल्दी से कमरे के अंदर आ जा।" कमरे की चिटखनी लगाकर तारा बुरी तरह हाँफने लगी।

रामजीलाल भी पसीने से लथपथ थे। उनकी ओर देखकर तारा बोली, "बाबूजी, आज आपकी जान को भी खतरा है। हमें जल्दी ही कुछ करना होगा। जल्दी से पुलिस को सूचित कर देते हैं।"

रामजीलाल बोला, "बहू, जब तक पुलिस आएगी तब तक तो यह हम दोनों का काम तमाम कर चुका होगा।"

"बाबूजी, ऐसा क्यों कहते हैं? मैं यूपी-100 को फोन करती हूँ। मेरा मोबाइल यहीं रखा था।" इसके बाद फुर्ती से तारा ने टी.वी के ऊपर रखा मोबाइल दबाया और उसे यूपी-100 को मिला दिया। यूपी-100 की संवाद अधिकारी बोली, "कहिए, मैं आपकी क्या सेवा कर सकती हूँ?"

तारा ने भय से हाँफते हुए सारी बात कह दी। इसी बीच दरवाजे में जोर-जोर से धक्का देने की आवाजें आ रही थीं। तारा की आँखों से आँसू बहने लगे। वह रोते हुए संवाद अधिकारी से बोली, "ऐसा लगता है कि हम बच नहीं पाएँगे। मेरे पति दरवाजा तोड़ रहे हैं। उनके पास कोई नुकीला हथियार भी है। हमें बचा लीजिए।"

संवाद अधिकारी ने वक्त की नजाकत को समझते हुए जल्दी से तारा की सारी सूचना को आगे प्रेषित कर दिया। तुरंत ही एक पी.आर.वी. को वहाँ के लिए रवाना

कर दिया गया। कुछ ही मिनट में पी.आर.वी. वहाँ पहुँच गई। पी.आर.वी. का हूटर बजते ही तारा चिंता में भी मुस्करा उठी और बोली, "बाबूजी, अब हम बिल्कुल सुरक्षित हैं। देखिए यूपी-100 की पी.आर.वी. आ गई है।" पी.आर.वी. में कमांडर रोहन खुराना, आरक्षी बलजीत और पायलट सुनील कुमार थे। घर के बाहर से चिल्लाने की आवाजें आ रही थीं। कमांडर रोहन खुराना तेजी से गाड़ी से उतरे और घर के अंदर दाखिल हुए। उन्होंने देखा कि एक नशेड़ी युवक के हाथ में कुल्हाड़ी थी और वह जोर-जोर से उसे दरवाजे में मार रहा था। दरवाजे के अंदर से चिल्लाने की आवाजें आ रही थीं। आरक्षी बलजीत और पायलट सुनील कुमार तेजी से नशेड़ी मोंटू के पास पहुँचे। उन दोनों ने उसके हाथों को पकड़ा। कमांडर रोहन खुराना ने उसके हाथ से कुल्हाड़ी को छीनकर एक ओर रख दिया। उसके हाथों को पीछे से बाँध दिया गया। अब तक तारा ने दरवाजा खोल दिया था। तारा और रामजीलाल दोनों ही बाहर निकल आए थे।

मोंटी इन दोनों को देखकर बोले जा रहा था, "तुम दोनों को छोड़ूँगा नहीं।"

एक बेटे को अपने पिता और पत्नी को ऐसा बोलते देख कमांडर रोहन बोले, "इसे थाने के सुपुर्द करना पड़ेगा। बात काफी आगे तक बढ़ चुकी है। यह माफी का हकदार तो बिल्कुल भी नहीं है। बल्कि घरवालों को तो इससे खतरा है ही, इसके साथ-साथ पड़ोसियों को भी इससे खतरा है।"

कमांडर रोहन खुराना ने मोंटी को अपने साथ लिया और उसे थाने की ओर ले जाने लगे। यह देखकर तारा और रामजीलाल दोनों ने हाथ जोड़ते हुए रोहन का धन्यवाद किया।

तारा बोली, "साहब, आज यूपी-100 के कारण ही हमारी जान बची है। नहीं तो मौत हमारे ऊपर तांडव कर रही थी।"

रामजीलाल बोले, "हाँ साहब, बहू ठीक कह रही है। आज मेरा यह कलयुगी बेटा मुझे और बहू दोनों को ही मार देता। आप इसे ले जाइए और ऐसी सजा दीजिए ताकि यह पूरी तरह सुधर जाए।"

कमांडर रोहन खुराना उनसे बोले, "अब आपको चिंता करने की जरूरत नहीं है। पुलिस इस पर आवश्यक कार्रवाई करेगी।" इसके बाद कमांडर रोहन खुराना ने उसे नजदीकी थाने के सुपुर्द कर दिया और उसके विरुद्ध कड़ी कार्रवाई करने के लिए कहा।

□□□